Walther Kabel, u. a.

Bibliothek der Unterhaltung und des Wissens

Jahrgang 1915

Walther Kabel, u. a.

Bibliothek der Unterhaltung und des Wissens
Jahrgang 1915

ISBN/EAN: 9783741130694

Hergestellt in Europa, USA, Kanada, Australien, Japan

Cover: Foto ©Andreas Hilbeck / pixelio.de

Manufactured and distributed by brebook publishing software
(www.brebook.com)

Walther Kabel, u. a.

Bibliothek der Unterhaltung und des Wissens

Bibliothek
der Unterhaltung
und des Wissens

Mit Originalbeiträgen der
hervorragendsten Schrift=
steller und Gelehrten
sowie zahlreichen
Illustrationen

Jahrgang 1915. Dritter Band

Union Deutsche Verlagsgesellschaft
Stuttgart ❖ Berlin ❖ Leipzig

Zu der Erzählung „Die Grafen Peltrière" von Walther Kabel.
(S. 12)
Originalzeichnung von Max Vogel.

Inhalts=Verzeichnis

Die Grafen Peltrière
Erzählung von Walther Kabel

Mit Bildern von Max Vogel   (Nachdruck verboten)

An der Biegung der breiten Pappelallee
verhielt Hektor v. Rochette seinen
Rappen, wendete sich im Sattel und
winkte dem auf der Freitreppe des
Schlosses stehenden Ehepaare nochmals eifrig mit der Hand zu. Drüben
flatterte ein weißes Tüchlein in den
feinen Fingern der schönen Frau
Yvonne, deren hellgekleidete, zierliche
Gestalt sich in der Dämmerung des
Maiabends deutlich von dem verwitterten Gemäuer
des düsteren, riesigen Gebäudes abhob. Neben ihr
ragte die massige Gestalt ihres Gatten empor, die
Arme über der Brust verschränkt, regungslos, wie aus
Erz gehauen. Und Hektor v. Rochette glaubte jetzt

troß der Entfernung ein feindseliges Lächeln zu erkennen, das um den brutalen Mund des Grafen spielte.

„Kommen Sie, Baron!"

Der ungeduldige, mahnende Zuruf seines Gefährten brachte ihn zur Besinnung. Noch ein letzter
Blick nach rückwärts, und sie trabten nebeneinander
zum Parktor hinaus.

Wohl eine Viertelstunde ritten sie dann auf der
breiten, nach Paris führenden Straße schweigend
dahin, jeder mit seinen Gedanken beschäftigt.

Die Dunkelheit nahm zu. Vor ihnen zeichnete
sich immer klarer der helle Lichtschein, das Wahrzeichen
der Weltstadt, am nächtlichen Himmel ab. Das Klap-
pern der Pferdehufe, das Knarren des Sattelzeugs
waren die einzigen Geräusche, die den Frieden der
ländlichen Einsamkeit störten.

Da gingen die Pferde bei einer Steigung der
Straße von selbst aus dem flotten Trab in einen be-
haglichen Schritt über. Diese Gelegenheit benüßte
Vallier, um sich endlich das Herz frei zu reden.

„Baron," begann er mit seiner milden Stimme,
„ich bin um zwei Jahrzehnte älter als Sie. Unsere
Väter schon waren Freunde. Darf ich daher einmal
ganz offen mit Ihnen sprechen?"

Hektor v. Rochette ordnete unruhig die Zügel in
seiner Hand. Er wußte, was kommen würde. „Bitte,
Vallier! — Aber verderben Sie mir, wenn irgend
möglich, nicht den prächtigen Maiabend."

Der andere ließ sich durch diese halbe Ablehnung
nicht beirren. „Ich war vorgestern nachmittag im
Eichenhain von Peltrière. Der Graf hatte mich eingeladen, einem Fuchs nachzuspüren, der seine Fasanen-
zucht allzu arg schädigt," sagte er mit besonderer Be-
tonung.

Der Baron war zusammengezuckt. Ein forschender
Blick streifte Valliers scharfgeschnittenes Aristokraten-
gesicht. Als dieser noch immer schwieg, fragte er unsicher: „Nun, und — haben Sie den Fuchs glücklich
erwischt?"

„Nein. Es gab dort anderes zu beobachten." Er
sah den Gefährten scharf an und fuhr nach einer Pause
fort: „Rochette — der Graf war damals ebenfalls
im Eichenhain. Ohne Zweifel hat er das gleiche gesehen wie ich — ein Paar, das sich zärtlich küßte und
vor lauter Seligkeit blind und taub zu sein schien."

Der Baron riß die Zügel so plötzlich an, daß der
Rappe hochstieg. „Und das sagen Sie mir erst heute,
Vallier?"

„Der Vorwurf trifft mich nicht. Ich nahm an,
Peltrière würde Ihnen gestern schon seine Zeugen
schicken. Und das hätte ich dann doch nicht mehr ver-
hindern können."

Vor ihnen erschienen jetzt die glühenden Augen
eines Autos. Als es vorüber war, Staub und Benzin-
dunst hinter sich lassend, fragte Rochette mit erkünstelter Ruhe: „Was soll ich tun, Vallier? Raten
Sie mir. Ich verstehe den Grafen nicht. Hat er uns
wirklich vorgestern nachspioniert, und weiß er nun,
daß ich seine Frau liebe und von ihr wiedergeliebt
werde, von dieser Frau, die er wie ein Tyrann behandelt, deren empfindliches Seelenleben dieser Kraft-
mensch nie begreifen wird, die er —"

„Trotz alledem auf seine Weise liebt und so behandelt, wie alle Grafen von Peltrière ihre Frauen
behandelt haben," vollendete Vallier düster.

Hektor v. Rochette war still geworden. Sie pas-
sierten eben die reizend gelegene Ortschaft Vernon,
bogen dann rechts über die Seinebrücke und befanden

sich nun wieder auf der selbst hier noch wenig belebten
Landstraße.

„Baron, ich wollte Sie also warnen," begann
Vallier abermals. „Der Graf hat das zärtliche Schäfer-
spiel im Eichenhain ohne Zweifel belauscht. Ich beobachtete ihn heute während unseres Besuches. Zweimal
ruhte sein Blick mit einem Ausdruck auf Ihnen, der
nichts Gutes verriet. Und am bedenklichsten erscheint
mir dabei der auffallende Umstand, daß er Sie nicht
gefordert hat, sondern Sie nach wie vor mit scheinbar
größter Freundlichkeit behandelt."

Hektor v. Rochette hatte bereits seine gute Laune
wiedergewonnen. „Wenn ich mir die Sache ganz
kühl überlege, Vallier, so meine ich, Sie müssen sich
täuschen. Peltrière kann nichts gesehen haben! Er
wäre der letzte, der so etwas auf sich sitzen ließe. Oder
meinen Sie etwa, daß er Angst vor meiner Pistole
hat? — Nicht? — Na also!"

„Sie sind ein unverbesserlicher Optimist, Baron,"
entgegnete Vallier ernst. „Nun — ich habe jedenfalls
meine Pflicht getan. Sie sind gewarnt. Vergessen
Sie nie, daß Sie es mit einem Peltrière zu tun haben.
— Sie kennen doch die traurigen Episoden, an denen
die Geschichte dieses alten Geschlechtes so reich ist?"

„Nein. Ich bin auch nicht neugierig. Ich kenne
nur eines: meine sichere Hand, die die Kugel stets
dorthin schickt, wohin ich sie haben will."

Herr v. Vallier gab seinem Pferde ärgerlich die
Sporen. Heute zum ersten Male empfand er einen
deutlichen Widerwillen gegen Hektor v. Rochette, den
er bisher nur für leichtsinnig, aber nicht für frivol
gehalten hatte.

*   *   *

Vier Wochen waren vergangen. Da erhielt der Baron Rochette, der gerade dabei war, sich mit Hilfe seines Kammerdieners umzukleiden, einen Brief des Grafen.

„Lieber Baron," schrieb Peltrière, „wollen Sie mir einen Gefallen tun? Ich habe mir aus Belgien ein Paar neue gezogene Pistolen verschrieben, die ich gern durch Ihre sichere Hand auf ihre Schußleistungen erproben lassen möchte. Könnten Sie heute nachmittag zu uns herauskommen? Falls Sie nicht abtelephonieren, erwarten wir Sie bestimmt um vier Uhr. Ihr Peltrière."

Hektor v. Rochette las, las nochmals. Etwas wie ein dumpfes Furchtgefühl überkam ihn plötzlich. Nachdenklich starrte er vor sich hin, während Jean mit geschickten Händen das Haar seines Gebieters scheitelte.

Unsinn! Was sollte denn hinter dieser Einladung so Besonderes stecken? Peltrières an ihn, den besten Pistolenschützen von Paris, gerichtete Bitte war die natürlichste Sache von der Welt. Die Zeilen waren harmlos, harmlos wie dieser ganze, sonst so brutal erscheinende Riese. Außerdem — jetzt besann er sich — Peltrière hatte ja selbst unlängst davon gesprochen, daß er sich neue Pistolen bestellt habe.

Aber trotz alledem vermochte der Baron ein leises Unbehagen nicht loszuwerden. Immer wieder ertappte er sich auf Gedanken, die sich mit einer ihm möglicherweise gestellten Falle beschäftigten.

Erst als er dem Grafen auf der Freitreppe des Schlosses die Hand schüttelte, schwanden auch die letzten Bedenken. Peltrière war unverändert liebenswürdig und schien über das pünktliche Eintreffen seines Gastes ehrlich erfreut.

„Meine Frau müssen Sie vorerst noch entschuldigen,

lieber Baron," meinte er, während sie die Treppe emporstiegen. „Sie hat ihren schlechten Tag — Migräne."

Das Schloß war wie ausgestorben. Von der zahlreichen Dienerschaft ließ sich niemand sehen. Eine Stille herrschte in dem riesigen Gebäude, die auf Hektor Rochettes etwas angegriffene Nerven geradezu aufreizend wirkte.

Peltrière hatte seinen Gast in die Bibliothek des Schlosses, einen langgestreckten Raum im ersten Stock, geführt, wo bereits auf dem großen Mitteltisch einige auserlesene Erfrischungen in zierlichster Weise aufgestellt waren. Rochette nahm von den Speisen nur aus Höflichkeit, da er kurz vorher im Klub diniert hatte. Willkommener waren ihm die Liköre, denen er reichlich zusprach. Sie sollten seinen nicht ganz taktfesten Nerven wieder aufhelfen.

Indessen plauderte der Graf von diesem und jenem, wobei er auch ganz nebenbei erwähnte, daß er den größten Teil der Dienerschaft für den Nachmittag nach dem Nachbardorfe beurlaubt habe, da dort eine Hochzeit gefeiert würde.

Als dann die ersten Rauchwolken der Zigarren zu der getäfelten Decke emporstiegen, holte der Graf aus seinem Waffenschrank einen dunkelgebeizten Pistolenkasten herbei. Der Baron besichtigte, längst in behaglichster Stimmung, mit dem Interesse des Kenners die schön gearbeiteten Scheibenpistolen.

„Ich bin wirklich begierig, ob die Leistungen mit der reichen Ausstattung gleichen Schritt halten," meinte er, die eine der Waffen prüfend in der Hand wiegend. „Wenn es Ihnen recht ist, Graf, gehen wir sogleich auf den Schießstand."

„Das können wir bequemer haben. Der Scheiben-

stand dürfte um diese Zeit auch zu sonnig sein. Die Bibliothek ist gut ihre zwanzig Meter lang, genügt also für unsere Zwecke. Bleiben wir ruhig hier."

„Aber werden die Schüsse Ihre Frau Gemahlin nicht erschrecken?" wandte Rochette besorgt ein.

„Sie ist daran gewöhnt, Baron," erwiderte Peltrière gleichgültig. „Es ist ja auch nicht das erste Mal, daß wir den Raum hier zu Schießübungen benützen. Bei den dicken Wänden dringt der Knall nicht weit."

Der Graf hatte bereits ein kaum handgroßes Stück Papier vom Tische aufgenommen und es mit einer Stecknadel in Brusthöhe an einer Draperie von türkischem Seidenstoff befestigt, die, wie Rochette wußte, eine schwere Eichentür nach einem Nebengemach verdeckte.

„Unser gewöhnlicher Scheibenpfosten, wie Sie an den Löchern in dem Türvorhang sehen," erklärte Peltrière lächelnd. „Und nun stellen Sie sich dort an die gegenüberliegende Wand, Baron, und beweisen Sie Ihre Schießfertigkeit. Drei Kugeln aus jeder Pistole werden genügen."

Kam es Rochette nur so vor, oder hatte des Grafen Stimme bei den letzten Worten wirklich leicht gebebt wie vor unterdrückter Erregung? — Er schaute auf. Kein Zweifel. Das Gesicht Peltrières war bleich wie der Tod.

„Ist Ihnen nicht gut, Graf?" fragte er.

„So gut wie selten, lieber Rochette. Sie beunruhigen sich wirklich unnötig."

Und doch war's nur ein verzerrtes Lächeln, das dabei seine schmalen Lippen umspielte.

Langsam schritt der Baron auf seinen Platz zu. Langsam hob er die Pistole.

Peltrière hatte die Arme über der Brust verschränkt. Seine Augen waren weit aufgerissen. Seine ganze Haltung drückte atemloseste Spannung aus.

Der Schuß knallte. Das Papierblatt zeigte genau in der Mitte einen dunklen Fleck*).

„Famoser Treffer!" rief Peltrière. In dem Ton-

---

*) Siehe das Titelbild.

fall war ein wildes Triumphieren. „Hier eine zweite
Patrone, Baron."

Noch zweimal feuerte Rochette. Und alle drei
Schüsse saßen dicht nebeneinander.

„Genug vorläufig. — Ich danke Ihnen, Sie haben
Ihre Sache vorzüglich gemacht."

Damit nahm der Graf seinem Gaste die noch
rauchende Waffe aus der Hand.

„Aber wir haben doch noch die zweite zu erproben,"
erinnerte Rochette eifrig. Für ihn war es ein Genuß,
so tadellose Schußwaffen zu prüfen.

„Später. — Setzen Sie sich jetzt, Baron. Ich
möchte Ihnen zunächst einiges aus unserer Familien-
chronik erzählen, was Sie interessieren dürfte."

Erstaunt gehorchte Rochette. Der Graf nahm ihm
gegenüber an der anderen Seite des Tisches Platz.
Wie spielend schob er jetzt eine frische Patrone in den
Lauf der Pistole, die er noch immer in der Hand hielt.

„So, Baron, nun kann ich beginnen." Hart und
schneidend klang's. Und in dem Blick, den der Graf
jetzt auf seinen Gast richtete, lag wilder, vernichtender
Haß.

Hektor Rochettes zierliche Gestalt sank förmlich in
dem breiten Klubsessel zusammen. Eisige Angst kroch
ihm zum Herzen. Sein bleich gewordenes Gesicht, seine
Hände bedeckten sich mit feinen Schweißperlen.

„Wir Peltrière sind im allgemeinen ein vom Glück
begünstigtes Geschlecht," begann der Graf jetzt, während die drohende Pistolenmündung die Richtung auf
des Barons Brust unverändert beibehielt. „Im allgemeinen. Nur in einer Beziehung haben wir stets
Pech gehabt — mit unseren Frauen. Sechs Gräfinnen
Peltrière mußten eines geheimnisvollen Todes sterben.
Wir pflegen nämlich den Beleidigern unserer Familien-

ehre nicht mit der Waffe gegenüberzutreten, Baron.
Bei uns ist es stets Brauch gewesen, treulose Frauen
durch ihre Liebhaber selbst bestrafen zu lassen. Es gehört freilich etwas Erfindungsgabe dazu, um jedesmal
eine neue Tragödie zu diesem Zwecke zu inszenieren.
Meine Vorfahren waren in dieser Hinsicht geradezu
genial. Ob ich ihnen nicht nachstehe, das sollen Sie
selbst nachher entscheiden, Rochette."

Eine furchtbare Ahnung war urplötzlich in dem
Baron aufgestiegen. Seine Augen irrten zu dem
türkischen Türvorhang hin, zu dem Papierblatt mit
den drei dunklen Flecken. Was ihm seine Phantasie
dahinter verborgen ausmalte, war zuviel für seine
Nerven. Aufstöhnend bedeckte er sein Gesicht mit
beiden Händen.

„Nun zu Yvonne, der letzten Gräfin Peltrière,"
fuhr die erbarmungslose Stimme fort. „Aus einem
völlig verarmten normannischen Geschlecht holte ich
mir mein Weib. Ich liebte es mit jeder Faser meines
Herzens. Vielleicht, daß wir Peltrière zu rauhe
Naturen sind, daß wir nicht genug schöne Worte
machen können, oder unsere Art zu lieben zu ursprünglich, zu unmodern ist. Jedenfalls merkte ich bald,
wie Yvonne sich immer scheuer von mir zurückzog.
Vergebens suchte ich mir ihre fliehende Zuneigung
zu erhalten. Es wurde von Tag zu Tag schlimmer.
— Dann kamen Sie. Ich ahnte bald, was in dem
Herzen meiner Gattin vorging. Unsäglich habe ich
gelitten — unsäglich. Schließlich kam jener Nachmittag
im Eichenhain. Ich sah Yvonne in Ihren Armen,
ich sah das Glück in den Augen meines Weibes aufleuchten, ein Glück, das ich ihr nie zu geben vermocht
hatte — nie! Ich wartete, hoffte auf Ehrlichkeit,
offenes Eingestehen. Ich hätte sie freigegeben. Aber

nichts geschah, nichts! Ihr verlachtet vielleicht noch den blinden Narren. Da wurde das alte, grimme Blut meines Geschlechts in mir rege, da begann ich meine

Vorbereitungen zu treffen. Heimlich habe ich durch
einen Agenten meine Güter verkaufen lassen, habe
alles zu barem Gelde gemacht. Heute mittag lohnte
ich die Dienerschaft ab. Yvonnes erstaunte Fragen
ließ ich unbeantwortet. Und endlich war ich allein
mit ihr in diesen Räumen, die sechs Jahrhunderte lang
uns Peltrière beherbergt haben. — Was weiter geschah, dafür finden Sie die Erklärung hinter jenem
Vorhang."

Hektor v. Rochette schnellte empor. Furchtbares
Grauen stand in seinen Augen, seinem verzerrten Gesicht, als er jetzt taumelnd wie ein Trunkener dem Türvorhang zuschritt. Seine zitternde Hand wagte es
nicht, den Vorhang zu lüften. Endlich raffte er sich
auf und riß ihn mit einem Ruck beiseite.

An die vom Alter nachgedunkelte Eichentür war
mit vielfachen Fesseln an starken Nägeln die Gräfin
Yvonne in aufrechter Haltung geschnürt. Den Kopf
hielten zwei breite, über Mund und Kinn laufende
Riemen unverrückbar fest. Das bleiche Gesicht zeigte
sich durch einen Ausdruck wahnwitziger Angst bis zur
Unkenntlichkeit entstellt. Und die glasigen, gebrochenen
Augen waren unnatürlich geweitet. Auf dem duftigen,
mattblauen Morgengewand aber zogen sich von der
Herzgegend drei frische Blutstreifen fast bis zu den
Füßen hinab.

Rochette war bei diesem Anblick zurückgetaumelt.
Kein Schrei war über seine Lippen gedrungen. Ein
Schuß krachte. Nur die Arme hatte Rochette noch halb
wie zur Abwehr erheben können.

Der Graf aber schritt mit der noch rauchenden
Pistole aus dem großen Raum, dessen Tür er hinter
sich verschloß.

*   *   *

Als am nächsten Morgen der neue Eigentümer des Schlosses Peltrière verabredungsgemäß sich einstellte, um seinen Besitz anzutreten, fand er den weitläufigen Bau unverschlossen und völlig verödet vor. Keine Menschenseele zeigte sich in den weiten Räumen. Dann aber entdeckte man in der Bibliothek zwei Leichen: die der Gräfin Yvonne mit drei Schußwunden in der Brust, daneben auf dem Boden den Körper Hektor v. Rochettes mit einem Schuß mitten in der Stirn.

Von dem letzten Grafen Peltrière hat man nie wieder etwas gehört. Die Behörden suchten seiner habhaft zu werden, da man ihn für den Mörder seiner Gattin und des Barons hielt. Doch alle Bemühungen waren vergeblich. Er blieb für immer verschollen.

Die Wage des Rechts
Roman von Friedrich Jacobsen

(Fortſetzung)

21 m nächſten Morgen ſah das alles ganz anders aus. Gerade um Mitternacht war ein Umſchlag im Wetter eingetreten — leichter Froſt mit luſtigem Schneefall und ſpäter winterlicher Sonnenglanz auf weißen Fluren.

Als Ernſt nach dem Herrenhauſe ging, huſchten auf dem Weiß ſchwarze Schatten um ihn herum, und er wurde inne, daß die ganze Allee mit Krähenneſtern beſetzt war.

„Haben dieſe Unholde dich nicht geſtört, mein Liebling?" fragte er, als Herta ihm ſchon an der Schwelle entgegenkam.

„Es gibt ein Mittel dagegen," ſagte ſie. „Im Gewehrſchrank habe ich eine ſehr ſchöne Vogelflinte entdeckt. Man ſchießt das Zeug ganz einfach weg, und dann iſt Ruhe im Lande."

Ernſt lächelte. „Alſo biſt du doch über den Waffen geweſen, Herta? Die Mitternacht hat dich wohl genarrt?"

„Es wurde ſpäter, als ich dachte. Der ganze Schreibtiſch ſteckte bis obenhin voll Papiere, aber es war lauter wertloſes Zeug — Familienkram und dergleichen. Ich habe den Ofen damit geheizt. Der frißt noch mehr, wenn es ſein muß."

Familienſinn hatte ſie nicht, dieſes Kind eines polniſchen Vaters, und es war auch kaum zu verlangen. Aber Ernſt hielt es doch für ſeine Pflicht, ihn anzuregen, und als ſie beim Frühſtück ſaßen, fing er denn an.

„Ich habe geſtern den Schulzen geſprochen, ein netter, verſtändiger Mann. Er meinte, das Grab müſſe doch allmählich ein Denkmal bekommen, es läge ſo wüſt da."

Herta zerschnitt gerade ein Brötchen und blickte nicht auf. „Welches Grab, Ernst?"

„Nun — deines Oheims natürlich."

Sie hatte sich in den Finger geschnitten und schrie leise auf; aber es war nicht von Bedeutung, nur ein paar Blutstropfen zeigten sich, die sie mit den roten Lippen aufsog.

Und dann entgegnete sie: „Natürlich! — Bisweilen glaube ich wirklich, daß meine Gedanken nch nicht ganz klar sind. Willst du so lieb sein, diese Sache in die Hand zu nehmen? Am besten bestellt man wohl den passenden Stein in Berlin."

„Aber wir müssen uns den Platz doch erst ansehen, Herta!"

„Ja — gewiß," sagte sie langsam und schcb die Tasse zurück. „Hast du denn sonst noch mit dem Schulzen verhandelt?"

„Er klärte mich über das sonderbare Benehmen des Verwalters auf. Gegen dich und mich hat der Mann gar nichts, er fürchtet nur, durch eine Verpachtung des Gutes aus seiner Stelle gedrängt zu werden. Der Schulze meint, wir sollten alles lassen, wie es ist, Janke sei treu und zuverlässig, er habe schon unter deinem Oheim alles in Händen gehabt."

War das dieselbe Herta, die vorgestern wie ein Zahlmeister rechnete, die über Villen und Etagen Unter den Linden disponierte, die mit Tausenden um sich warf?

Sie saß ganz still und gedrückt auf ihrem Stuhl, spielte mechanisch mit dem Löffel und hob die Augen nicht vom Teller.

„Ganz wie du willst, lieber Ernst," sagte sie endlich. „Mach das mit dem Verwalter ab, am besten gleich, ich möchte fort von hier, es ist alles so unheimlich. Hör nur, wie die Krähen wieder trächzen!"

Frauenlaune — Aprilwetter. Gestern, mitten im
Nebel, war sie voll Mut und Zuversicht gewesen —
heute, im Sonnenschein, kam ihr alles grau und düster
vor.

Aber da war wohl eine schlaflose Nacht schuld
daran, obwohl sie nicht darüber geklagt hatte. —

Ernst begab sich zum Verwalter, um mit dem Manne
zu unterhandeln, und er kam bald zu der Überzeugung,
daß der Schulze recht hatte.

Janke sprach ein paar kräftige Worte über „den
Tunichtgut, den Hans Jochen“, legte seine Bücher
vor, die in musterhafter Ordnung waren, und nach
Verlauf von ein paar Stunden war der neue Kontrakt
fix und fertig.

Herta brauchte nur zu unterschreiben.

Als Ernst mit dem Papier zu ihr kam, stand sie in
Pelzjacke und Barett am Fenster und sah in den Schnee
hinaus, der wieder leise zu fallen begann.

„Wird jetzt angespannt, Ernst?“

Er legte stumm den Kontrakt vor sie hin, und sie
unterschrieb, ohne auch nur ein Wort davon zu lesen.
Dann wiederholte sie ihre Frage.

„Sobald du willst, Liebling. Nur möchte ich noch
einmal darauf zurückkommen: wollen wir nicht erst
das Grab besuchen? Es ist doch schon der Leute wegen.“

Mit einer jähen Bewegung fuhr Herta herum und
sah ihn fast feindselig an. „Kannst du dir denn gar
nicht vorstellen, Ernst, wie schrecklich mir das ist? Nach
der Meinung der Leute soll ich ihn doch umgebracht
haben! Ich —“

„Herta — um Gottes willen!“

„Nein,“ sagte sie ruhiger, „so doch wohl nicht.
Aber einige mögen es doch noch glauben. Die Geschworenen berieten so grauenhaft lange!“

„Gut, dann gehe ich allein."

„Nein, ich begleite dich."

Da war nun wieder nichts zu wollen. Wenn sie etwas gesagt hatte, dann führte sie es auch aus.

Sie verließen den Hof, um die lange Allee hinunterzugehen.

Die Krähen flatterten um ihre Köpfe.

„Schreit nur!" rief Herta mit einem wilden Humor, der wohl noch aus ihrer ersten Stimmung herausklang. „Schreit nur, es kann euer Letztes sein. Die hier unter euch geht, die schießt! Oh, wie häßlich das alles ist!"

Als der kleine See auftauchte, dessen Wasser schwarz zwischen dem Schnee lag, loderte diese Stimmung noch einmal auf.

„Wenn wir da hineingingen, Ernst! Was an mir haftet, das hängt sich auch an dich — viel oder wenig, etwas bleibt immer zurück."

Damit schien sie sich aber in Bitterkeit über ihr Schicksal erschöpft zu haben, und sie wurde nun ganz ruhig. So still, daß er ihr besorgt in die Augen blickte, denn sie näherten sich nun dem kleinen Friedhof, der mit seinen schwarzen Kreuzen über dem weißen Leichentuch einen unendlich traurigen Anblick gewährte.

Herta stützte sich fest auf den Arm ihres Begleiters.

„Da ist ja kein Baum und kein Strauch, Ernst — kein einziges Zeichen von Liebe. Der Herr von Erlensee ist gewiß ebensowenig geliebt worden wie alle übrigen, die hier liegen, und nun tut es ihm ganz wohl, da unten zu schlafen. Meinst du nicht auch?"

„Hier liegen doch ein paar welke Kränze, Herta — vielleicht ist es das richtige Grab."

Als wenn sie mit nacktem Fuße in Nesseln getreten

wäre, so zuckte sie zurück und warf einen scheuen Blick
auf den zusammengeschichteten Hügel, der noch nicht
einmal eine Nummer trug, geschweige denn Kreuz
und Stein und was sonst zu einer Heimstatt gehört.
Gleich darauf wurde hinter ihnen gesprochen.
Der Totengräber war herangekommen und stand
mit der abgezogenen Pelzmütze zwischen den stärker
fallenden Schneeflocken.
Er rechnete wohl auf ein Trinkgeld und glaubte
dafür einen kleinen Sermon anbringen zu müssen.
„Da haben wir ihn untergebracht," sagte er, „mitten
in der Reihe. Etliche meinten, er müßte in die Ecke.
Aber der hat nicht Hand an sich gelegt, der dachte nicht
ans Sterben, er hatte sich nicht mal ein Erbbegräbnis
gekauft. Und der Herr Pfarrer sagte in seiner Rede,
daß die Sonne es schon noch an den Tag bringen
würde."

———

Es war selbstverständlich eine ganz kleine Hochzeit,
oder wenn man sie nach Gästen und Trinksprüchen
bemessen will, war es überhaupt keine.
Die öffentliche Schwurgerichtsverhandlung mit
allem Drum und Dran warf noch zu sehr ihren Schatten
in die Gegenwart, und Herta war daher vollkommen
einverstanden, als Ernst ihr den Vorschlag machte, es
bei den gesetzlichen und kirchlichen Formen bewenden
zu lassen.
So wurden ein paar gleichgültige Zeugen aus-
gesucht, man fuhr vom Standesamt sofort in die Kirche
und von dort auf den Bahnhof, um die Hochzeitsreise anzutreten.
Für die Zeit der Rückkehr war natürlich alles ge-
ordnet. Auf Hertas Wunsch hatte Ernst eine kleine
Villa in Charlottenburg gemietet, und das vergrößerte

Anwaltsbureau kam zwar nicht Unter die Linden, aber
doch mitten in den Verkehr hinein: an den Potsdamer
Platz, und kostete einen schönen Batzen Geld.
„Wir können es,“ sagte Herta, „und du sollst der
erste Verteidiger Berlins werden. Ich selbst habe dich
schon dazu gemacht.“

Die Hochzeitsreise sollte tief in den Süden gehen
und einen ganzen Monat dauern; Ernst machte zwar
gegen diesen langen Zeitraum Einwendungen und wies
auf seine junge Praxis hin, aber Herta hatte eine
Antwort bereit, die alles niederschlug.

„Das Gras wächst so langsam,“ sagte sie.

Das klang zwar unlogisch, denn in unserer jagenden
Zeit ist der Träger einer Sensation schnell vergessen,
wenn die zweite nicht auf den Hacken folgt, aber es
ließ sich schließlich begreifen, daß Herta nicht sofort in
der Gesellschaft erscheinen wollte — an einen end-
gültigen Verzicht auf die Rolle der Weltdame glaubte
Ernst jedenfalls nicht. —

Die zweite Station auf der Hochzeitsreise machten
sie in München. Herta kannte die schöne Isarstadt
noch nicht und durchstreifte am Arm ihres Gatten
unermüdlich die Straßen; sie war überhaupt seit der
Abfahrt aus Berlin von einer Frische und Elastizität,
die ihn stündlich mehr entzückte.

In einem der besseren Viertel blieb Ernst plötzlich
stehen und deutete auf ein mit Efeu überwachsenes
Haus, das etwas zurücklag und sich durch seine Bauart
von den übrigen unterschied.

„Sieh da, Herta! Das hätte ich unter Hunderten
wiedererkannt.“

„Irgend eine Berühmtheit, Ernst?“

„Ach nein,“ sagte er unbefangen. „Aber eine
Photographie davon stand auf Frau Hubers Schreib-

tifch. Da hat fie mit ihrem erften Manne — ich meine natürlich mit ihrem verftorbenen Manne — gewohnt."

Herta ging weiter. „Ich habe das Bild im Salon nie gefehen."

„Nein, es ftand in ihrem Arbeitskabinett."

Die heitere Stimmung war dahin, er merkte wohl, wie Herta vor fich hin grübelte. Und es ärgerte ihn ein wenig. Er hätte ja davon fchweigen können, aber fie hatte doch wahrhaft keinen Grund zur Eiferfucht. Eine Szene wollte er natürlich am zweiten Tage der Ehe nicht herbeiführen, und er fchwieg daher gleichfalls, aber als fie in das Hotel zurückgekehrt waren und Herta Dinertoilette machte, fetzte fie fich plötzlich, wie fie war, mit aufgelöften Haaren in die Sofaecke und winkte Ernft neben fich.

„Du, fo darf das nicht bleiben. Du denkft, ich bin eiferfüchtig — was?"

„Ein kleiner Anflug davon war es wohl," fagte er fcherzend.

„Da irrft du, mein Schatz. Daß fie dich rafend liebt, wiffen wir beide, und vor der Hochzeit war mir das nicht ganz einerlei, aber nun bift du mein, nun kann ich dich hier mit meinen Haaren umwickeln, und dagegen kommt fie mit ihrer Strohmähne nicht auf. Alfo deswegen kann fie mich aus voller Seele haffen, je mehr, defto beffer — aber fie haßt mich auch fonft, und das kränkt mich, wenn ich nur ihren Namen höre."

„Warum follte fie dich haffen, Herta?"

„Oh, fie hat fich eine Idee in den Kopf gefetzt, und du weißt gut genug, welche das ift. Wer läuft denn fonft zum Kadi und bringt allen Klatfch an? Wer ftellt fich fonft vor die Gefchworenen und nennt mich unheimlich?"

Nun waren ihre Augen wieder fo rätfelhaft fchön,

daß er gar nicht anders konnte: er mußte sie in die Arme nehmen und die schwarzen Sterne küssen.

„Herta!" rief er vorwurfsvoll. „Auf der Hochzeitsreise solche Erinnerungen!"

Sie blieb ruhig und spielte mit seinem Rockknopf. „Die Hochzeitsreise nimmt ein Ende, Liebster, und dann leben wir in Berlin. Ich will allen in die Augen sehen, mit allen verkehren, sogar mit dem Staatsanwalt und dem alten, dicken Piscator, aber diese Frau, der ich unheimlich bin, die ist mir noch viel unheimlicher. Ich wollte, sie säße wieder in München, in ihrem Efeuhaus!"

Herta gab das Spiel mit dem Knopf auf und biß zur Abwechslung ihren Mann in das Ohrläppchen.

„Ernst, kannst du es nicht fertig bringen?" fragte sie leise.

„Was?"

„Daß sie fortkommt, daß man sie schneidet."

„Herta," sagte er halblaut und löste langsam seine Arme, „das kam nicht aus deiner Seele. Deine Nerven spielten dir einen Streich, sie schwingen immer noch dann und wann. Heute mittag wollen wir eine Flasche Sekt trinken und alles vergessen."

Diesen guten Rat schien sie befolgen zu wollen, denn das Diner verlief sehr heiter. Abends waren sie im Theater.

Da machte Ernst eine Entdeckung, die ihn sehr nachdenklich stimmte.

Nach dem Theater hatten sie noch zu Nacht gespeist und waren ziemlich spät in das Hotel gekommen.

Auf ihrem Zimmer klagte Herta über Durst. „Die Bedienung ist natürlich längst zu Bett," sagte sie, „und das Wasser in der Karaffe schmeckt lauwarm. Liebes Männe, ganz am Ende des Korridors habe ich heute

einen Wasserhahn gesehen. Aber, bitte, ordentlich
ablaufen lassen, sonst ist es auch nichts wert."
    Natürlich nahm er das Glas und trat vor die Tür.
Aber da entdeckte er ganz in der Nähe ebenfalls eine
Leitung und kehrte daher ziemlich schnell zurück.
    Der dicke Läufer dämpfte seinen Schritt.
    Herta stand vor ihrer Toilette mit dem Rücken gegen
die Tür. Sie hatte das Oberkleid abgelegt, und ihre
weißen Arme leuchteten im Licht der Glühbirnen.
Aber das war es nicht, was seinen Blick fesselte, sondern
er sah in ihrer Hand einen blitzenden Gegenstand.
    Plötzlich hörte er sie aufschreien: „Wer ist da?"
    „Mein Gott, Herta — ich bin's!"
    Dann kam die Entdeckung. Sie konnte es nicht
mehr verbergen, denn das kleine Kästchen stand ganz
offen auf der Toilette, und Ernst war mit zwei Schritten
neben ihr.
    „Herta, du machst dir Morphiumeinspritzungen?"
    Nachdem die Sache heraus war, nahm sie es auf
die leichte Schulter. „Lieber Himmel, was ist denn
weiter dabei, wenn man es mit Vorsicht tut! Du denkst
wohl, ich bin daran gewöhnt, womöglich jeden Tag
ein paarmal? Bitte, betrachte doch meine Arme, dann
müßten ja lauter rote Punkte daran sein. Ich kann
dreist auf den Ball gehen, und kein Mensch wird was
merken."
    Sie hob ihre weißen Arme gegen das Licht und
schlang sie dann um seinen Nacken.
    „Du garstiger Mann, mich so zu erschrecken! Ein
kleines Geheimnis darf doch jede Frau vor ihrem Tyran-
nen haben, und wenn er zufällig dahinterkommt,
dann muß er sich eben ein bißchen verstellen."
    Er sah wohl ein, daß seine Befürchtung übertrieben
war, aber dieses süße Gift, vor dem Doktor Vollert

immer so dringend warnte, flößte ihm doch Mißtrauen
ein, und er konnte nicht gleich von der Sache loskommen.

„Ich glaube dir ja, Liebling — ich sehe es mit
meinen eigenen Augen. Aber warum spielst du mit
dem Feuer, wenn es doch gar nicht nötig ist?"

Herta sann einen Augenblick nach und begann dann
langsam ihre Haare aufzulösen. „Versprich mir, nicht
zu lachen, dann will ich es dir sagen. Sieh, Ernst,
wenn wir auch seit vorgestern verheiratet sind, so bist
du doch noch etwas Fremdes, Ungewohntes — im
gewissen Sinne wenigstens. Und alles Neue greift
viel tiefer in das Leben der Frau ein, als es bei dem
Manne der Fall ist. Später werde ich ruhig und fest
schlafen und nicht in meine dumme Gewohnheit ver-
fallen, im Traume zu sprechen. Vorderhand bin ich
dessen nicht sicher, und darum nehme ich heute zum
allererstenmale ein bißchen Morphium, denn ich möchte
dich doch nicht gerne stören."

Er hatte ihr nicht versprochen, das Lachen zu unterdrücken, und er lachte wirklich, wie von einem Alp
befreit.

„Das ist freilich eine genügende Erklärung, Schatz,
und das Mittel wirkt gewiß ausgezeichnet. Aber wenn
du im Schlaf eine kleine Rede halten solltest, so werde
ich dich dagegen anschnarchen, und dann wollen wir
erst sehen, wer das letzte Wort behält. Diesen Teufels-
apparat aber werde ich einstweilen in meine Hand-
tasche schließen, und morgen fliegt er zum Wagen-
fenster hinaus, so wahr ich dein Mann bin."

Damit war die Sache vorläufig erledigt. Und
gegen Morgen, um die tote Stunde, wo der Schlaf
am tiefsten zu sein pflegt, erwachte Ernst zufällig.

Er richtete sich auf und horchte nach seiner Frau
hinüber, ob sie wohl wirklich im Traum spräche.

Sie lag ganz still und atmete tief; aber dennoch war er nicht vollkommen sicher, daß sie wirklich schlief.

————

Herta hatte den Wunsch ausgesprochen, Rom aufzusuchen, dessen Kunstschätze sie anzogen, aber am nächsten Tage, den sie noch in München zubrachten, kam eine kleine Laune, die alles umwarf.

Das war in der Schackschen Bildergalerie.

Sie schlenderten in dem kleinen Raum herum, wie junge Paare das zu machen pflegen, hie und da mit einem flüchtigen Blick auf die Bilder und dann mit einem langen von Auge zu Auge.

Diese Böcklins waren ja auch sehr bekannt und überall in guten Kopien zu finden. Aber zwischen ihnen hing ein kleineres Bild, das Ernst noch nicht gesehen hatte.

Im Katalog stand es als „Die Erinnyen" verzeichnet, war aber auch sonst deutlich genug in seiner unheimlichen Realistik. Weidengebüsch — eine zerfallene Mauer — ein fliehender Missetäter — hinten um die Ecke lugend die Köpfe der Eumeniden. Mehr nicht. Aber man sah den Sturm von innen und außen, denn es flatterte alles auf dem Bilde: Wolken, Weiden, Kleider, Haare. Und mit diesem einfachen Mittel hatte der Künstler eine grandiose Wirkung erzielt. Ernst fühlte sich so sehr davon gepackt, daß er einen Stuhl nahm und sich davor niederließ; Herta strich indessen planlos herum und blieb endlich hinter ihm stehen.

„Was hast du denn da, Schatz?"

„Sieh doch nur!"

Sie warf einen einzigen Blick hin und wendete sich ab. „Gräßlich!"

Nun erhob er sich von seinem Sitz und reichte ihr

den Arm. „Das Motiv ist unheimlich, ich gebe es zu.
Aber was mich daran fesselt, das ist die wunderbare
Ausführung. Dieser Sturm ist natürlich symbolisch
aufzufassen. Glaubt man nicht zu sehen, wie das
gepeitschte Gewissen dem Mörder sein Geheimnis ent-
reißt?"

„Warum gerade dem Mörder?"

„Das ist natürlich Phantasie von mir, aber der Mord
ist doch das schwerste aller Verbrechen."

Als er das gesagt hatte, überkam ihn das Bewußtsein
einer unüberlegten Außerung — jetzt, mitten im Glück
— und doch noch an der Schwelle der Vergangenheit.

Herta hielt das Gespräch fest. „Das Bild behandelt
einen antiken Stoff, Ernst. Weißt du, wie ich mir das
moderne Gewissen in solchem Falle vorstelle?"

„Nun?"

„Ein tanzendes Weib — mitten unter dem Kron-
leuchter — im Kreise gaffender Zuschauer."

Dann waren sie auf der Straße und gingen der
Isar zu.

„Übrigens sehe ich mein Schicksal voraus," begann
Herta wieder. „In den vatikanischen Sälen in Rom
wirst du in deiner Bilderwut die Polster absitzen und
mich vergessen. Wie wär's — wollen wir Rom nicht
lieber schwimmen lassen und nach Monte Carlo gehen?"

„Was sollen wir denn da, Schatz?"

„Ein bißchen jeuen," sagte sie lachend, „nur ein
ganz klein bißchen. — Puh, jetzt kommt die Erinnerung
an die Morphiumspritze! Du alter, grämlicher Jurist,
witterst du denn gleich überall Unheil, kannst du gar
nicht begreifen, daß jede Eva einmal vom verbotenen
Apfel naschen will? Bitte, bitte, einen ganz kleinen
Biß — ins Klingende übersetzt: drei Scheffel Weizen
von Erlensee oder das Honorar für eine Verteidigungs-

rede. Haft du übrigens dein Honorar schon von mir
bekommen, du Geizhammel?"

Ein blühendes Weib am Arm — wer könnte
da widerstehen! Ernst warf seinen ganzen Reise-
plan um und saß eine geschlagene Stunde über dem
Bädeker.

Mit dem Nachtzug reisten sie ab.

————

Eine Spielerin war Herta nicht, das sah der Gatte
zu seinem geheimen Trost schon in der ersten Stunde,
die sie am Spieltisch zubrachten. Sie setzte wohl mit
einigem Eifer, aber immer nur kleine Summen, und
es schien ihr ziemlich gleichgültig zu sein, wie die Kugel
rollte. Dagegen zog sie das Milieu mächtig an, und
sie konnte den halben Tag auf einem Diwan lauern,
um diese bunte, hohle, geschmückte Menge der pro-
fessionellen Spieler einer Musterung zu unterziehen.

„Ob das nun lauter Verbrecher sind?" fragte sie
einmal ihren Gatten.

Er zuckte lächelnd die Achseln. „Es kommt darauf
an, was du unter einem Verbrecher verstehst, Herta.
Diese Leute, die nicht ohne das Rollen der Kugel und
das Klingen des Geldes leben können, sind ganz gewiß
nicht normal, und wenn ihr moralischer Defekt keine
Hemmung findet, dann mag er sich auch in einer Form
auslösen, die das Gesetz verletzt. Im allgemeinen
wird wohl keiner von diesen Menschen eine Handlung
begangen haben, die wir verfolgen."

„Du bist ja doch Verteidiger!" sagte sie rasch.

„Gut — also die wir rechtfertigen oder beschönigen
müssen."

„Man kann also doch ein Verbrechen rechtfertigen,
Ernst?"

„Selten. Am ehesten vielleicht eines, das aus
Liebe begangen wird." —

An diesem Tage war sie besonders heiter. Es kam
wohl auch die köstliche Schönheit der Natur hinzu, die
den Winter jenseits der Alpen kaum ahnen ließ; aber
Ernst schob es auch auf das, was Herta die „Gewöh-
nung an den Mann" genannt hatte, und er beschloß,
seinen Vorteil wahrzunehmen.

Denn die Sache, die er vorhatte, lag ihm schon
längst auf der Seele, und heute sollte sie herunter.

Als sie beim Abendessen saßen und der Zigeuner-
kapelle lauschten, sagte Ernst plötzlich: „Die Tage
fliegen wie die Schwalben. Mir graut fast bei dem Gedanken an mein neues Bureau am Potsdamer Platz."

„In vier Wochen wirst du anders denken," entgegnete
Herta. „Wir sind ja viel zu sehr Kulturmenschen, um
ohne Arbeit leben zu können."

„Ohne u n s e r e Arbeit, Herta."

Sie war noch immer arglos und sah ihn verwundert
an. „Was verstehst du darunter, Schatz? Ist nicht
jedes Werk, das wir verrichten, unser eigen?"

„Nein — nur das, was unserer Natur entspricht."

Nun wurde sie hellhörig, und über ihr bewegliches
Gesicht glitt ein leichter Schatten mißtrauischer Spannung. „Du willst also sagen, Ernst, daß dein Beruf
als Rechtsanwalt dir keine Befriedigung gewährt.
Ich kann das nicht begreifen, denn du bist vor allen
Dingen ein glänzender Redner, und es gibt wohl keine
juristische Tätigkeit, wo man gerade diese Gabe besser
verwerten könnte."

Damit hatte sie ihm das Heft in die Hand gegeben,
und er griff eilig zu. „Staatsanwälte müssen auch das
Wort beherrschen, Liebling; es ist sogar eine Hauptsache, und sie kommen dabei auf ihre Rechnung."

Die Musik brach in diesem Augenblick ab, und Herta nahm das Programm, um die nächste Nummer zu studieren. Er sah, daß sie es längere Zeit verkehrt in der Hand hielt, und wollte schon eine scherzhafte Bemerkung machen — da warf sie das Blatt auf den Tisch und rückte dichter an ihn heran.

„Das mußt du mir genauer auseinandersetzen, Ernst. Wie ist es eigentlich mit dem Staatsanwalt, hat er wirklich die Verpflichtung, fortwährend nach Verbrechen zu forschen, nach Dingen, die vielleicht längst begraben sind und am besten der Vergessenheit anheimfallen? Ich denke mir das schrecklich, denn wer möchte dann in der Nähe eines solchen Mannes laut reden! Die ganze Gesellschaft, wie sie geht und steht, hat ihre Geheimnisse, und es sind oft recht gefährliche darunter —"

Ernst lächelte. „Kind, wie kommst du auf solche Gedanken? Mir scheint, du verwechselst den Staatsanwalt mit der Polizei. Die hat allerdings bis zu einem gewissen Grade jene Verpflichtung, von der du soeben sprachst, aber der öffentliche Ankläger läßt die Sache an sich herankommen, und was ihm nicht angezeigt wird, das ist für ihn nicht in der Welt."

„Und wenn eine Anzeige kommt, Ernst?"

„Ja, dann muß sie freilich untersucht werden. Blindekuhspielen gibt's nicht, und wenn das Gewissen es versuchen wollte, dann käme das Strafgesetz mit seinen Fallgruben."

Es war schwül im Saal, und Herta schien das Bedürfnis nach frischer Luft zu empfinden. Sie erhob sich und trat auf die Terrasse des Hotels hinaus. Ernst folgte ihr natürlich als zärtlicher Gatte. Es war eine wundervolle Nacht, aber dabei ziemlich dunkel, nur das Kasino jenseits des großen Platzes strahlte wie ein Feenpalast.

„Ein einziger Druck mit dem Finger," sagte Herta,
„und die ganze Herrlichkeit ist aus. Irgendwo liegt
der Hebel, der diese Lichtströme ausschaltet, aber er
wird gehütet wie ein Geheimnis. Denn wenn die
Hand eines Unberufenen daran rührte, ich glaube,
alles da drüben fiele übereinander her."

Ihr Gatte schwieg. Er nahm diese zusammenhang-
lose Bemerkung als eines jener Irrlichter, die bisweilen
in Frauenköpfen herumhuschen, und es wurmte ihn
nur, daß die schöne Gelegenheit für seine Wünsche vorläufig vorüber war.

Es sollte ihr aber nicht geschenkt werden — das nahm
er sich vor.

Als das junge Paar einige Wochen später von der
Hochzeitsreise nach Berlin zurückkehrte, wurde Ernst
auf dem Bahnhof etwas unliebsam an jene Tage er-
innert, in denen er das Verteidigungsmaterial für
Herta zusammengesucht hatte, und die jetzt so unendlich
fern hinter ihm lagen.

Sie hatten sich zu lange mit dem Gepäck aufgehalten
und keine Droschkenmarke bekommen können, aber dem
Bahnhof gegenüber hielten noch drei bis vier Auto,
und Ernst ging mit Herta hinüber, um sich eines davon
zu sichern.

Plötzlich wurde er angerufen: „Hierher, Herr Rechtsanwalt — ich bin noch frei!"

Ein unangenehmes Gesicht sah unter der Chauffeur-
mütze hervor, verschwommene Züge, die ziemlich
deutlich von der Neigung zum Alkohol redeten und
deshalb in diesem Beruf etwas Ungewöhnliches waren.

Kollmann winkte unwillig ab. „Danke, mit Ihnen
fahr' ich nicht, Sie sind mir zu unsicher!"

Während der Mann anfing zu schimpfen, bestiegen

die beiden ein anderes Auto, und Herta sagte: „Du
hast ihn doch wohl zu hart angefahren, Schatz. Ich
war ganz stolz, daß er dich kannte, denn das will in
Berlin wahrhaftig was bedeuten."

Ernst lachte ärgerlich auf. „Du denkst wohl,
Herta, daß ich wirklich ein berühmter Mann bin?
Mit dem Kerl dort hängt es anders zusammen, der hat
mir genug vergebliche Arbeit gemacht."

„Wieso?"

„Nachher will ich dir's erzählen."

In ihrem neuen Heim, beim Abendessen, kam Herta
auf die Sache zurück, die Ernst schon wieder vergessen
hatte.

„Eigentlich geht es gegen unseren Kontrakt," sagte
er, „denn wir wollten doch die ganze Vergangenheit
ruhen lassen. Aber nun lässest du mir ja doch keine
Ruhe. Also damals, wie ich mit deiner Sache beschäftigt
war, lag mir natürlich sehr viel daran, den Chauffeur
ausfindig zu machen, der dich vom Belle-Alliance-Platz
bis in die Tiergartenstraße gefahren hatte. Es meldete
sich auch ein gewisser Meyer, derselbe, der mich heute
am Bahnhof anredete, aber das war .ein ganz ver-
soffenes Subjekt und obendrein der falsche, denn er
behauptete, die Dame sei Unter den Linden ein-
gestiegen, in der Nähe des Brandenburger Torcs."

Herta hatte aufmerksam zugehört und schüttelte
leicht den Kopf. „Das ist dann allerdings nicht der
richtige gewesen, Ernst, und die Geschichte mit dem
Brandenburger Tor klingt auch recht abenteuerlich.
Wer wird denn von dort bis zur Pension Huber ein
Auto benützen — das sind ja nur ein paar Minuten
zu gehen."

Damit war diese kleine Unterhaltung zu Ende, und
Ernst dachte nicht weiter daran; aber die Erinnerung

an jene Tage mußte Herta doch wieder aufgeregt
haben, denn im Laufe der Nacht — der ersten, die sie
in ihrer neuen Wohnung zubrachten — sprach sie im
Schlaf.

Auf der ganzen Hochzeitsreise war das nicht vorgekommen, obwohl die Morphiumspritze niemals wieder
in Gebrauch genommen wurde. Und jetzt kam diese
an sich harmlose Eigenart mit einer Heftigkeit zum Ausbruch, die den Gatten ein wenig beunruhigte.

Er wachte darüber auf, daß Herta laut aufschrie.
Er wollte sie natürlich wecken, aber bevor er so weit
kam, stieß sie einige Worte hervor, die ihren Traum
verrieten.

Von dem Chauffeur sprach sie und von ganz gemeinen Lügen.

Dann rief Ernst sie mit ihrem Namen an, und das
half wie fast immer in solchen Fällen — sie drehte sich
auf die andere Seite und schlief ruhig weiter; der
ganze Vorgang hatte kaum einige Sekunden gedauert.

Am nächsten Morgen beim Kaffee und im Licht
des Tages betrachtete Ernst die Sache von der harmlosen Seite und neckte Herta mit ihrer Neigung zum
lauten Träumen; gleich darauf gereute es ihn aber,
denn sie geriet in eine ernstliche Aufregung.

„Wenn das sich wiederholt," sagte sie, „dann muß
ich doch zu einem Beruhigungsmittel greifen, ob es
nun Morphium oder was anderes ist; ich glaubte,
ich wäre diese Krankheit los, aber es scheint, ich kann
nichts hören oder lesen, ohne des Nachts davon zu
schwatzen. Was mußt du dir nur dabei denken, Ernst?"

„Gar nichts, Liebling! In der nächsten Nacht
sprichst du von einem neuen Hut, und dann kenne ich
wenigstens deine geheimen Wünsche."

Trotzdem beunruhigte es ihn; nicht etwa die Tat-

sache selbst, sondern die übermäßige Bedeutung, die
Herta ihr beilegte — und auf dem Wege ins Bureau
ging er bei Doktor Vollert vorbei, um mit ihm gründlich über die Sache zu reden.

Um den Arzt vollständig zu unterrichten, erzählte er
alles von Anfang an: die Geschichte von der Morphiumspritze, das Zusammentreffen mit dem Chauffeur
Meyer sowie alles übrige.

Justus hörte sehr aufmerksam zu. „Sie sind also
vollkommen sicher, daß Ihre Frau Gemahlin nicht
doch etwa heimlich Zuflucht zum Morphium genommen hat?"

„Vollkommen," sagte Ernst eifrig. „Wir wissen
doch beide, daß der Gebrauch einer Spritze Spuren in
der Haut hinterläßt, und da mein Mißtrauen einmal
wachgerufen war —"

„Schön, das genügt mir. Dann weiß ich nur eine
Erklärung, die Ihnen aber keine Kopfschmerzen machen
darf. Mein Himmel, jede Frau hat schließlich ihre
kleinen harmlosen Geheimnisse, und bei besonders
lebhafter Phantasie bauschen die sich zu einer Staats-
aktion auf. In diesem Augenblick beschäftigt mich
eigentlich etwas anderes, nämlich Ihr geheimnisvoller Chauffeur. Sollte es nicht doch am Ende der
richtige sein, den Sie suchen? Der Mann trägt ein
besonders charakteristisches Merkmal im Gesicht, die
Spuren des Alkohols — Sie werden mir zugeben,
daß das bei unseren Autoführern eine ziemlich seltene
Erscheinung ist, weil sie wenig empfiehlt. Nun war
ich vor einiger Zeit bei Frau Huber — der Tag steht
sehr lebhaft in meiner Erinnerung —, und ich sprach bei
dieser Gelegenheit mit dem Portier. Sie kennen den
alten Bartels, seine Phantasie ist durchaus nicht stark
entwickelt, und er behauptete steif und fest, Fräulein

Malsd sei an jenem Abend mit einem Chauffeur
vorgefahren, dem der Schnaps aus dem Gesicht
leuchtete."

Kollmann stutzte. „Das ist freilich ein seltsames
Zusammentreffen. Dennoch kann dieser Meyer nicht
der richtige sein, denn er blieb hartnäckig dabei, die
Dame sei in der Nähe des Brandenburger Tores ein-
gestiegen."

Sie schwiegen beide und grübelten eine Weile vor
sich hin.

Dann schwenkte Kollmann von der Sache ab.
„Kommen Sie noch bisweilen in die Villa Huber?"
fragte er.

„Seit jenem Abend nicht mehr. Es war der Tag
der Verhandlung — Sie wissen ja —, und wir gaben
uns das Versprechen, Freunde zu bleiben, Frau Mary
und ich. Aber es ist mitunter schwer, solche Versprechen zu halten."

„Warum?"

„Wenn man mehr gefordert hat als Freundschaft."

Ernst blickte erstaunt auf und sah eine eigentümliche
Bewegung in dem Gesicht des jungen Arztes. Da
reichte er ihm die Hand und sagte: „Ich danke Ihnen,
Justus, für dieses Zeichen des Vertrauens. Aber hier
ist etwas Unbegreifliches: ich weiß, wie hoch Frau
Mary Sie schätzt, und wie wenig sie für eine lebens-
längliche Witwentrauer veranlagt ist; ein Antrag von
Ihnen kann doch nur aus einem einzigen Grunde
abgelehnt werden!"

„Aus einem einzigen Grunde!" bestätigte jener mit
wehmütigem Lächeln. „Sie haben ganz recht, Ernst,
aber diese Unterhaltung muß jetzt aufhören. Ich
sagte vielleicht schon zu viel. Sie kamen zu einer
Konsultation, und wir sind auf die Liebe geraten —

nehmen Sie das Rezept da mit nach Hause, es wird
meiner ärztlichen Tätigkeit nicht weiter bedürfen."
Ernst Kollmann verließ den Freund in einer sehr
seltsamen Stimmung. Wenn man dessen Worte
richtig auslegte, so hatte Mary seinen Antrag abgelehnt,
weil sie einen anderen liebte, und es war nicht schwer
zu erraten, wem diese schöne, blühende Frau, wenn
auch in hoffnungsloser Neigung, ihr Herz geschenkt
hatte.

Noch vor wenigen Wochen wäre der junge Rechtsanwalt mit gleichgültigem Achselzucken an solcher Erkenntnis vorübergegangen, und er grollte mit sich
selbst, daß er heute, als Hertas Gatte, nicht mehr dazu
imstande war.

Hatte die kurze Ehe denn schon Enttäuschungen
gezeitigt?

Auf dem Bureau war während der Hochzeitsreise
fast nichts eingegangen, und Ernst mußte unwillkürlich lächeln, wenn er an die großen Erwartungen
dachte, die Herta an seine erste und einzige Verteidigung
geknüpft hatte. Immerhin lag eine Strafsache vor,
die persönliche Rücksprache mit der Staatsanwaltschaft
wünschenswert machte, und Kollmann fuhr daher
nach Moabit hinaus. Erst unterwegs machte er aus den
Akten die Entdeckung, daß derselbe Beamte Dezernent
in dieser Sache war, der seinerzeit die Anklage gegen
Herta vertrat, und ein Zusammentreffen zwischen den
beiden damaligen Gegnern hatte natürlich einen etwas
fatalen Beigeschmack.

Um so größer war das Erstaunen Kollmanns, als
der für sehr reserviert geltende Staatsanwalt ihm mit
besonders großer Liebenswürdigkeit entgegenkam, sein
Anliegen im Handumdrehen erledigte und dann um
eine private Unterredung bat.

„Es gibt Dinge,“ sagte er, „die entweder tot-
geschwiegen oder bei ihrem richtigen Namen genannt
werden müssen, und ich ziehe es vor, den letzteren Weg
einzuschlagen. Wir wissen beide, wovon die Rede ist,
Herr Rechtsanwalt, und ich nehme keinen Anstand,
zu erklären, daß die damals erhobene Anklage ein
schwerer Irrtum war, den die Geschworenen zum
Glück noch rechtzeitig erkannten.“ Der Staatsanwalt
machte eine kleine Pause und verbeugte sich leicht.
„Wir sind der Dame, die Ihnen inzwischen näher-
getreten ist, glänzende Genugtuung schuldig, noch
weit über jenen selbstverständlichen Freispruch hinaus,
und ich betrachte es als eine Ehrensache, die von
Ihnen, Herr Rechtsanwalt, selbst angedeutete Spur
weiter zu verfolgen. Heute kann ich sagen, daß die
Täterschaft Hans Jochen Webers so gut wie erwiesen
ist, und wenn wir seiner habhaft werden könnten,
dann wäre an einer Verurteilung nicht der mindeste
Zweifel.“

Abermals Pause und ein verlegenes Räuspern.

„Es handelt sich ja allerdings um den Verwandten
Ihrer Frau Gemahlin, aber du lieber Himmel, wo
wäre denn die glückliche Familie zu finden, in deren
Peripherie nicht mindestens e i n räudiges Schaf lebt!
In diesem besonderen Falle hat man es zeitig erkannt
und ausgestoßen; wir können davon reden, als wenn
der Mann tot wäre oder ein Wildfremder. Darf ich
also fortfahren?“

„Ich bitte darum,“ sagte Ernst mit erkünstelter
Ruhe.

„Also vor einigen Tagen meldet sich ein Schutzmann gesund, der längere Zeit krank gewesen war.
Sein letzter Dienst fiel in die Mitternachtsstunden jener
bewußten Mordnacht, und er versah ihn im Tier-

gartenviertel dicht neben der Pension Huber. Nach
seiner Ablösung ging er heim, bekam die Lungen-
entzündung und lag wochenlang zwischen Leben und
Tod. Auf diese Weise erfuhr er erst kürzlich den ganzen
Kriminalfall und entsann sich nunmehr, daß er kurz
vor seiner Ablösung von einem jungen Manne angeredet und nach der Villa Huber befragt worden sei.
Nun ist es ja eine bekannte Erfahrung, daß gewisse
Begebenheiten, die in einen Wendepunkt des Lebens
hineinfallen, sich der Erinnerung besonders scharf einprägen, und wir legten daher das größte Gewicht auf
diese Mitteilung. Wir hatten uns eine Photographie
Hans Jochens verschafft, zeigten sie dem Beamten
und hatten die Genugtuung, daß er sofort mit größter
Bestimmtheit das Gesicht wiedererkannte. Und nun
lassen Sie mich die Kette der Beweise zusammen-
fügen. Hans Jochen wird von der Ankunft seines
Oheims in Berlin unterrichtet; er kennt dessen Absteige-
quartier, aber nicht das Haus selbst; als Erbe hat er
ein lebhaftes Interesse an dem Tode des Erblassers,
bevor dieser anderweit über sein Vermögen verfügt,
und seine eigene Vergangenheit verweist ihn auf den
Weg des Verbrechens. Nicht mit Unrecht nimmt er
an, daß der lebenslustige Gutsbesitzer spät heimkehren
wird, er beschließt, ihm in der Nähe seiner Wohnung
aufzulauern, und er besitzt sogar die Kühnheit, einen
Sicherheitsbeamten nach der Lage dieser Wohnung zu
befragen. Dann kehrt er um zwei Uhr nachts in seine
eigene Behausung zurück, und an seinen Stiefelsohlen
kleben noch die verräterischen Zeugen der Tat — jene
welken Herbstblätter, mit denen die Wege des Tiergartens übersät sind. Morgens um zehn Uhr wird er
verhaftet, abends um sechs Uhr wieder entlassen, weil
ein Genosse sein Alibi beschwört — aber es ist ein ver-

räterischer Freund, der Verdacht des Gerichts heftet sich an seine Fersen, er kann die Früchte des Verbrechens nicht einheimsen, und er flieht in die Welt hinaus. Ich frage Sie, Herr Rechtsanwalt, ob es einen schlüssigeren Beweis gibt, und ich beklagte tief, daß wir dies alles zu spät erfuhren, um eine unglückselige Anklage vermeiden zu können!"

Der kühle Beamte war ganz warm geworden und griff wie Verzeihung heischend nach Kollmanns Hand.

Ernst konnte nicht anders, er drückte die Rechte des Staatsanwalts und erhob sich von seinem Sitz. „Wir sind alle dem Irrtum unterworfen, Herr Staatsanwalt. Sie haben ein schweres Amt, und dennoch — ob Sie es glauben oder nicht — ich beneide Sie noch heute darum, obwohl das Schicksal mich auf die andere Seite gestellt hat — in die Reihe derer, die zu Verteidigern der Unschuld berufen sind."

Der Staatsanwalt lächelte. „Wir wissen es, lieber Freund, und wir wissen noch mehr. Ich habe einige Beziehungen zu der leitenden Stelle, und ich kann Ihnen die Versicherung geben, daß man Sie höchst ungern ziehen ließ, Ihre Rückkehr noch heute mit Freuden begrüßen würde. Darf ich an unsere Aussprache die Hoffnung knüpfen, Sie noch als Kollege in diesen Räumen zu sehen? Wie gesagt, die Wege sind geebnet, es liegt wirklich nur an Ihrer eigenen Entschließung."

————

Es war Nachmittag geworden, als Ernst Kollmann in seine Wohnung zurückkehrte. Er war in sehr begreiflicher Aufregung und sehnte sich nach einer Aussprache mit Herta, denn alles, was der Staatsanwalt ihm mitgeteilt hatte, mußte sie lebhaft interessieren, nicht zumindest jene letzte Andeutung, die gerade von den

Lippen dieses wissenden Mannes von unschätzbarem Gewicht erschien.

Aber Herta war ausgegangen wegen dringender Besorgungen, wie es hieß, und Ernst wunderte sich ein wenig darüber, denn in den Flitterwochen pflegt doch nichts dringender zu sein als die Gegenwart des Gatten, wenn er seit den Morgenstunden abwesend war.

Frauen sind indessen immer unberechenbar, und Ernst verzehrte daher sein Mittagbrot mit gemischten Gefühlen.

So etwas hätte Frau Mary jedenfalls nicht fertig gebracht!

Übrigens kehrte Herta bald darauf zurück und begrüßte ihren Gatten ganz unbefangen; sie war in einem Modebasar gewesen und dort ungebührlich lange aufgehalten worden.

Den ersten Teil seines Berichts nahm sie fast unwillig auf. „Es ist schrecklich,“ sagte sie, „wenn diese Sache noch immer keine Ruhe finden kann. Daß es sich um meinen Vetter handelt, mag noch hingehen, ich habe ihn niemals als Verwandten betrachtet. Aber ich halte ihn für unschuldig und bleibe dabei, daß entweder ein Selbstmord vorliegt oder ein räuberischer Überfall, bei dem der Täter gestört worden ist. Sprich nur nicht mehr davon, Ernst! Ihr müßt doch endlich begreifen lernen, daß jede Erinnerung mich zum Wahnsinn aufregt!“

Er konnte das in diesem besonderen Falle allerdings nicht ganz verstehen, tat ihr aber den Willen und rückte mit seinem Plan heraus, nun doch in den Staatsdienst zurückzukehren.

Auf der Hochzeitsreise, damals in Monte Carlo, hatte Herta ihm überhaupt keine Antwort gegeben;

jetzt ließ sie ihn ausreden und stützte nachdenklich den
Kopf in die Hand.

„Da es wirklich dein Herzenswunsch ist — auf das
Geldverdienen sind wir ja nicht angewiesen. Aber
wenn du nun bei der Staatsanwaltschaft eintrittst,
wirst du dann wenigstens die Macht haben, alles zu
begraben und auszulöschen, was mit dieser unseligen
Begebenheit zusammenhängt? Kannst du es so gründlich aus der Welt schaffen, als ob die Alten verbrannt
wä en und mit ihnen die Erinnerung und das Raunen
und das Schielen?“

„Nein,“ sagte er ehrlich, „das kann ich nicht. Ich
würde im Gegenteil alles aufbieten, um die Wahrheit
herauszubringen, denn der Staatsanwalt hat recht,
man ist dir eine Genugtuung schuldig, die weit über
das Maß dessen hinausgeht, was die Geschworenen
geben konnten. Auf dem Friedhof von Erlensee steht
jetzt der Grabstein. Man soll den Namen des Schuldigen
darauf schreiben, und solange das nicht geschehen ist —“

„Es wird nie der Fall sein,“ unterbrach sie ihn
hastig. „Aber einerlei — tue, was dir gut dünkt. Ich
will deinem Glück nicht entgegenstehen, das bißchen
Sonnenschein, das auf meinen Weg fällt, kommt ja
doch allein aus deinen Augen.“

Das war die Rede einer zärtlichen Frau, aber
nicht einer glücklichen, und Ernst Kollmann trug sich
damit den Rest des Tages, ja sie verfolgte ihn sogar
bis in den Traum der Nacht.

Es war ja begreiflich, daß Herta noch immer unter
dem Eindruck jener Tage litt, die ihrer Ehe voraus-
gingen, aber während der Zeit des Kampfes hatte sie
das Haupt so hoch getragen, war sie so voll Zuversicht
gewesen, daß ihre jetzige Stimmung nur als Reaktion
gelten konnte, als eine Entspannung der Nerven, die

es doch wohl wünschenswert erscheinen ließ, daß die
junge Frau eine Kur durchmachte oder sich in die Stille
des Landlebens zurückzog.

Vorläufig war daran freilich noch nicht zu denken,
und der nächste Morgen brach besonders trübselig an;
es war, als ob die regenschweren Wolken irgend ein
Ereignis bergen müßten, das mit Sturm und Schloßen
niederzugehen drohte.

Es meldete sich zunächst mit einzelnen Tropfen an.

Ernst erledigte auf seinem Bureau einige Eil-
sachen und war froh, daß keine neuen Klienten kamen;
sein Entschluß, in den Staatsdienst zurückzukehren,
stand nunmehr fest, aber es bedurfte dazu natürlich
längerer Verhandlungen, die nicht überstürzt werden
konnten.

Da wurde ihm noch jemand angemeldet, der ihn
unbedingt sprechen wollte.

Ein Mensch trat ein, der ihm nichts weniger als
sympathisch war, nämlich jener Chauffeur Meyer,
und der Kerl hatte schon in der Frühe des Tages ge-
trunken, man sah es seinem roten Gesicht an, in dem
Schlauheit und Frechheit um die Vorherrschaft stritten.

Kollmann fragte ziemlich kurz nach seinem Anliegen.

„Das ist nun so 'ne Sache, Herr Rechtsanwalt,“
sagte der Mann und setzte sich breitspurig. „In fünf
Minuten werden wir nicht damit zurechtkommen,
aber ich hoffe dennoch auf einen guten Ausgang,
zumal ich seit vorgestern entlassen und ohne Stellung
bin. Also es ist doch an dem, daß Sie vor einigen
Monaten jemand in der Zeitung suchten, der eine
gewisse Aussage machen könnte, und Sie wollten
sich's einen schönen Batzen Geld kosten lassen?“

Kollmann nickte etwas unbehaglich. „Ich suchte

allerdings einen Zeugen. Sie erschienen damals, und es stellte sich heraus, daß Sie nicht der richtige waren. Was nun weiter?"

„Man kann mitunter doch der richtige sein, Herr Rechtsanwalt, es kommt nur darauf an, wie das Gedächtnis aufgemuntert wird. Neulich auf dem Bahnhof sah ich die Dame, und da fiel es mir wie Schuppen von den Augen — das ist dieselbe, die ich damals gefahren habe, vom Belle-Alliance-Platz bis in die Tiergartenstraße, nachts um zwölf Uhr oder gegen halb eins."

In Kollmann wurde der vorsichtige Jurist wach, er begann zu tasten. „Überlegen Sie sich das genau, Herr Meyer. Als Sie zum ersten Male bei mir waren, wollten Sie eine Dame von den Linden aus gefahren haben, aber der Tag stand nicht fest, und daran scheiterte die ganze Geschichte."

„Jetzt scheitert sie nicht, Herr Rechtsanwalt. Es ist so, wie ich sage, und nun werden Sie wohl die Güte haben und mit der Belohnung herausrücken, denn ich denke, eine Sache ist deshalb nicht weniger wert, weil sie ein paar Monate später kommt."

Also das war es, die Belohnung spielte die Hauptrolle, und die Wahrheit war vielleicht Nebensache.

Kollmann tastete weiter. „Der Fall, um den es sich damals handelte, ist erledigt, Herr Meyer. Aber es hat sich ein neuer daran geknüpft, und in diesem wäre vielleicht Ihre Aussage zu verwerten. Wenn Sie also beschwören können, was Sie mir soeben mitgeteilt haben —"

Der Mann wurde plötzlich nachdenklich und trocknete sich das rote Gesicht mit dem Taschentuch. Dann trat der Ausdruck der Schlauheit zurück, und die Frechheit kam deutlicher zum Vorschein. „Also auf dem Loch

wird gepfiffen, Herr Rechtsanwalt. Nun, diese Melodie
kann ich allenfalls auch. Nämlich mit dem Schwören
ist das eine eklige Sache, da muß man seine Erinnerung
ausquetschen wie eine Zitrone. Wenn ich ganz richtig
zuquetsche, dann wird mir der Fall wieder unklar —
am besten ist es schon, ich nehme mit der Dame nochmals Rücksprache. Gestern überzeugte sie mich, daß
es so sei, wie ich heute gesagt habe; heute nun könnte
ich vielleicht sie überzeugen, daß es so gewesen ist, wie
ich ursprünglich angegeben habe."

Kollmann fuhr in die Höhe. „Wie meinen Sie das?
Von welcher Dame reden Sie?"

„Es ist ja wohl Ihre Frau Gemahlin, Herr Rechtsanwalt. Die war gestern bei mir, und heute bin ich
bei Ihnen, und nun weiß ich selber bald nicht mehr,
was ich von der Sache denken soll."

Das war ja wohl eine richtige Erpressungs-
geschichte, und Kollmann fühlte, daß es ihm heiß
über den Rücken lief. Er ließ sich aber nichts merken,
sondern blieb kühl und entgegnete nur: „Ich glaube,
Sie gehen einen bedenklichen Weg, Herr Meyer. Für
heute gebe ich Ihnen den guten Rat, Ihren Rausch
auszuschlafen. Nächstens können wir dann weiter
über die Angelegenheit reden. Aber ich denke, morgen
werden Sie überhaupt nichts mehr wissen."

Dann eilte er nach Hause und traf Herta in Hut
und Mantel. Die Aufregung zuckte ihm noch in allen
Gliedern, und zum ersten Male während der jungen
Ehe fuhr er seine Frau barsch an.

„Willst du wieder in Berlin herumlaufen und
klassische Zeugen ausgraben? Mit dem einen habe
ich vorläufig genug, mir hängt sein Schnapsdunst noch
in den Kleidern!"

Als sie ihn totenblaß ansah, wurde er ruhiger.

„Du haft eine grenzenlose Unvorsichtigkeit begangen, Herta! Ich kann es ja begreifen, daß du noch
jetzt, wo die Sache längst tot ist, deine Rechtfertigung
ergänzen möchtest, und du bist natürlich davon überzeugt, daß gerade dieser Meyer und kein anderer dich
in jener Nacht gefahren hat. Aber solche Leute, die
ewig im Dusel sind, sucht man doch nicht auf, und vor
allem suggeriert man ihnen nicht Dinge, deren sie sich
nach Monaten doch nicht mehr entsinnen können.
Das ist gefährlich und könnte unter Umständen als
Bestechung ausgelegt werden."

Als Herta sich entdeckt sah, machte sie gar nicht
den Versuch zu leugnen, sondern griff nach dem letzten
Verteidigungsmittel des Weibes und brach in Tränen
aus.. „Du bist hart und ungerecht, Ernst, willst dich
nicht in meine Lage versetzen. Alles war zu meinen
Gunsten, nur dieser eine Punkt blieb unaufgeklärt,
und ich sah es den Augen meiner Richter an, daß das
Mißtrauen hier hängen blieb. Und neulich auf dem
Bahnhof, nach deiner Erzählung, erkannte ich wirklich
den Mann wieder — er war es wirklich, der mich gefahren hatte, er irrte sich nur im Ort. Kannst du es
mir da verdenken, daß ich ihn gestern aufsuchte und
seine Erinnerung so lange schärfte, bis er mir ein-
räumte, daß ich recht hätte? Zu dir hätte er nicht
gehen sollen, das war meine Sache allein, und vielleicht
hätte ich nie davon´ Gebrauch gemacht, aber daß du
jetzt von Bestechung redest, tut mir in der Seele weh,
das werde ich nie verwinden!"

Ihre Aufregung war so groß, daß er alles zurück-
nahm und auch nicht von dem sprach, was ihn am
meisten wurmte: nämlich von ihrer Heimlichkeit in
dieser Sache.

Dennoch mußten seine Vorwürfe tiefer gedrungen

sein, als er selbst ahnte, denn als der Abend kam,
klagte Herta über Kopfschmerzen, legte sich ins Bett,
und um Mitternacht loderte das helle Fieber aus ihren
Augen.

Es kamen einige recht schwere Wochen, die weniger
durch Hertas Krankheit als durch gewisse Begleit-
erscheinungen ein düsteres und fast unheimliches Ge-
präge erhielten.

Ernst hatte seinen Freund Doktor Vollert herbei-
gerufen, denn er hegte nun einmal das größte Vertrauen zu dem jungen Nervenarzt, und Hertas
Abneigung spielte keine große Rolle, denn sie kannte
tatsächlich keinen Menschen und war anscheinend
vollkommen apathisch.

Aber als Justus die Kranke untersucht hatte, zog
er sich mit Ernst in ein Nebenzimmer zurück und sagte
etwas befangen: „Ich muß schon eine Gewissens-
frage an Sie stellen, lieber Freund. Daß bei der
Konstitution Ihrer Frau Gemahlin früher oder später
eine Nervenkrisis ausbrechen würde, nimmt mich
durchaus nicht wunder; solange ich sie kenne, sah ich
stets dieses Ereignis voraus. Aber das auslösende
Moment trägt einen ganz besonderen Charakter:
haben Sie vor dem Ausbruch der Krankheit einen
Streit mit Ihrer Gattin gehabt?"

Ernst beichtete gewissenhaft.

Der Arzt schüttelte nachdenklich den Kopf. „Das
Krankheitsbild wird dadurch nicht deutlicher, aber
jedenfalls weiß ich nun eines: jeder Streit ruft natur-
gemäß eine gewisse Abneigung hervor, die unter
normalen Verhältnissen wieder zurückebbt. Tritt
aber an Stelle der Norm eine Krankheit, dann geht
die Abneigung in das Krankheitsbild über und ver-

schärft sich unter Umständen zur Furcht. Ihre Frau Gemahlin fürchtet sich vor Ihnen."

Ernst neigte das Haupt. „Ich bin schuld daran; ich muß es tragen."

„Sie müssen noch mehr, lieber Freund. Patienten sind immer im Recht, und die Stimme der Vernunft gilt ihnen gegenüber nicht. Ich ordne also die Überführung ins Krankenhaus an und untersage Ihnen zunächst jedes Beisammensein mit Ihrer Gattin. Das klingt für den Anfang töricht und für später grausam, denn jetzt erkennt sie keinen Menschen, und später wird sie nach Ihnen fragen — aber ich halte diese Methode für durchaus richtig: die endlich aufwachende Sehnsucht ist das beste Heilmittel gegen eine unnatürliche und krankhafte Abneigung."

Alles, was der Arzt sagte, klang kühl und verständig, aber über eines sprach er sich nicht aus.

Er wußte natürlich ganz genau, ob eine wirkliche Lebensgefahr vorhanden war, aber seine Worte glitten über diesen Punkt hinweg. Und seltsam genug: auch Ernst stellte nicht jene erste aller Fragen, die der Liebe ganz von selbst auf die Lippen kommt, und er sträubte sich auch nicht im mindesten gegen die Anordnungen seines Freundes.

So kam Herta ins Krankenhaus, und in der kleinen, hübschen Villa, die ein trauliches Eheleben hatte bergen sollen, war es recht still geworden. Nach Ansicht der Leute mußte sie einen sehr unbehaglichen Aufenthalt gewähren, und in den ersten Tagen empfand Ernst Kollmann das auch mehr oder minder deutlich.

Dann kam er zu einer seltsamen Erkenntnis.

Die erzwungene körperliche Trennung von Herta schien zugleich den seelischen Kontakt gestört zu haben,

ihr Wesen trat allmählich in ein Dämmerlicht, und es
kehrten jene Tage der ersten Bekanntschaft zurück, in
denen der noch unbefangene Mann das junge Mädchen
als ein schönes Rätsel betrachtete, dessen Lösung sehr
interessant, aber doch keine Lebensaufgabe war.

Auf welchem Wege hatte sich denn die Liebe
herausgebildet, und wie war sie beschaffen? Diese
für jede Beziehung zwischen Mann und Weib gefährliche
Frage begann Ernst sich vorzulegen, und bei seinem rückwärts tastenden Grübeln kam er zu ihrem Kernpunkt.

Herta Maleck war das Geschöpf seines Ehrgeizes.
Ein dunkler, die Gesellschaft bewegender Kriminalfall knüpfte sich zufällig an ihre Person, und weil sie
ein schönes Weib war, leuchtete sofort die Gloriole des
Märtyrertums um ihre Stirn. Es war eine Aufgabe,
der Verteidigung wert, diese tiefen Schatten zu
lichten und ein psychologisches Rätsel zu entwirren
— es war zugleich die erste Sprosse zum forensischen
Ruhm.

Dann kam jenes Mitleid hinzu, das immer ein
sinnliches Element birgt, sobald es sich um eine Frau
handelt, deren natürliche Koketterie auch aus dem
Unglück Kapital zu schlagen weiß.

Denn selbst in den tragischsten Momenten der
Kriminaluntersuchung hatte Herta posiert — viel-
leicht halb unbewußt, weil sie nicht anders konnte,
wahrscheinlicher aus der klugen Erwägung, daß die
Männer ihr Herzblut hergeben, wo es sich um die
Gunst des Weibes handelt.

So war sie sein Eigentum geworden.

Wie ein schön damaszierter Dolch, den wir vom
Händler erstehen, und wenn unser Finger liebkosend
über seine Schneide gleitet, dann durchzuckt uns plötzlich der Gedanke, die Spitze möchte vergiftet sein. —

Je deutlicher Ernſt fühlte, daß dieſe Seelenanatomie, die er in ſeiner Einſamkeit betrieb, zu einem gefährlichen Ergebnis führen mußte, um ſo eifriger beſchäftigte er ſich mit einer anderen Angelegenheit, die immer mehr der Entſcheidung entgegendrängte.

Er war im Juſtizminiſterium geweſen und hatte ſich erkundigt, ob ſeiner Wiederaufnahme in den Juſtizdienſt Bedenken entgegenſtänden, und die Antwort hatte recht erfreulich gelautet. Er mußte natürlich wieder als Aſſeſſor eintreten, aber darauf hatte er ſich gefaßt gemacht; auch der von ihm gewünſchten Beſchäftigung bei der Staatsanwaltſchaft ſtand kein Hindernis entgegen, nur der Ort ſeiner künftigen Tätigkeit bot einige Schwierigkeit, weil man ihm ein Kommiſſorium an den Grenzen der Monarchie antrug und er ſelbſt Berlin nicht gern verlaſſen wollte.

In den nächſten Tagen ſollte ſich das entſcheiden, und bis dahin ſtand er noch in der Liſte der Anwälte; es war ein Übergang unbehaglicher Art, und gerade in dieſe Zeit fiel ein Ereignis, das ihn tiefer erſchütterte, als Hertas Krankheit und die Trennung von ihr es vermocht hatten.

Ein ſehr dunkler Abend war's. Die erſten Frühlingsſtürme fuhren um das Haus, und man mochte an ihr Wehen allerlei Hoffnungen knüpfen, aber ſie klangen ſchauerlich und drückten die Stimmung zu Boden. Ernſt hatte ſich in ſein Arbeitszimmer zurückgezogen. Vielleicht ſchon morgen konnte die Entſcheidung vom Juſtizminiſter eintreffen, die ſeiner Anwaltſchaft ein unbedingtes Ende bereitete, und es lag noch eine Arbeit auf dem Schreibtiſch, die vorher erledigt werden mußte: eine Armenſache, die nichts einbrachte, aber gerade deshalb einer beſonders ſorgfältigen Behandlung bedurfte.

Während Ernst schrieb, horchte er bisweilen hinaus. Es war ganz still in der Villa, denn die Zofe war während Hertas Krankheit beurlaubt, das Mädchen hatte seinen Ausgehtag, und der Diener machte eine Besorgung in Berlin. Wenn gerade jetzt jemand kam, mußte Ernst selbst öffnen, aber es war kaum zu erwarten, denn das Wetter wurde immer unfreundlicher, und die Uhr ging schon auf sechs.

Dennoch schellte es plötzlich. Es war ein leiser, schüchterner Ton wie etwa von der Hand eines Kindes, das sich bei diesem Sturm hereingeschlichen hatte, um eine milde Gabe zu erbitten.

Dieser Gedanke bewog den Anwalt, hinauszugehen und die Tür zu öffnen.

Aber er sah sich getäuscht. In der etwas trüben Beleuchtung des Treppenhauses stand ein Mann vor ihm, der ganz gut als Armenklient gelten konnte; er war nicht gerade zerlumpt, aber doch ziemlich dürftig gekleidet, ohne Überzieher und mit einer Jockeimütze auf dem Kopf, die er bei dem Anblick des Hausherrn höflich abnahm.

„Habe ich die Ehre, Herrn Rechtsanwalt Kollmann vor mir zu sehen?"

„Das ist mein Name," sagte Ernst. „Aber wenn Sie in einer Rechtsangelegenheit kommen, so muß ich Sie bitten, morgen mein Bureau aufzusuchen. Übrigens gebe ich die Praxis wahrscheinlich auf."

„Ich komme in einer Privatsache."

Also wahrscheinlich doch Bettelei. Kollmann war schon im Begriff, eine ablehnende Antwort zu geben, aber da sah er dem noch jugendlichen Manne in das Gesicht und wurde ganz seltsam berührt. In diesen hübschen, etwas verlebten Zügen lag ein Ausdruck, den Ernst nicht unterbringen konnte, der ihn an irgend

etwas erinnerte, an eine Familienähnlichkeit oder
dergleichen.

Und der andere merkte dieſen Eindruck.

Er warf einen ſchnellen Blick hinter ſich und ſagte
leiſe: „Ich bin Hertas Vetter — mein Name iſt Hans
Jochen —"

Wie ein Geſpenſt ſtand er da, wie ein Geiſt aus der
Tiefe. Und wenn Ernſt Kollmann nicht ſo gute Nerven
gehabt hätte, dann wäre ihm das Grauen gekommen.
Aber er faßte ſich ſchnell und gab den Eingang frei.

„Kommen Sie mit in mein Zimmer."

Dort drehte er alle Leuchtkörper an, ſo daß kein
dunkler Winkel mehr übrigblieb, und deutete auf einen
Stuhl.

„Wiſſen Sie, daß ich mit Herta verheiratet bin?"

„Ich weiß es, Herr Rechtsanwalt."

„Iſt Ihnen auch bekannt, daß meine Frau im
Krankenhaus liegt?"

„Sonſt wäre ich nicht hier," ſagte Hans Jochen
bitter. „Herta haßt mich — vielleicht hat ſie ja Grund
dazu."

Ernſt war am Schreibtiſch ſtehen geblieben, während ſein Beſucher ſich geſetzt hatte. Er warf einen
unſchlüſſigen Blick nach der Tür. „Wenn Sie ſo gut
unterrichtet ſind, Herr Weber, ſo wird Ihnen vielleicht noch mehr bekannt ſein — zum Beiſpiel die Tat-
ſache, daß die Staatsanwaltſchaft einen Steckbrief
hinter Ihnen erlaſſen hat?"

Hans Jochen hob gleichgültig die Schultern und
ſteckte beide Hände in die Taſche. „In den Kreiſen,
in denen ich augenblicklich verkehre, lieſt man den
Polizeianzeiger ſehr genau."

„Ich könnte Sie ſofort feſtnehmen laſſen."

„Das war bis jetzt noch nicht der Beruf eines An-

walts. Sie verteidigen doch die Unschuld und überlassen
es der Polizei, Häscherarbeit zu verrichten.“

Der Ton, in dem Hans Jochen diese Worte sagte,
klang weder bitter noch spöttisch, und Ernst nahm
jetzt ebenfalls Platz. „Also gut, wir wollen davon
abbrechen. Was führt Sie zu mir?“

„Eine Bitte,“ sagte Hans Jochen, „oder genauer
ausgedrückt: eine Selbstverständlichkeit. Mein Oheim
ist tot. Nehmen wir bis auf weiteres an, daß er sich
selbst entleibte, das Leben an sich ist ja oft schon Grund
genug dazu. Herta besitzt die eine Hälfte der Erb-
schaft, die andere Hälfte gehört mir von Rechts wegen.
Aber wenn ich meine Ansprüche daran geltend mache,
dann schlägt man mir vielleicht den Kopf ab, und das
wäre eine sehr unangenehme Regulierung der Angelegenheit. Ich ziehe es also vor, nach Amerika
zurückzukehren; wer da drüben in eine ähnliche Lage
kommt, der behält wenigstens den Kopf und wird nur
ein bißchen elektrisiert. Hat einer aber Dollar, dann
geschieht ihm überhaupt nichts, und deshalb möchte
ich eine Handvoll davon.“

Ernst beachtete den Hohn nicht, der in diesen
Worten lag, und ging geradeswegs auf die Sache los.
„Sie wollen also durch meine Vermittlung Ihr Erbe?“

Hans Jochen lächelte. „Nein, so unbescheiden bin ich
nicht — einen kleinen Teil davon, soviel sich im Handumdrehen flüssig machen läßt. Den Rest mag Herta an sich
nehmen. Ich bin bereit, von New York aus einen nota-
riellen Verzicht nach Europa zu schicken, denn sonst könnte
sie ein bißchen lange warten müssen — ich glaube, bis
zu meinem siebzigsten Lebensjahr oder so herum.“

Kollmann wunderte sich selbst über die Ruhe,
mit der er die nächste Frage stellte. „Sie leugnen
natürlich, Ihren Oheim ermordet zu haben?“

Hans Jochen nahm die Hände aus den Taschen und setzte sich aufrecht. Sein Gesicht hatte einen finsteren Ausdruck angenommen, und er sprach ganz anders als vorhin. „Verehrter Herr Rechtsanwalt, wir sind zwei Männer unter vier Augen, und wir wollen nicht Versteck miteinander spielen. Also, wie ich hier vor Ihnen sitze, will ich ein Geständnis ablegen, was Sie glauben oder nicht glauben mögen, das aber dennoch so wahr ist wie der Sturm da draußen und die Finsternis der Nacht. Es hat nicht ganz allein an mir gelegen, daß ich kein Mörder geworden bin, sondern der dumme Zufall, der überall im Leben eine Rolle spielt, hat auch hier seine Hand hineingesteckt, und wenn er das nicht getan hätte, dann soll's der Henker ausknobeln, wie alles schließlich gekommen wäre. Ich will mich nicht besser machen, als ich bin, und wenn meine liebe Familie mich über den großen Ententeich verfrachtete, so soll ihr das nicht weiter nachgetragen werden. Aber als ich zurückkam, Herr Rechtsanwalt, da stand mir richtig das Wasser bis an die Kehle, und ich hätte einen Strohhalm für 'n Rettungsboot ansehen können. Ich begehrte keine Reichtümer, sondern ich wollte nur gerade so viel, um ein neues Leben anzufangen, und das konnte mir mein Onkel aus der Westentasche geben, denn ein paar Blaue trug er immer darin. Ich schrieb ihm also, und er gab mir auch Antwort: er würde nach Berlin kommen und in der Pension Huber wohnen, er würde mich auch aufsuchen, aber allzu große Hoffnungen sollte ich mir nicht machen. Das tat ich auch nicht, denn ich war mürbe. Aber ich hatte einen Kameraden, einen schlechtern find' man nit. Der verstand es, mir die Sachlage klarzumachen, nämlich den Unterschied zwischen hundert Talern und einer Bombenerbschaft, und wie man das andrehen müßte."

Hans Jochen schwieg einen Augenblick und sah vor
sich nieder.

„Ob ich ihm Gehör gegeben habe, Herr Rechtsanwalt?" fuhr er dann fort. „Ich kann's nicht sagen,
aber ich habe es zum mindesten angehört. Und dann
saß ich in meiner Klause und lauerte darauf, daß
mein lieber Onkel zu mir kommen sollte — man kann
ja auch auf andere Art mit den Leuten reden, als Tom
Smarl mir geraten hatte. Er kam aber nicht, es war
ihm wohl leid geworden. Also machte ich mich auf
den Weg, um ihn aufzusuchen, Sie wissen ja, wie es
mit dem Berge und Mohammed gegangen ist. Das
war in jener Nacht, und weil ich meinen Onkel als
lustigen Bruder kannte, so kalkulierte ich, daß er nicht
im Bett liegen, sondern erst spät heimkommen würde.
Ich wollte nur mit ihm reden, denn sonst hätte ich
doch wohl nicht die Frechheit gehabt, einen Polizisten
nach dem richtigen Hause zu fragen. Das tat ich aber,
und als er mir's gezeigt hatte, setzte ich mich auf eine
Bank und wartete."

„Weiter, Mann — was haben Sie dort gemacht?"
fragte Kollmann.

„Nichts. Es war ganz einsam um mich her. Und
ich fing an, zu überlegen, wie das wohl auslaufen
würde, wenn ich nun mit meinem Oheim redete und
er mich schnöde abwies. Wie das wohl enden möchte,
dachte ich bei mir selbst. Ich war allein; aber es stand
doch einer hinter mir, und das war Tom Smarl, der
verfluchte Hund. Ich kann nicht beschreiben, wie es
war, aber der kalte Schweiß trat mir auf die Stirn,
und zuletzt bin ich davongerannt — immer geradeaus,
bis ich mich in meiner Wohnung wiederfand. Und
da war es zwei Uhr. Wie das dann weiter kam, Herr
Rechtsanwalt, wissen Sie wohl aus den Akten. Ich

wurde festgenommen, und man ließ mich wieder laufen,
denn Tom Smart log ein Alibi zusammen, daß sich
die Balken bogen. Natürlich wollte er dafür seinen
Lohn haben, und als ich den nicht geben konnte, da
drohte er mit einer Anzeige, denn er glaubte natürlich,
was alle glauben, daß ich meinen Oheim wirklich und
wahrhaftig umgebracht hätte. Und so ging ich denn
durch die Lappen, denn man hat schließlich nur einen
Hals, und der ist so viel wert wie jeder andere."

„Aber dennoch sind Sie wieder hier," sagte Kollmann finster.

Hans Jochen blickte an seiner dürftigen Kleidung
nieder. „Elend genug, Herr Rechtsanwalt. Das Loch,
in dem ich jetzt hause, ist nicht besser als eine Hunde-
hütte; meine erste Wohnung war dagegen ein Palast.
Und ich muß es geheimhalten, selbst vor Ihnen, obwohl ich mich in Ihre Hand gegeben habe, denn ich bin
nicht allein, und meine Kameraden haben vielleicht
noch mehr zu fürchten als ich. Wenn Sie mir Geld
geben wollen, daß ich für immer fort kann, dann muß
es heute sein oder morgen an einem dritten Platz,
den Sie bestimmen mögen — es wird doch noch einen
geben, wo die Greifer ihre Finger nicht hineinstecken."

Also ein Vagabund schlimmster Sorte, ein Mensch,
von dem man alles erwarten konnte — trotz seiner
demütigen Art zu reden und der jammervollen Schilderung seines Daseins. Ernst begann sich unsicher zu
fühlen, denn er war mit diesem Manne ganz allein
in der Wohnung, und niemand konnte wissen, ob
jener nicht eine verborgene Waffe bei sich trug.

Was er da vorbrachte, war natürlich ein Gewebe
von Dichtung und Wahrheit, in dem alles, was nicht
mehr zu verbergen war, mit bunten Arabesken um-
geben wurde.

Kollmann erhob sich und trat hinter seinen Schreibtisch. „Sie können sich denken," sagte er kühl, „daß
ich augenblicklich nicht im Besitz einer größeren Summe
bin. Es wird also wohl dabei bleiben müssen, daß
wir uns morgen an einem dritten Ort treffen. Kennen
Sie draußen im Tiergarten den kleinen Weiher, der
hinter der Siegesallee im Gebüsch liegt, etwas ab-
seits von der Hauptstraße, und nach Einbruch der
Dunkelheit nur von einer einzigen Laterne beleuchtet
wird?"

Hans Jochen sann einen Augenblick nach. „Ich
kenne den Platz nicht, Herr Rechtsanwalt, aber ich
werde ihn nach Ihrer Beschreibung finden. Um welche
Zeit?"

„Punkt sechs."

„Eine Uhr besitze ich nicht, aber Sie sollen mich
dennoch vorfinden. — Gute Nacht."

Wie einen Schatten sah Kollmann ihn verschwinden
und hörte leise die Korridortür schließen.

Einige Minuten später kam ein anderes Geräusch
— da fiel etwas in den Briefkasten mit einem harten
Klappen wie ein gewichtiges Schreiben oder dergleichen.

Ernst ging, um nachzusehen, und fand einen
großen Brief vor, der die Stempelmarke des Justiz-
ministeriums trug. Man teilte ihm mit, daß er wieder
in den Staatsdienst als Gerichtsassessor aufgenommen
sei und sich morgen vormittag um zehn Uhr bei dem
Oberstaatsanwalt zu melden habe.

Frau Mary schloß ihre Bücher ab. Seit jener
Sache mit Herta, die ein unliebsames Aufsehen erregt
hatte, wollte es nicht mehr so recht mit der Pension

gehen, und da ihr ein günstiges Angebot gemacht
worden war, hatte sie den Entschluß gefaßt, nach
München zurückzukehren. Natürlich nicht von heute
auf morgen, denn es gab noch manche Fäden zu lösen;
aber einer war für immer durchschnitten, und das
ernste Gesicht der jungen Frau legte Zeugnis davon ab,
daß es ein Lebensfaden gewesen war.

Die Uhr ging auf acht, und der Wind rauschte in
den Bäumen des Tiergartens; es war fast ebenso wie
damals, als Doktor Vollert kam, um seine Liebe zu
bekennen. Der blieb nun aus, und der andere fand
nimmer den Weg durch die Nacht — er sorgte sich
wohl um sein krankes Weib, und niemand konnte wissen,
ob das Schicksal nicht noch anderen Gram für ihn in
seinem Schoße barg.

Plötzlich hob Mary lauschend den Kopf. Draußen
auf dem Korridor hatte sie eine Stimme gehört, deren
Klang ihr das Blut in die Schläfen trieb, und bevor
sie die Fassung wiederfinden konnte, stand Ernst vor
ihr und streckte beide Hände aus.

„Das hätten Sie wohl nicht erwartet, Frau Huber,"
sagte er mit verschleierter Stimme. „Aber wenn das
Leben ganz einsam geworden ist, dann kehren wir
zu denen zurück, die es am besten mit uns gemeint
haben. Und wir suchen das Licht in der tiefsten Dunkelheit."

Sie führte ihn an seinen Lieblingsplatz neben dem
Kamin, wo er in vergangenen Tagen so oft gesessen
hatte, wenn die kleinen Sorgen des Junggesellen über
ihn kamen und er Rat aus Frauenmund brauchte.

Obwohl ihr das Herz bis an den Hals schlug, be-
zwang sie sich doch zu einer teilnehmenden Frage:
„Geht es Ihrer Frau schlechter, daß Sie von Einsamkeit sprechen?"

Er schüttelte langsam den Kopf. „Als Herta un-
zurechnungsfähig war, trennte man uns aus ärztlichen Gründen. Es geht ihr jetzt besser, und ich könnte
sie im Krankenhaus besuchen, aber sie scheint keinen
Wunsch danach zu hegen. Das ist es nicht, was mich
zu Ihnen führt, Frau Mary, sondern etwas anderes.
Einstmals kamen Sie zu mir mit einer Frage, die ich
Ihnen unter Hinweis auf Recht und Gerechtigkeit
beantwortete; heute will ich von Ihnen dasselbe
wissen. Darf ich sprechen?"

„Ja," entgegnete sie einfach.

Den Kopf in die Hand gestützt, mit einer Stimme,
die aus weiter Ferne zu kommen schien, begann er die
Ereignisse der letzten Stunde zu schildern, wie Hans
Jochen zu ihm gekommen und wie er wieder von ihm
gegangen war. Wort für Wort berichtete er die ganze
Unterredung, als wenn er es von einem Blatt ab-
lesen würde, und fuhr dann fort: „Als dieser unglück-
liche Mensch mein Haus betrat, war ich ein Anwalt
der Verfolgten und der Angeklagten; als er es verlassen hatte, kam die amtliche Nachricht, daß ich von
morgen ab auf der anderen Seite stehen soll, als Vertreter des beleidigten Rechts, als Mitglied der An-
klagebehörde, der Staatsanwaltschaft. So ändert sich
das Schicksal in einer Minute, und was ich anhören
konnte, ohne eine Hand zu regen, das darf ich jetzt
nur im Interesse des Staates verwerten. Was soll
ich tun?"

„Ihn morgen festnehmen lassen," sagte Mary mit
zusammengebissenen Zähnen.

„Als einen steckbrieflich Verfolgten — nicht wahr?"

„Als einen Verdächtigen," murmelte sie und
starrte in das Feuer.

Dann mußte sie den Kopf vorneigen, denn er sprach

so leise, daß seine Worte wie ein Hauch an ihr vorüber-
glitten.

„Frau Mary, ich will Ihnen etwas Schreckliches
bekennen. Sie wissen es so gut wie ich: seine Schuld
ist Hertas Unschuld, ist die Rechtfertigung meiner
eigenen Frau, die ich mir bis jetzt nur vor den Geschworenen erkämpft habe. Als ich die Beichte dieses
Vagabunden anhörte, wie er mit scheuen Augen vor
mir saß und mich nicht anzusehen wagte, da glaubte
ich kein einziges seiner Worte — ich war der Rechtsanwalt, dem auch der Klient nur die Hälfte sagt und
die andere Hälfte verschweigt. Aber ob er schuldig
war oder unschuldig, es ging mich nichts an, ich konnte
ihn mit einer Handvoll Goldstücke über den Ozean
schicken, nur um diese häßliche Sache nicht noch einmal
vor die Gerichte zu zerren. Als aber die Tür sich
hinter ihm schloß, als ich jenes Schreiben in der Hand
hielt, das mich zum Staatsanwalt machte, da wurde
es plötzlich anders. Ich sah die Folgen, Frau Mary,
und sie fielen mit Zentnergewicht auf meinen Nacken.
Es ist wohl federleicht, einen Schuldigen durchschlüpfen
zu lassen, es ist aber grauenhaft schwer und verant-
wortungsvoll, einen Unschuldigen auf die Anklage-
bank zu bringen."

Mary faltete die Hände. „Mein Gott, wir sind
doch alle blind!"

„Und wenn ich es nicht mehr wäre?" fragte er
noch leiser.

Da war es heraus, und die junge Frau schrie auf.

„Er m u ß schuldig sein, dieser Mensch! Es handelt
sich doch nicht mehr um Herta Maleck, sondern, Ernst,
es handelt sich um Ihr angetrautes Weib!"

Sie waren beide aufgesprungen und starrten sich
fast entsetzt in die Augen.

Ernst Kollmann sprach das erste Wort: „Vor den Geschworenen haben Sie Herta beschuldigt; ohne Ihr Eingreifen wäre es niemals zu der Anklage gekommen; nun soll ein anderer der Schuldige sein. Wir haben die Rollen getauscht. Jetzt ist es so weit, Mary, daß Sie mir Ihre Seele offenbaren müssen; sprechen Sie Herta Maleck schuldig, weil ich selbst meine Hände nach ihr ausstreckte — sprechen Sie Herta Kollmann frei, weil sie mein Weib geworden ist?"

Noch einmal raffte die junge Frau sich zu einer Antwort auf, aber er sah, daß es mit ihrer Kraft zu Ende ging. „Herta Maleck ist niemals Ihrer würdig gewesen," sagte sie. „Und nun bitte ich Sie, mich allein zu lassen — es ist spät geworden." —

Auf einem anderen Wege, als er gekommen war, kehrte Ernst Kollmann langsam in die Stadt zurück. Man konnte mittels einer Abkürzung quer durch den Tiergarten die Charlottenburger Landstraße erreichen, und der Pfad führte an jener Stelle vorbei, wo Webers Leiche aufgefunden worden war; aber um diese dunkle und stürmische Abendzeit ging niemand zwischen den rauschenden Bäumen, er hätte denn eine besondere Veranlassung dazu haben müssen.

Heute wollte Ernst den Platz aufsuchen. Er hatte ihn Hans Jochen als Treffpunkt für den nächsten Tag bezeichnet, ohne natürlich seine besondere Bedeutung zu erwähnen; aber wenn Hertas Vetter wirklich der Täter war, dann kam er sicherlich nicht, und wenn es sich um eine Million gehandelt hätte. Denn der von Gewissensangst gefolterte Mörder kehrt wohl bisweilen auf den Schauplatz seiner Tat zurück, aber immer nur allein und niemals in Gegenwart von Zeugen.

Man müßte ihn denn gefesselt hinführen, wie das

zur Erzielung eines Geständnisses nicht selten geübt
wird.

Als Ernst neben dem kleinen, von einer einzigen
Laterne beleuchteten Weiher stand, sah er sich um.
Von dorther war der arglose Mann mit seinem Begleiter gekommen, vielleicht im vertraulichen Gespräch
und jedenfalls ohne Ahnung, daß die nächste Minute
seine letzte sein werde. Dann ein jähes Aufblitzen, ein
matter Knall, kaum hundert Schritte weit zu hören,
und zuletzt laufende Füße, die fliehende Gestalt eines
Menschen!

Mann oder Weib?

———

Punkt zehn Uhr vormittags meldete Kollmann sich
bei dem Oberstaatsanwalt zum Dienstantritt in sein
neues Amt. Der alte, mit Geschäften überhäufte Herr
pflegte solche Sachen sehr kurz zu erledigen, aber heute
machte er eine Ausnahme und nötigte seinen Gast auf
das Sofa.

„Etwas Seltenes, Herr Kollege,“ sagte er. „Bei
dem Mißverhältnis zwischen Angebot und Nachfrage
pflegt unsere Justizverwaltung nur ungern erledigte
Personen in den Staatsdienst zurückzurufen. Sie ver-
danken diese Ausnahme einer besonderen Fähigkeit,
die ich im Interesse meines Ressorts begrüße. Aber
auch sonst Seltsames. Wann wäre wohl jemals ein
Rechtsanwalt zur Staatsanwaltschaft übergetreten,
aus dem bewunderten und geliebten in den best-
gehaßten Beruf? Zumal ein Verteidiger, der schon
Erfolg aufzuweisen hatte.“

Ernst schwieg.

Da lenkte der alte Herr ein. „Ich kann mir vorstellen, Herr Kollege, daß Ihnen jene Erinnerungen
peinlich sind — vielleicht wäre es aus rein sozialen

Erwägungen besser gewesen, einen entfernteren Ort
aufzusuchen. Man hat indessen Ihren besonderen
Wünschen stattgegeben, und Sie werden darum bei
mir nicht weniger Entgegenkommen finden."

„Auch nicht weniger Vertrauen?" fragte Kollmann.

Der Oberstaatsanwalt zuckte zusammen. „Wieso,
Herr Kollege?"

„Es gibt einen Zwiespalt der Pflichten, Herr Oberstaatsanwalt. In meiner früheren Stellung kann ich
manches erfahren haben, was für mich von heute ab
in ein ganz anderes Licht tritt."

Jener schüttelte verwundert den Kopf. „Ich verstehe Sie noch immer nicht, Herr Kollege. Wir tasten
natürlich kein Amtsgeheimnis an. Wer es verletzt,
wird von uns selbst vor das Tribunal gefordert."

„Und wenn es sich um kein Amtsgeheimnis handelt,
Herr Oberstaatsanwalt?"

Da wurde die Stimme des hohen, weißhaarigen
Beamten scharf und hell. „Herr Gerichtsassessor Kollmann, über diesen Punkt muß zwischen Ihnen und
mir vollkommene Klarheit herrschen. Niemand soll
einen Schritt halb tun, am wenigsten derjenige, dessen
Pflicht und Arbeit mit dem Wohle des Staates und
mit der Sicherheit des Rechtslebens eng verkettet ist.
Wir haben Männer unter uns, die einseitig und hart
sind, und ich will sie nicht rühmen — aber ich hoffe
niemals mit einem Staatsanwalt Schulter an Schulter
zu stehen, der sein Besserwissen verdeckt wie der Falsch-
spieler die Karte, bloß weil es ihm nicht in Form eines
Aktenbogens auf den Arbeitstisch getragen wurde."

Da senkte Ernst Kollmann den Kopf. „Dann bitte
ich um Gehör, Herr Oberstaatsanwalt."

Gegen sechs Uhr schlenderten zwei in Zivil ge-
kleidete Männer die den Tiergarten durchquerende
Landstraße entlang und schlugen sich jenseits der
Siegesallee ins Buschwerk. Neben dem kleinen Weiher
faßten sie hinter einem Baum Posten und begannen
eine geflüsterte Unterhaltung.

„Noch zehn Minuten," sagte der eine. „Ob er wohl
kommt?"

„Er wird den Deubel tun, Kollege. Er weiß doch,
daß der Steckbrief hinter ihm ist."

„Und die Aussicht auf Geld vor ihm."

Sie sprachen noch leiser.

„Dort lag die Leiche — quer über den Weg, die
Laterne wirft ihr Licht gerade auf die Stelle. Ich
wette, er drückt sich."

„Wenn er doch kommt, dann ist es nicht der richtige."

„Pst, ich höre Schritte!"

Er kam wirklich, allerdings sehr vorsichtig und die
Augen überall. Aber seine beiden Häscher konnte er
nicht sehen, und er lugte wohl auch mehr nach dem
anderen aus, denn von den Türmen Berlins schlug
es sechs. Und jetzt befand er sich gerade auf dem Fleck,
wo die Leiche gelegen hatte. Er blieb dort einen
Augenblick stehen und schien die Umgebung zu mustern,
aber in seinen Augen, die von dem Licht der Laterne
getroffen wurden, lag weniger der Ausdruck des
Schreckens als der Ungewißheit.

Da trat einer der beiden Geheimpolizisten hinter
dem Baume vor und näherte sich unbefangen seinem
Opfer; er hatte den Hut ins Gesicht gedrückt und
markierte den guten Bekannten.

Hans Jochen machte schnell einen Schritt vorwärts.
„Da sind Sie ja, Herr Rechtsanwalt! Ich dachte schon,
ich hätte den Platz verfehlt."

„Es wird schon der richtige sein, Herr Weber,"
entgegnete der Beamte gemütlich. „Im übrigen
gebe ich Ihnen den guten Rat, keine weiteren Um-
stände zu machen — mein Kollege hier ist derselben
Meinung, und unsere Brownings sind in bester Ordnung."

Es war ganz seltsam, wie Hans Jochen diese Über-
raschung aufnahm. Er hätte noch ganz gut fliehen
können, denn die Dunkelheit hätte ihn schnell aufgenommen, und gegen nachgesandte Kugeln schützten
ihn die zahlreichen Bäume — aber er blieb stehen und
sagte nur verächtlich: „Also hat der Hund doch gepfiffen! Dann nehmen Sie mich nur ruhig mit, meine
Herren. Schließlich ist es noch besser, Erbsensuppe
zu essen als gar nichts. Ich hab' die Sache allmählich
satt." —

Den Untersuchungsrichter Piscator, dem er am
folgenden Morgen vorgeführt wurde, begrüßte er als
alten Bekannten.

„Es tut mir leid, Ihnen schon wieder Arbeit machen
zu müssen, Herr Rat," sagte er fast teilnehmend. „Das
ist gerade wie beim Zähneausziehen. Man soll gleich
ganze Arbeit machen und nicht zwischendurch davonlaufen; mein Freund Tom Smart hat mir mit seinen
drei Schwurfingern einen schlechten Dienst erwiesen,
denn wenn ich gleich dageblieben wäre, dann hätte
die ganze Geschichte längst ein Ende."

Welches Ende er meinte, den Freispruch oder die
Hinrichtung, das blieb bei seiner zynischen Art ungewiß; im übrigen gab er offen zu, bei seiner ersten
Vernehmung gelogen zu haben, und schilderte nunmehr den Vorgang genau so, wie er es Ernst Roll-
mann gegenüber getan hatte.

Piscator fragte zunächst, warum er nicht gleich

mit diesen Angaben herausgerückt sei. Hans Jochen
aber plinkerte schlau mit den Augen.

„Das sagen Sie so, Herr Untersuchungsrichter.
Aber wer zwischen einer glaubhaften Lüge und einer
weniger glaubhaften Wahrheit die Wahl hat, der greift
ganz sicher zur Lüge. Ich glaube, Lessing sagt irgendwo, daß die Wahrheit doch nur für den großen Unbekannten allein ist."

„Dann brauche ich also nicht an Ihre sogenannte
Wahrheit zu glauben," zog der Richter den logischen
Schluß. „Ich bitte Sie um alles in der Welt, Herr
Weber, wenn Sie wirklich zugestehen, Ihrem Oheim
aufgelauert zu haben: von wessen Hand soll er denn
gefallen sein, wenn nicht von der Ihrigen?"

Hans Jochen zuckte die Schultern. „Von Auf-
lauern habe ich nichts gesagt, Herr Rat, sondern nur
von Erwarten und Nichtantreffen. Wer der Täter ist,
weiß ich nicht; es könnte ja allenfalls meine schöne
Base sein, aber die ist von den Herren Geschworenen
freigesprochen worden, und nun soll durchaus ich das
Karnickel sein. Kennen Sie das Spitzbubenspiel
‚Meine Tante, deine Tante‘, Herr Rat? Ich glaube,
so ist das ungefähr."

Mehr war nicht aus ihm herauszuholen, und
Piscator ließ ihn abführen.

In der Untersuchungshaft beschäftigte sich Hans
Jochen viel mit Lesen. Er war von Haus aus Tech-
niker, und die ziemlich umfangreiche Gefängnis-
bibliothek bot ihm für sein Fach ausreichenden Stoff.
Aber er bat sich landwirtschaftliche Werke aus.

Als der betreffende Beamte sein Erstaunen darüber aussprach, erhielt er eine sehr charakteristische
Antwort.

„Ich habe gehört," sagte Hans Jochen, „wenn

jemand ein Erbe durch Verbrechen zu erwerben sucht,
dann fällt sein Anteil den anderen Erben zu. Ob's
wahr ist, weiß ich nicht, aber es würde der Gerechtigkeit entsprechen. Vielleicht kriege ich noch einmal ein
Rittergut, und darauf will ich mich vorbereiten."

Diese Äußerung wurde gemeldet und kam zu den
Akten; sie erregte viel Kopfschütteln. —

Hans Jochen hatte aber nicht das Glück wie seine
Base Herta; es bot sich ihm niemand als Verteidiger
an. Aber weil eine Schwurgerichtssache in Frage kam,
so mußte er nach dem Gesetz einen Anwalt haben,
und man bestellte ihm daher einen von Amts wegen.
Natürlich der Reihe nach aus dem Verzeichnis, denn
das Armenmandat war nicht sehr beliebt, es warf nur
einen lächerlich kleinen Betrag aus der Staatskasse ab.

Zufällig aber traf die Wahl einen Mann, der
seine Sache sehr energisch angriff und sich vor allen
Dingen die abgeschlossenen Untersuchungsakten gegen
Herta Maleck aushändigen ließ.

Und da fand er bei dem Studium des ziemlich
umfangreichen Bandes einen kleinen, anscheinend
nebensächlichen Punkt, der ihm die Handhabe zu
weiteren Nachforschungen gewährte.

Herta hatte angegeben, daß sie an dem kritischen
Abend in der Königlichen Oper gewesen sei und die
Eintrittskarte von einem Händler erworben habe.

Letzteres war nachgewiesen.

Man hatte sie auch beiläufig nach dem Platz gefragt, und sie nannte damals die Parkettnummer 221;
nicht als ganz sicher, aber doch nach ihrer Erinnerung
und wohl auch der Wahrheit gemäß. An dieser Stelle
setzte der Verteidiger ein. Es gab im Parkett eine
große Anzahl Abonnementsplätze, und der Zufall
wollte, daß gerade Nummer 222 zu diesen gehörte. Er

war in den Händen einer alten, sehr musikliebenden
Dame, die fast keine Vorstellung ihres Abonnements
versäumte, und der emsige Anwalt setzte sich sofort mit
ihr in Verbindung, um zu erfahren, ob Herta denn
tatsächlich in der Oper gewesen sei.

Ganz einfach war die Sache nicht, denn jene
Walkürevorstellung fiel in den Herbst, und jetzt zog
der Frühling ins Land; aber gerade der Musik-
enthusiasmus der Abonnentin führte zu einem zwar
etwas unsicheren, aber sehr seltsamen Ergebnis.

„In der Vorstellung bin ich gewesen," sagte die
alte Dame, „das weiß ich ganz genau; ich liebe Wagner
über alles und lasse keine Oper von ihm aus. Nummer 221 ist rechts von mir, aber ob da jemand gesessen
hat — verehrter Herr Rechtsanwalt, wie soll ich das
heute noch wissen?"

Der zähe Jurist ließ nicht locker. „Gnädige Frau,
so aus dem Handgelenk können Sie das freilich nicht
sagen. Aber es gibt mitunter Nebenumstände, die sich
dem Gedächtnis einprägen — gerade im Theater, wo
die Sinne konzentriert sind. Man wird angeredet,
man wird gestört, geärgert —"

Die alte Dame lachte. „Ja, weiß Gott, rücksichts-
los ist das Publikum oft genug, und da Sie es gerade
sagen: um jene Zeit herum war ich ein bißchen nervös,
und geärgert habe ich mich einmal so gründlich, daß
es mir ganz schlecht bekam. Da drängte sich im ersten
Aufzug einer Vorstellung jemand an mir vorüber, der
an meiner rechten Seite gesessen hatte, und verließ
das Theater — ganz ungeniert und ohne bringenden
Grund, denn fünf Minuten später ging der Vorhang
herunter, und wir konnten alle aufstehen."

„Eine Dame, gnädige Frau?"

„Na, wenigstens ein Frauenzimmer. Herren tun

so was überhaupt nicht, und Damen aus unseren
Kreisen sind auch besser erzogen."

„War sie jung, gnädige Frau?"

„Weiß ich nicht; ich mochte sie gar nicht ansehen."

„War das in der Walküre?"

„Weiß ich auch nicht; aber um die Zeit herum
muß es gewesen sein, denn damals hatte ich es mit
meinen Nerven."

Es war wenig, wenn man die Unsicherheit der
Zeitangabe berücksichtigte; es war sehr viel, sobald
der Tag stimmte. Denn wenn Herta Maleck im ersten
Akt der Walküre wirklich das Opernhaus verlassen
hatte, dann waren ihre Angaben über die Suche nach
einem Auto erlogen, und diese Lüge mußte irgend-
einen gewichtigen Grund gehabt haben.

Hans Jochens Verteidiger stellte sofort bei Gericht
den Antrag, Frau Rentiere Schulze — das war der
Name der alten Dame — und Frau Gerichtsassessor
Herta Kollmann als Zeugen zu vernehmen und miteinander zu konfrontieren.

Er sagte sich selbst, daß es unter Umständen ein
nutzloses Aufsehen erregen werde, aber die Sache
seines Klienten ging ihm vor.

———————

Herta befand sich nicht mehr in Berlin.

Es war inzwischen etwas ganz Seltsames geschehen.

Daß sie während ihres Aufenthalts im Krankenhause nicht mit dem Gatten zusammenkam, beruhte
auf der Anordnung Doktor Vollerts, die von der
Krankenhausverwaltung respektiert wurde, weil es
sich um den Wunsch des Hausarztes handelte. Dieser
kannte ja die Verhältnisse am besten und glaubte aus
den Fieberreden der jungen Frau zu entnehmen, daß

es sich hier um eine jener psychopathischen Launen handelte, die nicht selten aus kleinen, der Krankheit vorausgehenden Vorgängen in den Rahmen des Krankheitsbildes hineingeraten. Die Gatten hatten sich ein wenig gezankt, dann kam der Nervenchok und vergrößerte den Streit ins Gigantische. Das ließ sich psychologisch erklären, aber etwas anderes blieb rätselhaft.

Hertas Befinden besserte sich, man konnte wieder mit ihr über die Verhältnisse des Lebens reden und teilte ihr natürlich mit, daß der Gatte inzwischen den Beruf gewechselt und eine Stellung bei der Königlichen Staatsanwaltschaft angenommen habe.

Diese Tatsache kam ihr nicht ganz unerwartet, denn es war schon zwischen den Eheleuten darüber verhandelt worden, aber Herta wurde durch die Mitteilung so heftig erschüttert, daß man einen Rückfall befürchtete, der indessen nicht eintrat. Dagegen verlangte sie nunmehr ihre Entlassung aus dem Krankenhause, die man um so weniger verweigern konnte, als der Frühling inzwischen gekommen war und der Aufenthalt im Freien einen besseren Erfolg versprach, als ärztliche Überwachung und moderne Hygiene es jemals fertig bringen konnten.

Als Herta in einem Auto die Anstalt verließ, glaubte jedermann, daß sie geradeswegs heimfahren werde; diese eheliche Trennung mußte doch endlich ein Ende nehmen, sie war wohl überhaupt nur eine Idee gewesen, die Doktor Vollert sich in seinem grübelnden Hirn ausgesonnen hatte.

Statt dessen erhielt Ernst am folgenden Tage von seiner Gattin einen Brief aus Erlensee.

„Ich empfand das Bedürfnis," schrieb Herta, „meine angegriffenen Nerven durch einen Land-

aufenthalt zu stärken, und der eigene Grund und
Boden bot mir dazu die beste Gelegenheit. Nach dem
Brauch der Welt müßte ich Dich freilich erst um Erlaubnis fragen, aber Du selbst haſt meine Krankheit
benützt, um einen Schritt zu tun, der doch auch erſt
zwiſchen Ehegatten beraten zu werden pflegt. Wir
wollen uns gegenſeitig keine Vorwürfe machen,
ſondern aus der modernen Lebensauffaſſung die
Konſequenzen ziehen. Ich bitte Dich daher, vorderhand weder brieflich noch perſönlich auf mich einzu-
wirken; wenn andere Tage gekommen ſind, wird ſich
auch eine Löſung dieſer Wirrſale finden."

Dieſer ſeltſame Brief, der keine Anrede und nur
eine einfache Unterſchrift trug, verſetzte Ernſt in die
größte Beſtürzung. Es lag zwar die Löſung in der
Annahme, daß Herta noch immer krank und nicht
Herrin ihrer Sinne war, aber dem widerſprach die
Entlaſſung aus dem Krankenhauſe, die doch von ſach-
verſtändigen Ärzten genehmigt wurde.

Alſo ein Riß in der jungen Ehe, der nicht mehr
überkleiſtert werden konnte, denn die Kunde, daß Frau
Kollmann ihrem Gatten weggelaufen ſei, ging bereits
mit den üblichen Entſtellungen von Mund zu Mund.

Ernſt nahm kurz entſchloſſen Hertas Brief und ging
damit zu ſeinem Freunde Vollert.

„Sie ſind mir eine Aufklärung ſchuldig," ſagte er.
„Als ich Sie bei dem Ausbruch von Hertas Krankheit
herbeirief, unterſuchten Sie meine Frau, ohne mir
die Anweſenheit zu geſtatten — Sie beriefen ſich dabei
auf einen pſychiatriſchen Brauch. Bei jener Unter-
ſuchung müſſen Sie etwas entdeckt haben, was Ihnen
die Veranlaſſung gab, eine Trennung zwiſchen Herta
und mir anzuordnen. Aber es iſt nicht nur ein Ehe-
ſtreit geweſen, der dem Ausbruch der Krankheit vor-

ausging, sondern die Ursachen liegen viel tiefer und
überdauern die Krankheit — dieser Brief ist der beste
Beweis, und ich bitte Sie, mir Ihre Wahrnehmungen
mitzuteilen."

Doktor Vollert schüttelte den Kopf. „Lieber Freund,
gestatten Sie mir eine Frage. Sie waren Rechtsanwalt und sind jetzt Vertreter der Staatsanwaltschaft; würden Sie als das eine oder andere selbst
Ihren nächsten Angehörigen ein Wort von dem mitteilen, was im Beruf zu Ihren Ohren gekommen ist?"

„Nein," sagte Kollmann, „so wenig wie der Arzt
es tun wird. Aber Herta hat Ihnen doch in ihrem
Fieberwahn keine Geheimnisse anvertraut?"

Der Psychiater nickte. „Sie haben recht, Fiebernde
reden ohne Bewußtsein und Willen: was sie gehört,
was sie gelesen, was sie gedacht — vielleicht auch, was
sie erlebt haben. Der Arzt kann es nicht sichten, er
muß alles entgegennehmen und das Siegel seines
Berufs darauf drücken. Ich bitte Sie, lieber Freund,
wir wollen davon abbrechen. Nur eines verspreche
ich Ihnen: sollte nochmals der Fall eintreten, daß
Sie mich an das Krankenbett Ihrer Gattin rufen —
ich hoffe es nicht, aber kein Ding ist unmöglich — dann
sollen Sie zugegen sein und mit Ihren eigenen Ohren
hören; das kann ich verantworten, und es wird vielleicht die beste Lösung sein."

Rätsel, wohin man blickte! Zunächst plante Ernst
Kollmann das Nächstliegende: er wollte nach Erlensee
fahren und sich mit seiner Frau auseinandersetzen.
Aber dann überlas er wieder Hertas Brief, in dem
sie sich seinen Besuch ausdrücklich verbeten hatte —
sogar unter Berufung auf ihr Eigentum an der Scholle.
Und es überkam ihn eine seltsame Angst. Zuletzt

entsann er sich des Inspektors Janke, der, ungeachtet
seiner rauhen Formen, den Eindruck eines zuver-
lässigen und ehrlichen Mannes gemacht hatte, und er
beschloß, den Alten nach Berlin zu berufen.

Es war ein trauriger Ausweg, aber er ließ sich
wenigstens verdecken; wenn das Amt dem Herrn keine
Zeit läßt, um nach dem Rechten zu sehen, dann muß
eben der Diener zum Herrn kommen. Und bei der
Staatsanwaltschaft lernt man Fragen stellen, deren
Sinn ein schlichter Mann niemals errät. —

Einige Tage später wurde Janke gemeldet. In
seinem langen blauen Rock betrat er das elegante
Arbeitszimmer Kollmanns, warf einen Stoß Bücher
auf den Tisch und sah sich trotzig um.

„Da bin ich, Herr. Hat die gnädige Frau geschrieben, daß nicht alles in Ordnung geht? Ich kann
jederzeit Rechnung ablegen, da soll kein Groschen
fehlen und kein Sack Korn."

Ernst beruhigte den mürrischen Knasterbart. Es
liege durchaus kein Grund zum Mißtrauen vor, aber
eine mündliche Besprechung sei doch besser als lange
Berichte — auf dem Lande rosteten die Federn ein.
Er dachte dabei an Herta, die noch nicht wieder geschrieben hatte, und begann dann die Bücher durch-
zusehen, deren Zahlen ihm vor den Augen tanzten.

Als er sie zuklappte, grinste der Alte. „Herr Weber
nahm das doch genauer," sagte er, „wenn er sich auch
sonst nur um seine Vereine kümmerte. Kommt denn
immer noch nichts heraus, Herr Assessor? Wie ich
höre, sind Sie doch jetzt bei der Staatsanwaltschaft?"

„Das hat Ihnen wohl meine Frau erzählt?" sagte
Kollmann in scherzendem Ton.

„Die Gnädige? Da erfährt man nichts. Ich hab's
gelesen und zugleich auch, daß sie nun den richtigen

festgesetzt hätten, den Hans Jochen. Man hat doch
sein Interesse daran, und ich fragte die Gnädige, ob's
wahr wäre. Aber da ging's wieder los."

Ernst fühlte, wie ihm das Herz bis in den Hals
schlug. „Was ging wieder los, Herr Jante?"

„Na, die gnädige Frau ist doch im Krankenhaus
gewesen — oder nicht?"

„Doch — natürlich. Also ein Rückfall?"

„Die Mamsell mußte ihr Kompressen auflegen.
Es sah erst ganz gefährlich aus. Dann erholte sie sich
wieder, und es wurde wie immer."

„Also hoffentlich gut?"

Der Alte schwieg eine Weile, und es arbeitete in
seinem Gesicht. Dann entgegnete er: „Wir auf dem
Lande haben unseren Schlaf, und dann ist alles gut.
Wie die Stadtleute es damit halten, weiß ich nicht.
Aber natürlich kommt's mir nicht vor."

„Was, Herr Jante?"

„Die Mamsell sagt's. Die gnädige Frau hätte
keine Ruhe — die halbe Nacht treppauf, treppab,
bisweilen die ganze. Mit Licht und ohne Licht, wie's
kommt. Das Licht sehe ich vom Verwalterhaus; was
im Dunkeln geschieht, weiß ich nicht. Aber wie soll
jemand schlafen können, wenn er den ganzen Tag an
dem einen verfluchten Platz hockt!"

„An welchem Platz?"

„Sie haben ihn wohl gesehen, Herr Assessor — den
Erlensee. Er ist ja klein, aber greulich tief; die Leute
sagen, er hätte überhaupt keinen Boden. Das ist
natürlich Unsinn, er wird wohl einen haben; aber es
tut doch nicht gut, immer in so 'n Wasser hineinzu-
sehen, sonderlich, wenn die Erlen sich darin spiegeln."

Kollmann stand auf. „Herr Jante, das sind keine
erfreulichen Nachrichten. Meine Frau schreibt mir

nichts davon, sie will mich natürlich nicht ängstigen, und ich werde hier durch mein Amt festgehalten. Sie sind ein verständiger Mann, Herr Janke: wenn wieder was vorkommen sollte wie mit den Kompressen — Sie verstehen mich — dann geben Sie mir einen Wink. Brieflich — oder wenn's not tut, durch ein Telegramm. Wollen Sie das versprechen?"

„Soll mir 'ne Ehre sein," sagte der Alte treuherzig und gab seine breite Tatze. „Also telegraphieren, wenn's ganz schlimm kommt, sonst aber nur auf einer Postkarte. Einen Doktor würden Sie schon besser mitbringen, Herr Assessor, wir sind damit schwach bestellt, denn Nerven hat bei uns keiner, das überlassen wir den Stadtherrschaften."

Das Gericht hatte dem Antrag von Hans Jochens Verteidiger stattgegeben und Hertas Zeugenladung verfügt. Das Schriftstück ging natürlich in die Wohnung ihres Gatten. Ernst öffnete es und begab sich sofort zum Untersuchungsrichter Piscator, um ihm mitzuteilen, daß seine Gattin zu ihrer Erholung in Erlensee weile.

„Sie begreifen, Herr Landgerichtsrat," sagte er, „daß ich gerade jetzt jede Erregung von ihr fernzuhalten wünsche. Ist die Sache wirklich so wichtig, daß man von dieser Vernehmung keinen Abstand nehmen kann?"

Unter Kollegen wird das Dienstgeheimnis natürlich nicht so streng beobachtet, und der alte Untersuchungsrichter nahm daher keinen Anstand, den Sachverhalt kurz anzugeben. Dann merkte er erst, wie sehr sich das Beweisthema gegen Herta selbst zuspitzte, und fügte eilfertig hinzu: „Natürlich ist das Ganze Unsinn; Gott mag wissen, was diese Frau Schulze oder wie sie heißt, sich alles zusammenreimt; indessen

habe ich nun einmal angebissen und muß daher Ihre
Frau Gemahlin nach Berlin laden. Es tut mir ja schrecklich leid, aber wegen der Konfrontation geht das nicht
anders. Wenn ich jetzt noch den Antrag des Vertei-
digers ablehne, dann kommt er damit in der Hauptver-
handlung, und das wirkt noch viel aufregender."

Kollmann wurde sehr förmlich und bat um Ent-
schuldigung. „Ich konnte natürlich nicht ahnen," sagte
er, „daß die Aufklärung dieser Sache ebensosehr im
Interesse meiner Frau wie in dem des Angeklagten
liegt, und ich bin selbstverständlich mit Ihnen überzeugt, daß es — —"

Der Rest verklang in einem undeutlichen Ge-
murmel, und die beiden Juristen schieden voneinander
mit unbehaglichen Gefühlen.

Piscator setzte sich hin und fertigte sofort eine neue
Ladung aus. —

Wenige Tage später erhielt Kollmann ein Telegramm von dem Gutsverwalter Janke. Sie sind nicht
selten dunkel und zweideutig, diese schmalen Streifen
aus dem Morseapparat, aber der alte Janke war ein
Mann, der keine Umwege liebte, und er drahtete
bündig: „Kommen Sie sofort mit einem Arzt."

Kein Wort mehr oder weniger. Aber es redete
ganze Bände.

Ernst befand sich gerade im Amt, als die Depesche
überbracht wurde, und er begab sich zum Oberstaatsanwalt, um für einige Tage Urlaub zu erbitten.

„Meine Frau ist auf ihrem Gut erkrankt," sagte
er kurz.

Der Vorgesetzte drückte sein Bedauern aus. „Selbstverständlich, lieber Herr Kollege. Übrigens kommt es
mir jetzt gerade etwas ungelegen; ich hatte eine Arbeit
für Sie, die gewissermaßen als Genugtuung auf-

gefaßt werden kann. Sie sollten die Anklage gegen
Hans Jochen Weber entwerfen."

Kollmann zuckte zusammen. „Gegen den Vetter
meiner Frau, Herr Oberstaatsanwalt?"

„Gesetzlich liegt zwischen Ihnen beiden keine Verwandtschaft vor, Herr Kollege, und ich darf wohl an-
nehmen, daß Sie auch keine Familiengefühle gegen
diesen Vagabunden hegen. Zwingen möchte ich Sie
natürlich nicht."

„Ich würde auch ablehnen," sagte Ernst mit müh-
samer Fassung.

Auch diese beiden Männer gingen kühl und förmlich auseinander, und Kollmann begab sich nun zu
Doktor Vollert.

Der Arzt erschrak fast über das blasse Gesicht seines
Freundes. Aber das fahle Licht konnte schuld daran
sein, denn obwohl der Frühling ins Land gekommen
war, stürmte es doch an dem wolkenschweren Himmel.

Dann kamen Worte, die diesem Aufruhr in der
Natur glichen.

„Sie sollen ein Versprechen einlösen, Justus.
Meine Frau ist abermals erkrankt — an welchem
Leiden und aus welchen Ursachen, das vermag ich
höchstens zu ahnen. Ich will aber Gewißheit haben.
Ich will es unter allen Umständen, selbst auf Gefahr
meiner Ruhe und meines Lebens, und Sie dürfen
mich nicht davon abbringen. Also mit dem nächsten
Zuge, der in einer Stunde geht — dann können wir
heute abend in Erlensee sein."

Es war schrecklich, diesen logisch und kühl denken-
den Mann so abgerissen reden zu hören — es war noch
unheimlicher, zwischen seinen Worten zu lesen, denn
sie handelten nicht von Hertas Krankheit, sondern von
etwas anderem.

Von einer Tiefe, die unter der Tiefe liegt.

Das erkannte der Nervenarzt, und er entgegnete: „Ich habe jetzt eine Klinik eingerichtet, Ernst. Kommen Sie in meine Pflege, das ist vernünftiger als diese Fahrt in die Nacht. Herta hat sich von Ihnen getrennt — wenn sie krank ist, dann gibt es andere Ärzte, die ihre Behandlung übernehmen können; der Ruf nach Ihnen kam nicht aus dem Munde der Gattin, sondern von fremden Lippen."

„Das wissen Sie, Justus?"

„Ja."

Kollmann sah auf die Uhr. „Wir müssen eilen, um den Zug zu erreichen. Morgen kehren wir wieder zurück, und dann — dann lege ich mich vielleicht in eines Ihrer Betten und lasse mir Morphium geben."

Da gab der Arzt nach. Sie erreichten noch gerade den Zug und fuhren ins Land hinein. Es stürmte ohne Unterlaß, und wo sie an Kiefernwäldern vorüberkamen, wühlte es in ihrer Tiefe.

Stundenlang schwieg Ernst Kollmann und starrte hinaus in die öde Gegend. Dann wendete er sich plötzlich an seinen Begleiter.

„Also, Sie haben jetzt eine Klinik, Justus. Ich gratuliere. Ein Wetter wie heute ist wohl nicht sehr günstig für Ihre Patienten?"

„Nein, die pflegen da unruhig zu sein."

„Und dann werden Sie ihrer Herr. Sie streichen ihnen mit der Hand über die Schläfen, legen ihnen den Bann Ihrer Augen auf —"

„Selten," sagte Doktor Vollert ausweichend. „Man tut es nur ungern."

„Nein, man rührt nicht gern an die Geheimnisse der Natur. Aber zuweilen ist es gut, mitunter sogar notwendig. Ich denke eben an jenen Tag, Justus,

wo ich Herta verteidigte und eine Freisprechung er-
zielte. Sie war körperlich und seelisch zusammen-
gebrochen, und ich brachte sie in ein Hotel. Entsinnen
Sie sich jenes Abends, Freund?"

Der junge Arzt nickte wehmütig. „Es war der
Abend, an dem ich mir mein Glück suchen wollte,
denn ich sah, daß Sie selbst Ihr Glück gefunden
hatten — oder es gefunden zu haben wähnten. Sie
wissen —"

„Ich weiß, Justus — es war ein Wahn. Aber
davon wollte ich nicht sprechen, sondern von jener
unheimlichen Kunst. Herta schlief damals unter Ihren
Händen ein."

„Leicht wie ein Kind."

„Warum sagen Sie nicht: wie ein unschuldiges
Kind? Man hatte sie doch freigesprochen."

Vollert schwieg.

„Wir werden eine Nacht haben, in der viele die
Ruhe umsonst suchen," fuhr Kollmann grübelnd fort.
„In dieser Nacht sollen Sie einer Kranken abermals
Ruhe schaffen — wie damals."

„Nein," sagte der Arzt hastig, „das werde ich nicht
tun!"

„Aus medizinischen Gründen?"

Jener schwieg.

„Gut, dann verstehen wir uns. Aus Rücksicht auf
mich und die Trümmer meines Glücks verweigern
Sie Ihre Hilfe zu dem, was doch geschehen muß.
Ich verlange aber keine Rücksicht, sondern ich suche
nur die Wahrheit, und wenn ich sie heute nicht finde,
dann bin ich morgen wahnsinnig. Ist es denn noch
niemals vorgekommen, daß ein Mensch den Verstand
verlor, weil er mit etwas Unbekanntem zusammen-
gekettet war? Wir tanzen einen Faschingabend hin-

durch mit Larven, aber um Mitternacht müssen die Masten fallen!"

Vollert schwieg.

In vorgerückter Abendstunde kamen sie auf dem kleinen, einsamen Bahnhofe an und wurden von Janke in Empfang genommen.

Der Verwalter fuhr mit ihnen in die Nacht hinaus. Als sie einen tiefen Hohlweg erreicht hatten, wo die Pferde langsam gehen mußten und der Sturm nicht ankommen konnte, wendete Janke den Kopf rückwärts.

„Das kam nämlich so, Herr. Bis heute früh war die gnädige Frau wie immer: keine Ruh' bei der Nacht und tagsüber, was ich Ihnen schon erzählt habe. Zuletzt lag immer jemand zwischen den Erlen auf der Lauer, denn man konnte doch nicht wissen. Heute in der Morgenstunde kam der Briefträger mit der Post. Die nehme ich immer ab und bring' sie ins Herrenhaus, und diesmal war ein großmächtiges Schreiben dabei mit einem blauen Siegel, und ich mußte ein Formular für die gnädige Frau unterschreiben. Es war etwas vom Gericht, darin kenne ich mich aus, und ich gab es der gnädigen Frau selber in die Hand, denn mit solchen Sachen muß man vorsichtig umgehen. Dann —" Er brach ab und schlug das Sattelpferd über die Mähne. „Vermaledeiter Racker, hast du noch nie eine Krähe fliegen sehen? Hü — prr — jaso, meine Herren, wo bin ich denn stehen geblieben?"

„Als die gnädige Frau hinfiel," sagte Doktor Vollert ruhig.

„Hab' ich das schon gesagt? Na ja, sie fiel wirklich hin — stocksteif, und wir konnten sie nicht wieder zur Besinnung bringen. Aber Leben ist da, denn der Spiegel läuft an, und die Feder bewegt sich — unsere

Mamsell hat nämlich einen Samariterkurs durch-
gemacht."

Es waren noch mehr Krähen in der Gegend als
jene, die von einem Weidenstumpf aufgeflattert war
und die Pferde gescheucht hatte. Sie flogen durch
die Nacht, vom Sturm gejagt wie schwarze Fetzen.
Janke deutete mit der Peitsche nach vorn.
„Da ist das Licht von Erlensee. Jetzt ist es so still
wie die gnädige Frau, aber mitunter war es wie ein
Irrwisch, und die Leute wollten bei Dunkel nicht
mehr in die Nähe. Ich bin nur froh, daß jemand
kommt, der sich auf die Sache versteht — man kann
graue Haare dabei kriegen, und wer schon grau ist,
der wird weiß." —

Herta lag wirklich ohne Besinnung, aber es war
ein Zustand, der sich sehr merklich von dem gewöhnlicher Fieberkranker unterschied. Ihre Körpertempe-
ratur war niedrig, der Puls matt, aber nicht flat-
ternd, Symptome von Starrsucht waren nicht vorhanden.

Vollert stellte nach eingehender Untersuchung die
Diagnose. „Eine vollkommene Nervenerschöpfung,"
sagte er, „langsam vorbereitet durch Mangel an Schlaf,
ausgelöst durch eine heftige Erschütterung der Seele.
Mehr kann ich zurzeit nicht sagen, solange die tiefer-
liegenden Ursachen nicht aufgeklärt sind."

Die beiden Freunde waren allein am Krankenbett
und sprachen gedämpft, obwohl es keinem Zweifel
unterliegen konnte, daß Herta nichts von ihrer An-
wesenheit wußte.

Ernst stellte eine Frage an den Arzt. „Ist das
Schlaf?"

„Nein. Es ist ein ruheloses Wandern der Seele,
die ihre Einwirkung auf den Körper verloren hat,

einer Gefangenen, die an Kerkermauern tastet —
ich finde kein besseres Bild."

„Und der Ausgang?"

„Wenn man die Kerkertür nicht öffnet — der Tod."

Kollmann erhob sich und trat an das Fenster.
Der Arzt folgte ihm, und sie sahen beide hinaus
in die Nacht.

Sie redeten noch leiser.

„Justus, der Tod ist unser größter Wohltäter.
Aber gestattet die Wissenschaft, ihn kommen zu lassen,
ohne einen Riegel vorzuschieben?"

Vollert schüttelte den Kopf. „Das hieße die Tür
öffnen. Unser Beruf ist bisweilen hart, aber es darf
nicht anders sein."

„Nein, sie darf nicht sterben, schon aus Gründen,
die anderswo liegen. Das Mittel?"

„Schlaf."

„Der natürliche?"

„Nein, in diesem Fall der künstliche. Wir tun es
selten, wir tun es ungern, aber nach meiner wissen-
schaftlichen Überzeugung ist es hier der einzige Weg."

„Dann will ich zugegen sein."

„Warum? Sie sind selbst aufgeregt, Ernst."

„Nein, ich bin so kalt wie ein Eiszapfen — fühlen
Sie meinen Puls. Ich will zugegen sein, weil ich
mit ihr zu sprechen habe. Man kann doch mit Menschen reden, die im hypnotischen Schlaf liegen, und
man kann Antwort von ihnen bekommen?"

Doktor Vollert wurde blaß und hob beschwörend
die Hände. „Man kann — ja. Aber tun Sie es nicht,
ich bitte Sie darum."

„Ich muß," sagte Kollmann hart, „und ich kann
auch Ihr ärztliches Gewissen beruhigen. Sprachen
Sie nicht von der Seele, die an des Kerkers Mauer

pocht? Sie klopft nicht, sie schlägt mit Fäusten dagegen,
und sie schreit. Denn es ist ein Geheimnis mit ihr
eingesperrt, und sie fürchtet sich davor, wie uns vor der
Schlange graust, die im Dunkeln über unsere Füße
gleitet. Ich will sie erlösen, die schreiende Seele.
Ich weiß, wie man das macht. Meine Wissenschaft
hat es mich gelehrt."

Da sahen die beiden Männer einander an, und sie
horchten auf den Sturm, der immer heftiger wurde,
und sie schauten verstohlen nach der Wanduhr, deren
Zeiger gegen zwölf gingen.

„Wir wollen die Mitternachtsarbeit beginnen,"
sagte der Arzt.

Sie nahmen zu beiden Seiten des Lagers Platz,
und Doktor Vollert begann an Hertas Schläfen die
hypnotischen Striche. Es dauerte ziemlich lange,
bis eine Wirkung eintrat, und die Schweißtropfen
standen ihm auf der Stirn; er murmelte etwas von
„tief heraufholen".

Endlich veränderten sich die Züge der Kranken;
sie verloren den Ausdruck der Starrheit, aber an
dessen Stelle wechselten Angst und Schmerz miteinander, wie wir es bei Schwerträumenden finden.

„Sie rüttelt," sagte Ernst, und der andere winkte
hastig mit der Hand.

„Aufschließen!"

Der Sturm hatte sich plötzlich gelegt, und es trat
in der Natur eine atemlose Stille ein.

Ernst Kollmann sprach, und sein Weib antwortete.

„Herta, geh mit mir in die Oper; es wird die Walküre gegeben."

„Ich bin schon fertig; nur noch die Schieblade —"

„Wo der Revolver liegt?"

„Ja."

„Herta, der erste Akt ist noch nicht zu Ende —
warum gehst du?"

„Ich muß doch warten!"

„Am Metropol?"

„Ja."

„Ich gehe mit. Wir brauchen kein Auto."

„Nein, es ist nicht weit."

„Da kommen schon die Leute heraus — Kopf an
Kopf. Siehst du ihn?"

„Noch nicht."

„Aber jetzt. Er ist größer als alle anderen."

„Ja — jetzt."

„Freute er sich, dich zu treffen?"

„Sehr."

„Warum geht ihr nicht den geraden Weg, Herta?
Es ist so dunkel unter den Bäumen."

„Nein, da ist eine Laterne."

„Am Weiher?"

„Ja."

„Was hast du in deinem Muff, Herta?"

„Ich nahm ihn ja mit!"

„Richtig, aus der Schieblade."

Vollert, der atemlos lauschte, fuhr nervös zusammen, denn Ernst Kollmann hatte mit der Faust
gegen das Fußende des Bettes geschlagen, so daß es
einen dumpfen Knall gab.

Herta griff in die Luft.

Dann wurde das unheimliche Gespräch fortgesetzt.

„Ist er tot?"

„Ja — in die Schläfe."

„Lauf nicht so schnell, Herta. Da ist schon das
Brandenburger Tor, da steht ein Auto —"

„Ja —- nur fort!"

„Wieviel Uhr haben wir jetzt?"

„Halb eins."

Es war wirklich halb ein Uhr, als diese letzte Antwort langsam und undeutlich erfolgte. Ernst Kollmann stand auf und beugte sich über das Lager seines Weibes. Sie schlief jetzt vollkommen fest, und auf ihren Zügen ruhte der Ausbruck des Friedens.

Die Seele hatte den Kerker gesprengt, sich von der Genossenschaft eines tödlichen Geheimnisses freigemacht.

(Fortsetzung folgt.)

Indische Märkte
Von Heinz Karl Heiland

Mit 10 Bildern   (Nachdruck verboten)

In vielen Ländern, die keine einheitlich geschlossene Kultur haben, in denen hier und dort große, moderne Städte aufgeblüht sind, die aber vielleicht · in anderen Gegenden noch Kannibalen und Urwaldmenschen beherbergen, spielt der wandernde Händler noch eine große Rolle.

So auch in Indien, wo neben dem Parsi-Kaufmann, der als hochmoderner Großkapitalist und Großunternehmer riesige Elektrizitätswerke mit dazugehörigen künstlichen Seen und so weiter schafft, der kleine wandernde Händler lebt, der mit den halbwilden Stämmen der Gond durch den sogenannten stummen Kaufhandel in geschäftliche Beziehungen tritt.

Während hochentwickelte Verkehrsverhältnisse in Europa und Amerika, ja sogar in Japan die einst in der Nationalökonomie der Völker eine so große Rolle spielenden Jahrmärkte wenn nicht verdrängten, so doch zu einem Volksvergnügen herabwürdigten, haben diese Veranstaltungen in Indien ihre ganze Bedeutung bis in die Neuzeit hinübergerettet. Noch heute bietet dort ein solches Zusammenströmen der Händler die einzige Gelegenheit, den Bedarf des Hauses an allen Erzeugnissen zu decken, die der Dörfler nicht selbst herstellen kann.

Die indischen Jahrmärkte, wenn man sie so bezeichnen will, kann man im großen und ganzen in zwei Klassen einteilen. Erstens die Dorfmärkte, auf denen die Erzeugnisse des Feldes und der Fruchtbäume, häufig auch die Erzeugnisse eingesessener Handwerker, Handarbeiten, Webereien der Frauen und so weiter verkauft werden. Bei diesen Veranstaltungen ist sehr wenig

Geld im Umlauf, es wird vielmehr ein Produkt gegen das andere ausgewechselt, ausgetauscht.

Besonders in den einsameren Gegenden, in den Dschangeldistrikten, besitzen diese Märkte eine ganz besondere Bedeutung, und die eingeborenen Hindu eilen

Dorfmarkt.

dazu aus ganz unglaublichen Entfernungen herbei. Die Möglichkeit ist ihnen hierzu dadurch gegeben, daß sich in jedem Dorfe ein oder zwei der primitiven Ochsenkarren befinden. An Vieh ist im allgemeinen in Indien kein Mangel, da das Rindvieh geheiligt ist, daher unter keinen Umständen getötet werden darf. Noch heute steht in den großen Eingeborenenstaaten, wie in Mysore, auf Tötung einer Kuh oder eines Ochsen die Todes-

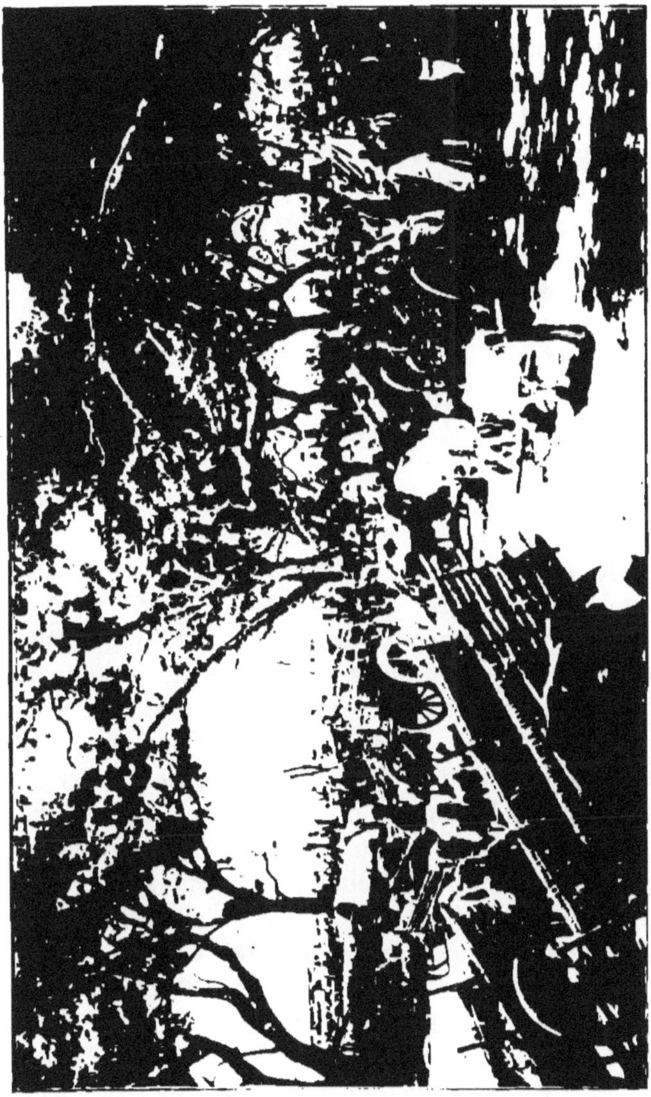

Indische Ochsenkarren.

strafe, wenn auch neuerdings diese Gesetze durch den
Einfluß der englischen Regierung nicht mehr gehand-

habt werden. Jedenfalls ist meistens genügend Zug-
vieh vorhanden, und welch ungeheure Strecken sich mit
den anscheinend so langsamen Ochsenkarren zurücklegen
lassen, klingt geradezu fabelhaft.

Die zweite Art der Märkte sind jene, die mit einer
religiösen Feier verbunden sind, die also für den Besucher gleichzeitig eine Pilgerfahrt bedeuten. Bei diesen
Veranstaltungen spielt das Geld eine große Rolle, da
die von weither kommenden Hindu oder Mohammedaner natürlich keine Landesprodukte in Zahlung
nehmen können.

Auf diesen Märkten findet man eine unglaubliche
Auswahl europäischer Waren, die zum Entsetzen Englands meist aus Deutschland stammen, allerdings nur
durch ihre Billigkeit und nicht durch ihre Qualität Gefallen erweckend.

Recht interessant ist die Entwicklung dieser jährlich
oder auch noch öfter stattfindenden Märkte. In der
ältesten und primitivsten Form gab es nur den stummen
Tauschhandel. Er bestand darin, daß der Verkäufer
seine Waren auf einen vorher bestimmten Platz nieder-
legte und sich dann in der Nachbarschaft verbarg. Der
Käufer legte das, was er als einen genügenden Gegen-
wert betrachtete, neben die daliegenden Waren und
verschwand gleichfalls. Nun kehrte der Verkäufer zurück,
begutachtete die von seiten des „sein wollenden"
Käufers niedergelegten Waren und nahm sie dann,
falls er damit einverstanden war, an sich.

Andernfalls entfernte er sich wieder oder nahm auch
einiges seiner eigenen Güter zur Seite, bis so schließlich
nach vielleicht fünfzigmaligem Verschwinden der Handel
abgeschlossen war. Noch in der neuesten Zeit sammelte
der Fürst von Bastar in den Zentralprovinzen den Tribut der Dschangelstämme, indem einer seiner Beamten

die Stämme besuchte, dort mit einer großen Trommel
ein Signal gab und sich dann verbarg. Nach einiger

Indische Bettler.

Zeit kamen dann die Leute von allen Seiten herbei und
legten das, was sie dem Fürsten tributpflichtig waren,
an einer vorher bestimmten Stelle nieder.

Diese Plätze, an denen man zu tauschen oder den

Tribut niederzulegen pflegte, entwickelten sich später nach und nach zum Schauplatz der Jahrmärkte. Sie lagen gewöhnlich auf der Grenze zwischen zwei Stämmen, und dieser Platz wurde dadurch zu einem neutralen Treffpunkt, der die ihn Besuchenden unverletzlich machte.

Diese Unverletzlichkeit, die anfangs auf schweigendem

Schmied.

Übereinkommen beruhte, wurde dann später, wie leicht begreiflich, von den Priestern aufgegriffen und als auf dem Schutz einer besonderen örtlichen Gottheit beruhend hingestellt. Diesem errichtete man dann zunächst einen kleinen Schrein, und der Beginn einer gemeinsamen Götterverehrung war gemacht.

Auf diese Weise wurde der Dorfmarkt zum ersten Versuch einer Vereinigung feindlicher Stämme und

ebenfo der Weg zu einer einheitlichen nationalen Götterverehrung.   Nach und nach entwickelte sich sodann eine

besondere Kaste der Händler, die Vaissja. Auch sie
mußten wie ihre Genossen in anderen Ländern die
Erfahrung machen, daß das Volk von den vom Handel
leider häufig schwer zu trennenden Praktiken nicht sonderlich entzückt war und ihnen deshalb die Aufnahme in
die soziale Gemeinschaft verwehrte. Die Vaissja lebten
deshalb nicht innerhalb des Dorfes, sondern an dessen
äußerem Rande, nahe bei den winzigen Hütten der
Pariasklaven, die die Feldarbeiten für die Landbesitzer
verrichten mußten.

Die heutigen indischen Jahrmärkte zeigen immer
noch eine große Verwandtschaft mit jenen der ältesten
Zeit, noch heute gibt es keinerlei Markthallen, sondern
der ganze Verkehr spielt sich im Freien ab. Diese
Märkte besitzen unter Umständen für den Europäer,
besonders für den wandernden Jäger, eine große Wich-
tigkeit, da sie die einzige Gelegenheit bieten, Lebensmittel einzukaufen, zum wenigsten alles, was über Reis
und einige Körnerfrüchte hinausgeht.

Sehenswert sind auf solchen primitiven Märkten
vor allem die originellen Gestalten der Bettler und
Fakire, die eine Art großen metallenen Löffels in der
Hand tragen, den sie einfach, ohne lange zu fragen, aus
den Vorräten der Händler füllen. Meist macht der
Besitzer des Reises oder der Früchte zu diesem unver-
frorenen Verfahren ein gleichgültiges Gesicht, da es
sich ja um ein gutes Werk handelt. Mancher weniger
Fromme vertreibt indes auch den Zudringlichen. Wenn
dieser seinen großen Löffel gefüllt hat, entleert er ihn
in eine umgehängte Tasche und — arbeitet weiter.
Interessant sind auch die wandernden Handwerker, die
meist den Zigeunerstämmen angehören. So besonders
die Schmiede, die nicht nur die Ochsenkarren des Land-
mannes mit neuen eisernen Reifen versehen, sondern

auch imstande sind, eine der primitiven Vorderlade-
flinten, deren Besitz die englische Regierung gestattet,
in Ordnung zu bringen.

Wie schon erwähnt, finden die Dorfmärkte unter
freiem Himmel, nur im Schatten einiger Boobäume
statt; selten, daß einer der Verkäufer aus einer einfachen

Götterfiguren.

Segeltuchplane einen Schutz gegen die Sonne oder die
gelegentlich einsetzenden seltenen Regengüsse herstellt.

Ganz anders die großen jährlichen Märkte, die in
Verbindung mit einem religiösen Fest abgehalten werden. Diese bieten natürlich unendlich viel des Sehens-
werten, werden doch zu deren Abhaltung nicht nur
ganze Zeltstädte, sondern auch große Hallen errichtet.

Ein religiöses Fest als Markt bildet eine wahre ethnographische Musterkarte, da sich nicht nur zahllose wandernde Händler aus allen möglichen Kasten und Stämmen zusammenfinden, sondern auch Banden von wandernden Zigeunern, die sich in allen möglichen Kunststücken produzieren. Daneben gibt es Pferdehändler aus dem Himalaja, besonders aus Afghanistan, ja, zu den Märkten Nordindiens kommen sogar Leute aus dem fernen Tibet und Jammu.

Da die Brahminenpriester über einen guten Teil Geschäftssinn verfügen, so geben sie gegen entsprechende Bezahlung nicht nur einen großen Teil ihrer Tempel selbst zur Abhaltung des Marktes her, sondern sie errichten auch vor dem Haupteingangstor eine gewaltige Halle, die, mit Matten überdeckt, Schutz gegen die allzu große Gewalt der Sonnenstrahlen bietet, und hier spielt sich dann der Handel in Götterbildern, Kleidern, Schmucksachen und vor allen Dingen auch in den Gerätschaften ab, die für die religiösen Zeremonien notwendig sind, als Bronzeglocken, Blumen, Öllämpchen und so weiter.

Am phantastischsten sind natürlich die Verkaufsstände, die sich zwischen die gewaltigen Götterfiguren der Tempeleingänge schmiegen. Hier sind es besonders die Fruchthändler, die ein altererbtes Platzrecht zu besitzen scheinen. Eine seltsame Umrahmung für die Bananen und Apfelsinen, die Kokosnüsse und Mango bilden jene Statuen, eine Umrahmung, deren Herstellung einst Millionen gekostet hat. Sind doch jene Pfeiler oft aus einem einzigen, unendlich harten Granitblock mühsam gemeißelt.

Außerhalb der großen Halle erheben sich dann unzählige kleine, von Händlern errichtete Zelte, die möglichst farbig und lockend gehalten sind. Vor allen

Dingen versuchen Zuckerbäcker alles mögliche, um durch
bunten Aufputz die Kundschaft anzulocken, während sich
die Ärmeren, die Anfänger, mit einem einfachen Tisch
begnügen müssen, der mit seinen bescheidenen Genüssen
höchstens die Jugend anzulocken vermag.

Auch an einfachen Volksvergnügungen, sogar an

Am Tempeleingang.

Karussellen, ist kein Mangel, Karussellen freilich, deren Art
einem europäischen Schausteller ein mitleidiges Lächeln
ablocken würde. Besteht ein solches Wunderwerk doch
hauptsächlich nur aus einigen gewöhnlichen Bänken, die
an einem drehbaren Gestell aufgehängt sind. Dazwischen hängen dann als Prunkstücke einige plump aus
Holz geschnitzte Pferdchen, gleichfalls an dem Balken-

gestell befestigt, Pferde, die ihrer geringen Größe wegen
nur für die Kleinsten der Kleinen besteigbar sind.

Jeder Glaube hat begreiflicherweise seine eigenen
Feste; so eilt der Hindu nach Harbwar, Benares oder
der Insel Sagar. Der kriegerische Sikh besucht die

Zuckerbäcker.

heiligen Plätze seines Glaubens: Amritsar, Sialkot und
Anandpur, der Mohammedaner wieder die Tempel
des einen oder anderen Heiligen, so wie Pakpattan im
Pandschab, wo er die ewige Seligkeit zu erringen glaubt,
wenn es ihm gelingt, sich während der heiligen Zeit
durch eine außerordentlich enge Tür zu quetschen.

Die wildesten und teilweise höchst grausigen Feste
sind die zu Ehren der Kali Dewi, der grimmigen Göttin
der Zerstörung. Zwar können die Priester Menschen-

opfer nur noch unter der größten Vorsicht bringen,
um nicht in die Hände des englischen Gesetzes zu fallen,
dafür überschwemmen sie aber ihre Altäre mit dem
Blute ungezählter Tiere, so daß nur wenige Europäer
wagen, ihren Nerven den Anblick eines solch grausigen
Schauspiels zu bieten.

Da die großen heiligen Flüsse, wie der Ganges und

Bescheidene Genüsse.

die Dschamna, keinem einzelnen Glauben angehören,
sondern von allen Sekten gleichmäßig verehrt werden,
so ergießt sich in jedem Jahre zu Beginn der kalten
Jahreszeit eine ungeheure Menschenwoge von Norden
und Süden gegen die Ufer dieser Flüsse. Eine Menschen-

menge, deren Bewältigung den indischen Eisenbahnen unsägliche Mühe verursacht, deren Verpflegung häufig eine Hungersnot zur Folge hat. Hier ist der große Pestherd, von dem aus alljährlich die verderblichen Krankheitskeime durch ganz Indien verschleppt werden trotz aller Maßregeln, die die englisch-indische Regierung trifft.

Dem fanatischen Hindu ist es eben ganz gleichgültig, ob neben ihm ein etwa an der Lepra Erkrankter badet, ob im Flusse ungezählte Cholera- oder Pestleichen schwimmen, wenn er nur zu der heiligen Zeit, zu der Zeit, wenn die Stellung der Sterne günstig ist, in den schmutzigen Fluten des heiligen Flusses untertauchen kann. Hofft er doch, dadurch von all seinen Sünden befreit zu werden.

Unter den großen religiösen Festen und Märkten sind die bekanntesten Batesar an der Dschamna, wo alljährlich der größte Pferdemarkt Indiens stattfindet, oder Jonpur im Staate Behar, dessen Markt die Zentrale für den Elefantenhandel ist. Ebenso wichtig sind im Westen Bagesar und Kalampur, die speziell geschaffen wurden, um die scheuen Bergbewohner des Himalaja und Tibets anzulocken und sie in Verbindung mit den Kaufleuten der Ebene zu bringen. Ein Besuch dieser Bergmärkte ist unter Umständen nichts weniger als ungefährlich, gilt doch einem Patan oder Afghanen ein Menschenleben ebensoviel wie das eines Hundes.

Bei all diesen Märkten kann man neben zahllosem anderem auch die eigentümliche Sitte über das Bestimmen des Kaufpreises beobachten. Käufer und Verkäufer strecken die rechte Hand unter eine Decke und verständigen sich über das Angebot in folgender Weise: Nimmt der Verkäufer die ganze Hand des Käufers, so bedeutet dies eine Summe von tausend Rupien. Die

Indisches Karussell.

Anzahl der Tausende wird durch jeweiliges wiederholtes Drücken der Hand ausgedrückt. Fünf Finger bedeuten fünfhundert, ein Finger hundert. Greift er den Finger nur bis zum mittelsten Gelenk, so ist fünfzig gemeint und vom Fingerende bis zum ersten Glied zehn.

Durch diese Taktik sind die Händler einem Europäer sehr überlegen, da sie sich ganz unter sich über den Preis stillschweigend einigen können, während sie vielleicht mit dem Munde ganz andere Zahlen nennen.

Die sehenswertesten der großen religiösen Märkte, wenn man sie so bezeichnen will, sind die von Juggurnaut in Puri und Radotsawan in Madras. Bei diesen Festlichkeiten werden ungeheure Wagen von der Menschenmenge an schenkeldicken Tauen durch die Straßen gezogen, jene Wagen, die dadurch eine traurige historische Berühmtheit erlangt haben, daß sich früher und gelegentlich noch heute trotz aller polizeilichen Bewachung Fanatiker unter die gewaltigen Räder des Wagenungetüms warfen, um dadurch sofort in den Himmel einzugehen. Die Räder sollen früher oft über und über mit Fleischfetzen bedeckt gewesen sein.

Das fünfte Wort
Die Geschichte eines Liebesbriefes
Von Alwin Römer

(Nachdruck verboten)

Seit der Weinhändler Guido Menzel sein ebenso umfangreiches wie einträgliches Geschäft in Dresden aufgegeben hatte und mit dem Titel eines Stadtrats a. D. nach der Lößnitz gezogen war, um sein Alter in Behagen und Unabhängigkeit zu genießen, war mit seinem bisher schlichten, von jeder Großmannssucht freien Wesen eine recht merkbare Veränderung vorgegangen.

Der günstige Verkauf seiner Weinhandlung sowohl als der alten Häuser, in denen er sie betrieben, hatte sein Vermögen zu ungeahnter Höhe anwachsen lassen. Dazu kam, daß er in der netten kleinen Villa auf dem geschützten Südhang der Lößnitzberge wie ein großer Herr wohnte. Es war alles zehnmal eleganter da draußen als in seiner bisherigen, ein bißchen dumpfen und dunkeln Stadtwohnung. Sogar ein richtiges Palmenhaus schloß sich an den hübschen Gesellschaftssaal im Erdgeschoß, und von seinem geräumigen Ostbalkon mit der ansehnlichen Pfeilerbalustrade und den Karyatiden an den Fenstern hatte er einen wundervollen Blick auf das Elbtal mit dem Kaditzer Flugplatz drüben und das entzückende Stadtbild von Dresden, dessen Türme auch bei verschleierter Luft noch sichtbar blieben.

Dreißig Jahre lang hatte er in der großen Stadt dort unten jedem Kunden seine Verbeugung machen müssen. Wer in seine Probierstube gekommen war, hatte sich von ihm bedienen lassen dürfen. Und er hatte hochnäsigen Laffen in den Paletot geholfen und blöden Schwätzern artig lächelnd zugehört, wenn

sie über Politik und Theater, ja selbst, wenn sie über
die Vorzüge und Schwächen seiner Weine sprachen.
Das hatte manchmal wohl wie ein Alp auf ihm ge-
lastet. In seinem Ruhesitz hatte das, dem Himmel sei
Dank, ein Ende gefunden. Wie ein verregneter Halm,
den die Julisonne in die Kur nimmt, richtete er sich
auf und wurde dabei langsam zum „großen Herrn".
Zwar rechneten ihn die alten Staatspensionäre
vorläufig noch lange nicht als zu ihren Kreisen gehörig.
Und die Lößnitz war voll von verabschiedeten Räten,
Inspektoren, Präsidenten und Militärs. Aber wenn
er erst die Jagd gepachtet hatte, die ihm gegen Meißen
hin von ein paar zusammengehörigen Gemeinden an-
geboten war, würde er schon Anschluß finden. Eine
Jagdeinladung hat schon manches kleine, dumme Vor-
urteil glatt über den Haufen geworfen. Und dann fand
sich wohl für seine Elvira auch ein Freier, der ihm das
Tor zu diesen etwas reservierten Kreisen bald noch
weiter öffnete.

Auch dem etwa achtzehnjährigen Fräulein Elvira
Menzel hatte der Tausch nicht übel gefallen, wenn sie
anfangs auch manchmal von einer unbezwingbaren
Sehnsucht nach dem schönen Elbflorenz gepackt worden
war. Nun, Herrn Menzel war's recht. Denn sein
Mädel war eigensinnig und ein Trotzkopf, wie ihre
liebe Mutter auch gewesen war, und heimlich lugte
er bereits aus nach neuen Beziehungen für sie und
war sehr angenehm davon berührt, als er ihr eines
Tages bei einem Spaziergange mit einer Professors-
tochter begegnete, die sie in ihrer Lausanner Pension
kennen gelernt hatte. Auch deren Vater hatte sich in
der milden Lößnitz angesiedelt, nachdem ihm durch
einen chronischen Katarrh die weitere Ausübung seines
Amtes unmöglich gemacht worden war.

„Ein sehr liebenswürdiges Mädchen, dieses Fräulein Heinze!" äußerte er beim Abendbrot. „Da hast du ja gleich Anschluß!"

„Die Josepha?" meinte Elvirchen und zog die Oberlippe hoch. „Na, es geht. In der Pension war sie ein Greuel, futterte wie eine Dreschmaschine und klatschte wie ein Hökerweib."

„Sie machte auf mich nicht den Eindruck."

„Weil sie so mager ist wie die siebente Kuh Pharaos?" rief das Mädel überlegen lachend. „Das liegt in der Rasse, Papachen."

„Ich dachte mehr an das Klatschen."

„Na, vielleicht hat sie sich's ein bißchen abgewöhnt. Das wäre ein Segen!"

„Jedenfalls verdirb's nicht mit ihr. Vielleicht lernst du durch sie noch andere kennen."

„Ich will's versuchen," erklärte Elvira und strich sich nachdenklich eine frische Brotschnitte.

Und richtig, das brave Töchterchen wußte bald nichts anderes mehr, als zu ihrem „Sepherl" zu laufen, bald vormittags, bald gegen Abend. Immer hatten sie Zusammenkünfte. Heute war's eine Tennispartie, morgen ein neues Klavierstück zu vier Händen oder ein Spaziergang in den entzückenden Lößnitzgrund mit seinem schnellen Wechsel von Gärten, Wiesen, Feldern und Waldabhängen, zwischen denen hier und dort eine Mühle, ein Bauernhäuschen oder eine Villa hervorlugte.

Merkwürdig war nur eines: Josepha Heinze kam nie mit in Menzels Besitztum. Elvira erklärte das als Zufall und machte geltend, daß sie selbst ja auch kaum zu Professors ginge, da sie sich meist auf halbem Wege zu treffen pflegten, um Zeit zu sparen.

Es war also eigentlich eine sonderbare Sache.

Aber Papa Menzel war viel zu vertrauensselig seiner
Einzigen gegenüber, als daß er auch nur den Schatten
eines Verdachtes wegen dieser sonderbaren Einseitig-
keit von Freundschaftspflege hätte aufkommen lassen.
Eines Nachmittags, als er die Moritzburger Straße
hinaufwanderte, um über Lindenau nach dem Gast-
haus Friedewald zu gelangen, liefen ihm Vater und
Tochter glatt in die Arme. Denn der alte Herr, der
als Mann der Wissenschaft auch sonst nicht zu verkennen
war, war ihm von einer politischen Versammlung,
in der er einen Vortrag über das Fürstentum Albanien
gehalten hatte, noch gut im Gedächtnis.

Etwas verwundert zog er den Hut und erntete
einen artigen Gegengruß, der ihm so viel Mut einflößte, stehen zu bleiben und eine Anfrage an das
noch immer nicht molliger gewordene Fräulein Josepha
zu richten.

„Nun," forschte er jovial, „wo haben Sie denn
meine Elvira gelassen, Fräulein Heinze?" Und ohne
ihre Antwort abzuwarten, wandte er sich respektvoller
an den ebenso dünnen Professor mit der Erklärung:
„Ich bin nämlich der Vater der Elvira, Stadtrat
Guido Menzel, früher in Dresden, und ich freue mich,
daß meine Tochter sich so gut mit Fräulein Sepherl
versteht."

„Sehr verbunden, wirklich sehr verbunden, Herr
Stadtrat. Heinze ist mein Name, Professor Heinze."
Und er reichte ihm die schmale, knöcherne Gelehrten-
hand. „Aber ich erinnere mich kaum, Ihr Fräulein
Tochter bei uns gesehen zu haben. — Ihr trefft euch
wahrscheinlich öfters auf euren Spaziergängen?"
wandte er sich an seine Tochter.

„Gewiß," fiel der Stadtrat eifrig ein. „Die jungen
Damen gehen sich meist entgegen. Auch auf dem

Tennisplatz kommen sie gern zusammen. — Nicht, liebes Fräulein?"

Über Fräulein Heinzes mageres Antlitz war ein deutlicher Zug von Entrüstung geflogen, der sich mit einer schon vorher darin eingenisteten Miene schmerzlichen Bedauerns vermischte, als sie jetzt erklärte: „Sie sind leider in einem seltsamen Irrtum befangen, Herr Stadtrat. Elvira und ich sehen und hören nichts voneinander, obgleich wir in Lausanne zusammen in Pension waren. Ein einziges Mal haben wir uns getroffen. Damals, als Sie selbst uns begegnet sind. Seitdem nicht wieder."

„Aber Sie haben ihr doch erst heute früh ein Briefchen geschickt?"

„Ich?" sagte Josepha voll kalten Hohnes. „Das ist vollständig aus der Luft gegriffen!"

„Sie werden meine Tochter mit jemand anders verwechseln, Herr Stadtrat," mischte sich der Professor ein.

„Aber wahrscheinlich nicht mit einer Pensionsfreundin," fügte Fräulein Josepha boshaft hinzu. „Elvira hat gewiß Bekanntschaften, die ihr interessanter sind."

„Interessanter?" rief der Stadtrat verdutzt und bekam einen roten Kopf, als hätte er ein Faß Rotwein im Keller auf Flaschen gezogen.

„Fragen Sie sie nur selbst," erklärte das Fräulein und gab durch einen Armdruck ihrem Vater Kunde, daß sie weitergehen möchte.

Nach einem höflichen Abschiedsgruß ließen sie den Stadtrat stehen.

Er ging noch ein paar hundert Schritte höher bergauf unter allerlei schweren Gedanken. Dann schlug er entschlossen einen Seitenweg ein, der ihn in aller

Kürze wieder in die eigene Behausung führte, um nun eine hochnotpeinliche Untersuchung einzuleiten.

Es war gegen vier Uhr, als er anlangte. Die alte Ursula, seine Wirtschafterin, pflückte just einen Strauß Petersilie von den Gemüsebeeten, als er die Pforte aufschloß.

Er nahm sie mit in sein Zimmer.

„Wo steckt Elvira?" fragte er barsch.

„Fräulein Heinze hat sie doch eingeladen. Sie soll mit zur Frau Konsistorialrat Meister kommen heute nachmittag. Wegen eines Kinderfestes, glaub' ich. Da wird sie natürlich hin sein," berichtete die Alte.

„Lüge!" schrie er und schlug mit der Faust auf den Tisch. „Fräulein Heinze hat sie überhaupt nicht eingeladen!"

„Aber ich hab' den Brief doch selbst gelesen!" verteidigte sich Ursula gekränkt.

„Ich auch!" tobte er und machte den Tisch noch einmal zum Amboß. „Deswegen ist es doch Schwindel! Sie trifft sich wahrscheinlich mit einem jungen Herrn!"

„Woher wissen Sie denn das?"

„Fräulein Heinze hat es mir angedeutet. — Wer ist der Bursche? Heraus mit der Sprache!"

„Ach, sie hat höchstens ein paarmal den jungen Eigendorff getroffen, der bei seinem Onkel hier draußen jetzt ein Atelier hat."

„Den Schmierfinken, den Leichtkittel, der seinem Vater durchgegangen ist, statt ihm die Last in Kontor und Werkstatt tragen zu helfen? Das sind ja nette Geschichten! Habe ich ihm in Dresden nicht schon den Star gestochen, dem künftigen Raffael? Wie kommt das Mädel dazu, sich hier mit ihm zu treffen?"

„Sie haben sich ja schon gern gehabt, wie sie noch

Kinder waren, Herr Stadtrat! Wir waren doch
Nachbarsleute!"

„Aber hier nicht mehr! Ich will davon nichts
wissen. Er soll sich zum Teufel scheren, der Pinsel-
schwinger! Elvira heiratet einmal einen Offizier!"

„Ach du lieber Gott!"

„Jawohl, einen Leutnant! Da kommt sie wenig-
stens in die besseren Kreise! Und wenn der einmal
Oberst wird oder General, ist sie eine große Dame!
Punktum! Heule nicht, alte Gans! Ein größeres
Glück kann ein Mädel heutzutage ja gar nicht erleben.
Militär ist nun einmal Trumpf in Deutschland. Und
ich bin froh, daß ich eine Möglichkeit sehe, sie so anzu-
bringen. Merke dir das!"

„Na, an das kahlköpfige Kerlchen, den Bergzow,
denkt sie aber sicher nicht, der schon ein paarmal mit
Ihnen zur Jagd war! Da nehme ich Gift drauf!"

„Dann nimm's! Aber frisches, das auch wirkt,
altes Großmaul! Denn einen anderen kriegt sie nicht
— das ist mein Wille! — Und nun hol mir den Brief
von heute morgen, mit dem sie mich dumm gemacht
hat! Irgendwo muß der doch einen Haken haben!"

Ursula zuckte die Achseln. „Wie soll ich wissen, wo
sie den hingesteckt hat?" murrte sie.

„So bring mir Hammer und Stemmeisen, daß
ich ihre Kästen aufbrechen kann!" kommandierte er.

Da wußte sie, daß er nicht Ruhe geben würde,
holte den Schlüsselbund Elviras aus deren Arbeits-
törbchen und legte ihm den kleinen, glatten Öffner
ihres Schreibtischchens in die Hand.

Damit lief der Stadtrat in das schmucke, hellfarbig
gehaltene Zimmer seines Töchterchens hinüber, um
in dem zierlichen Möbel nach dem Brief zu suchen.

. Nachdem er schonungslos ein Bündelchen Visiten-

karten auf den Teppich verstreut hatte und mit zum
Teil unaufgezogenen Photographien nicht glimpflicher
verfahren war, geriet er an umschnürte Kartone. In
ungeduldigem Zorn löste er die schönfarbigen Schnuren
und Bänder, um eine Sammlung alter Ansichtskarten
zu finden, die er größtenteils selbst von einer Nord-
landreise aus an Elvira geschrieben hatte. Auch auf
Konzertprogramme stieß er und auf ein Häufchen artiger
Gedichte, die sein Mädelchen aus Zeitschriften aus-
geschnitten haben mochte.

Mit einem Fluch beendete er die Durchsicht auch
des letzten Kästchens.

Mechanisch fast nahm er schließlich das niedliche
Schreibzeug hoch, das auf der grünbezogenen Platte
stand, und blätterte die paar Löschpapierbogen durch,
die sich über dem grünen Tuche als Schutzwehr aus-
breiteten und gleichzeitig zur Schreibunterlage dienten.

Richtig — da lag das Geschreibsel! Er schüttelte
den Kopf, nachdem er einen bedauernden Blick über
das wüste Feld von Karten, Ausschnitten, Schleifchen
und ähnlichen Reliquien geworfen hatte.

„Zu verrückt, daß man dort immer zuletzt nach-
sieht, wo man zuallererst suchen sollte!" murrte er
ergrimmt. Dann faltete er den kleinen Briefbogen
endlich auseinander und las:

„Meine liebe Elvira! Gestern morgen kam Frau
Konsistorialrat Meister, um mich einzuladen. Sie
braucht drei junge Mädchen, und ich hoffe zuversicht-
lich, daß Du, wenn ich hübsch bitte und knickse, Dich
nachmittags bei mir einfindest, in der Aufführung
mitzuwirken. Auf Kaffee dürfen wir rechnen. Konditor Lehmann wohnt nebenan, was mich zu der Erwartung verleitet, wir finden auch Pfannkuchen und
Schlagsahne.

Herzliche Empfehlungen, sowie die ehrerbietigsten Grüße an den Herrn Papa!

Dein Dir in Freundschaft ergebenes Sepherl."

Aus dem Brief war so leicht nicht klug zu werden. Er klang durchaus harmlos, wie junge Mädchen häufig zu schreiben pflegen. Und doch mußte er irgendwelche geheimen Beziehungen enthalten.

Immer wieder durchirrten seine Blicke die ihr Geheimnis so zäh festhaltenden Zeilen, ohne ein Resultat zu erreichen. Da steckte er das Papier in die Brusttasche und machte sich von neuem auf den Weg.

Aber diesmal führten ihn seine Schritte nicht auf die Lößnitzhöhe. Er lenkte sie talwärts auf Kötzschenbroda zu, um die Frau Konsistorialrat Meister zunächst einmal um Auskunft zu bitten.

Da sie neben dem Konditor Lehmann wohnen sollte, brauchte er nicht lange Nachfrage zu halten. In der Konditorei wußte man zweifellos Bescheid über die nächstliegende Kundschaft.

„Frau Konsistorialrat Meister?" sagte nachdenklich das mittelalterliche Ladenfräulein und sah den noch immer erregten Menzel mit honigsüßen Blicken an. „Den Namen höre ich zum ersten Male heute. Vielleicht meinen der Herr: Meißner?"

„Es wäre nicht ausgeschlossen," murmelte der Weinhändler achselzuckend.

„Aber das ist keine Frau Konsistorialrat, sondern ein alter Herr, ein Hauptmann a. D."

Glücklicherweise kam der Besitzer des Geschäfts hinzu und mischte sich in das Gespräch. Er sah auch im Adreßbuch nach und befragte einen eben vorüberkommenden Schutzmann.

Nein, es gab keine Dame dieses Standes und Namens in der Ortschaft.

„Ich danke bestens," stöhnte Menzel grimmig und
bestellte für den Hüter des Gesetzes ein Glas Bier und
für sich einen Niederschlagskognak, den er sich in den
Garten bringen ließ.

Er war so gut wie leer. Nur in die letzte, fernste
Ecke hatte sich ein Pärchen gedrückt. Zumal die junge
Dame war überhaupt nur noch „Rücken".

Natürlich mußte ihm das verdächtig erscheinen,
und so nachsichtig er zuweilen in seiner Weinstube gewesen war, wenn verliebte Jugend sich in ihr ein Stell-
dichein gegeben, so erbarmungslos war er jetzt.

Richtig, da hatte er wahrhaftig die Vögel gefangen!

„Also das ist deine Freundin Sepherl, meine brave
Elvira?" sagte halblaut, aber mit allerlei dräuendem
Unheil in der Stimme Papa Menzel. „Und dies die
Wohnung der Frau Konsistorialrat Meister? — Wie
kannst du nur deinen Vater so hintergehen!"

„Ach Gott, Papa," versuchte das Töchterchen sich
nach Möglichkeit zu verteidigen, „Josepha hatte plötzlich Abhaltung und —"

„Und da ich Ihrer Tochter ganz zufällig auf dem
Heimwege begegnete," fiel Herr Joseph Eigendorff ein,
„und wir uns als alte Nachbarskinder riesig freuten
und allerlei zu erzählen hatten, so bat ich sie —" .

„Schwindel!" unterbrach der Weinhändler ihn
grob. „Ihr betrügt mich nicht das erste Mal!"

„Aber, Papa —"

„Schweig! Vor einer Stunde ist mir Fräulein
Heinze mit ihrem Vater begegnet. Keine blasse Ahnung
hatte sie von diesem Brief!" Er zog dabei die rätsel-
hafte Epistel aus der Brusttasche. „Nicht ein einziges
Mal mehr ist sie, seitdem du sie mir vorgestellt hast,
mit dir zusammengewesen! Wohl aber hat sie euch

verschiedentlich beobachtet und sich entrüstet über deine
schamlose Art, dich mit Herren herumzutreiben —"
„Das alte Lästermaul! Jeden Tag macht sie sich
auf dem Postamt zu schaffen, nur um den jungen
Sekretär anschmachten zu können! Die wagt so etwas
von mir zu sagen? — Die soll ja ruhig sein!" rief
Elvira empört, während ein paar kugelrunde Tränen
sich langsam von ihren langen, dunkelfarbigen Wimpern
stahlen. „Oh, die soll mir kommen!"
„Halt!" nahm Menzel wieder das Wort. „Wir
wollen die Geschichte doch lieber nicht auf den Kopf
stellen! — Setzen Sie den Kognak nur hierher, junger
Mann. Ich habe Bekannte getroffen. — So, nun
verduften Sie wieder! — Also, wie verhält sich die
Sache mit dem Brief hier und seinen verschiedenen
Vorgängern? Auf Ehre und Gewissen frage ich Sie,
Herr Eigendorff: Stammt dieses Schreiben hier von
Ihnen oder nicht?"

Joseph Eigendorff wechselte noch einen trübseligen
Blick mit seiner geliebten Elvira, dann sagte er seufzend:
„Allerdings, den Brief habe ich geschrieben, Herr
Menzel."

„So? Na, das ist doch schon etwas! Daß diese
Art von Briefen gewissermaßen Hokuspokus sind für
andere Leute, die die vorhergehenden Verabredungen
nicht kennen, geben Sie hoffentlich auch noch zu?"

„Gewiß!"

„Dann bitte ich also gefälligst um Aufklärung, was
dieser Unfug eigentlich bedeutet."

Da die beiden Sünder stumm blieben und offenbar nicht Lust hatten, ihre hübsch ausgedachte Ver-
ständigungsmethode ohne weiteres preiszugeben, wurde
er dringender.

„Nun, werde ich Antwort erhalten?" fragte er

drohend. „Elvira, sprich du, wenn dieser Duckmäuser
da meint, es nicht nötig zu haben!"

„Das meine ich durchaus nicht, Herr Menzel. Ich
stehe Ihnen selbstverständlich Rede und Antwort. Und
wenn Sie nicht damals meinem Alten immer recht
gegeben und mit auf mir herumgehackt hätten, würde
ich auf diese dummen Heimlichkeiten überhaupt nicht
gekommen sein. Aber Sie waren ja noch schlimmer
fast als der Alte, weil ich meine Liebe zur Kunst nicht
unterdrücken lassen wollte. Da fürchtet man sich
schließlich und gerät auf Schleichwege. Denn von
Elvira zu lassen, wäre mir ebensowenig möglich gewesen als von meinen künstlerischen Idealen und —"

„Reden Sie keine Limonade, junger Herr! Über
den Brief will ich Auskunft haben!"

„Der Brief liest sich sehr einfach in seinem eigent-
lichen Inhalte. Es gilt allemal nur das fünfte Wort."

Menzel nahm neugierig sofort das Blatt vor die
Augen und fing an, den tieferen Sinn der trügerischen
Wortzeichen zu enträtseln: „Eins, zwei, drei, vier,
fünf: Morgen —" murmelten seine Lippen miß-
trauisch. „Aha, morgen! — Hm — eins, zwei, drei,
vier, fünf: um —"

Von da ab wurde ihm die Entzifferung geläufiger,
so daß er verhältnismäßig schnell mit dem folgenden
Inhalt zu Ende kam: „Morgen um drei hoffe ich, Dich
im Café Lehmann zu finden. Herzliche Grüße. Dein
Sepherl."

Er nickte ein paarmal bestätigend. Die Sache
schien ja zu stimmen. Aber wie viele Verschlagenheit
lag nicht darin! Nicht einmal die „ehrerbietigsten
Grüße an den Herrn Papa" hatten irgendwelche
Geltung! Alles bloß gemeines Füllsel, dreistes Mittel
zu hinterhältigem Zweck.

„Ein netter Junge sind Sie ja geworden — das muß man sagen!" wandte er sich endlich wieder an den angehenden Maler. „Lernt man das auf der Akademie in Dresten?"

„Herr Menzel, ich weiß, daß ich unrecht getan habe. Aber urteilen Sie, bitte, nicht so hart. Kleine Kriegslisten sind noch nie ganz verdammt worden. Und da ich begründete Hoffnung habe, mich wirklich einmal durchzuringen, obgleich mich mein eigener Vater nicht mehr mit einem Pfennig unterstützt, so mußte ich auch dafür sorgen, daß Elvira den Glauben an mich nicht verliert und —"

„Und deshalb verführen Sie das Mädel zum Lügen und Betrügen, mein lieber Herr Eigendorff! Eine herrliche Art, mit den Eltern umzuspringen! Hol der Teufel Ihr fünftes Wort und die elende Zeittotschlägerei, die Sie damit treiben! Ich finde es gemein, dieses fünfte Wort! Kommen Sie mir nicht wieder unter die Augen mit Ihren Kriegslisten! Und merken Sie sich: gerät mir noch ein einziger Wisch dieser Art in die Hände, so werden Sie sehen, was geschieht. — Und jetzt trollen Sie sich gefälligst! Wir haben Ihnen nichts weiter mitzuteilen."

„Aber, Papa!" rief angstvoll Elvira. „Wie kannst du nur so häßlich sein zu Joseph?"

„Sein Betragen mir gegenüber war noch viel häßlicher!" schnaubte der alte Herr.

„Herr Menzel, ich schwöre Ihnen —"

„Schwören Sie nichts! Wer fünfmal mehr Worte macht, als von Rechts wegen nötig sind, bringt sich um jedes Vertrauen!"

„Das sagen Sie als alter Kaufmann?" rief der junge Künstler.

„Solche Kunststücke wie Sie habe ich, Gott sei Dank,

zeit meines Lebens nicht nötig gehabt und werde sie
auch nicht nötig haben! — Also, bitte, leben Sie wohl
mit Ihrem fünften Wort! Und zwar für immer!"
Wäre nicht zuletzt noch ein lieber, ermutigender,
beinahe abgrundtiefer Blick aus Elviras schönen
braunen Augen in seine bekümmerten getaucht, die
anmutige Landschaft der Lößnitz hätte wie ein asch-
graues Lavafeld beim Besuvkrater vor ihm gelegen.
Trotz des Vaters herrischem Zwischenruf hatte das
liebe Mädel ihm, einer jähen Aufwallung folgend,
schnell die Hand über die Tischplatte hingestreckt und
mit inniger Festigkeit gesprochen: „Laß den Kopf
nicht hängen! Ich bleib' dir treu, Joseph! Sollst es
sehen!"
„Ich dir auch, Elvira!" gab er zurück, während der
alte Herr nach einem kurzen ärgerlichen Auflachen mit
seinem Stock auf den Tisch schlug, daß die Teller
tanzten.
„Kellner — zahlen!" schrie er.

Seit dieser Katastrophe stand das geheime Hausbarometer, das sich in jeder Familie vorfindet, wenn
auch die meisten Leute keine Ahnung davon haben,
auf Regen, Sturm und Gewitter bei Menzels.
Aber für den Regen sorgte nicht etwa das Elvirchen.
Mit zusammengepreßten Lippen und trotzigen Augen
ging sie durch Haus und Garten. Keine noch so farben-
dunkle reife Pfirsichfrucht, die der Vater ihr aus dem
Gezweig des schwerbeladenen Edelbäumchens holte,
machte sie lächeln; kein Rosenwunder der reich-
bestellten Terrasse brachte ihre Augen zum Leuchten.
Sie blieb kühl und unzugänglich, herb und verdrossen
wie ein sturmdurchrauschter Oktobertag. So schwer

es ihr mitunter wurde, ihren Trotz aufrecht zu erhalten,
weil sie wohl merkte, wie sehr dem Vater ihr altes
fröhliches Wesen fehlte, sie gab nicht nach. Sie wollte
einfach nicht lachen, nicht scherzen, sich nicht freuen.
Er sollte schon merken, daß ihr alles andere gleichgültig
und zuwider war, wenn sie ihren Jugendgenossen
nicht lieben durfte.

Menzel schüttelte dazu brummig den Kopf und
schalt über Weiberlaunen, aber er war doch nicht minder zähe und bequemte sich zu keinerlei Nachgiebigkeit.
Im Gegenteil: wie ein Detektiv war er Elvira auf
den Fersen, wenn sie ausging. Nicht einmal Wirt-
schaftswege konnte sie erledigen, ohne ihn alsbald an
irgend einer Straßenecke auftauchen zu sehen. Die
Brücken sollten abgebrochen bleiben. Selbst die Jagd
gab er für eine Weile auf. Und mehr aus dem Bedürfnis eines Scheingrundes für sein fatales Nach-
spionieren als aus wirklicher Liebhaberei legte er sich
eine Reisekamera zu und lernte die Kunst des Photo-
graphierens.

Den jungen Eigendorff bekam er trotz all seiner
Aufmerksamkeit nicht wieder zu sehen. Und dennoch
hatte er das Gefühl, irgendwie von seinem beharr-
lichen Töchterchen hinters Licht geführt zu werden.
Zuweilen konnte er seinen Ingrimm darüber nicht
mehr beherrschen. Dann suchte er sich die alte Ursula
im Reiche der Küche auf und beschuldigte sie, die
Kupplerin zu spielen. Wie ein wildes Gewitter tobte
er zwischen den Tiegeln und Töpfen, Eimern und
Kesseln umher, ließ die Fenster zittern und die Tassen
klirren und donnerte wie ein galliger Wachtmeister,
bis nach nutzlosen Versicherungen ihrer völligen Unschuld der im Hausbarometer verzeichnete Regen aus
Ursels Augen reichlich zu tropfen begann.

Es war, alles in allem genommen, recht ungemüt-
lich in der hübschen, oft von fremden Blicken mit Neid
gemusterten Villa geworden.

Nur Leutnant Bergzow, der Jagdfreund des Weinhändlers, schien nichts von der verlorenen Harmonie
zu spüren. Nach wie vor kam er mit seinem heiteren,
nicht immer glaubhaft wirkenden Lachen und leistete
den beiden Verstimmten Gesellschaft. Ein Adonis war
er wahrhaftig nicht, und die etwas sehr vorzeitige
Glatze tat ein übriges. Aber das wußte er und verstand, es durch einen nicht üblen Humor und uner-
müdliche Liebenswürdigkeit auszugleichen. Außerdem
war er schlank und von bester Haltung. Die gutsitzende
Uniform gab ihm eine gewisse Eleganz, die manch
kleines Mädelchen wohl zu betören imstande war.

Aber Elvira blieb für ihn uneinnehmbar, so hartnäckig er sie auch belagerte. Er schwärmte ihr von
seiner Thüringer Garnison und deren netter Umgebung vor, schilderte den Kreis seiner Kameraden
und der Offiziersdamen in den lockendsten Farben;
alle Vorzüge und Vorrechte seines Standes ließ er
aufklingen.

Nichts verfing.

Papa Menzel schluckte und würgte vor Groll über
so viel Verstocktheit und machte eine Szene um die
andere, wenn der Gast das Haus verlassen hatte, ohne
seinem Ziele auch nur um Haaresbreite näher gekommen zu sein. Aber sein Töchterchen ließ gelassen die
Flut seiner Verwünschungen über sich ergehen und
zuckte nur die Achseln.

Bergzows Urlaub ging zu Ende. Er hatte es schon
ein paarmal angedeutet, vielleicht in der Meinung,
daß Elviras Sprödigkeit ein berechnendes Manöver
sei und daß sie nach dieser Mitteilung endlich kapitu-

lieren werde. Sie hatte kaum Notiz davon genommen.

Da benützte er eine ihm günstig scheinende Dämmer-
stunde auf der Terrasse. Der alte Herr hatte die
Dunkelkammer aufgesucht, um vor dem, Abendessen
noch eine Reihe von Platten zu entwickeln — nicht
ohne Absicht, wie sein aufmunternder Blick von der
Tür her dem Leutnant verriet.

Aus den Gartenabhängen kamen die starken Düfte
des Abends. Würziger Nelkenhauch gesellte sich zum
schwülen Aroma dunkelroter Rosen. Eine Welle vom
Blütenstaub des schwarzen Flieders, der irgendwo am
Zaune zigeunerte, quoll dazwischen. Wie eine wohlige
Betäubung umfing es die Sinne. Und durch das
Fliederlaub der ihren süßen Atem ausströmenden
Akazien glitzerten die fern aufblinkenden Lichter der
schönen Elbstadt herüber, hier vereinzelt, dort, wo die
stolzen Brücken sich über den Strom spannten, in
ganzen, zauberhaft anmutenden Ketten. Aus der
Nachbarschaft klangen die zirpenden Töne einer sauber
gespielten Laute, und eine nicht unsympathische Männer-
stimme sang dazu:

> „Schöne Wirtshäuser weiß i
> Just drei an der Zahl:
> Im ersten trink' i,
> Im zweiten tanz' i,
> Im dritten rauf' i amal!"

„Der Kerl gefällt mir, wenn er tut, was er singt!"
sagte lachend Egon Bergzow und trat zu Elvira an
die Terrasse.

„Raufen Sie so gern?" fragte Elvira ein wenig
ironisch.

Er reckte beide Arme und sagte: „Für mein Leben
gern, wenn's auch nicht gerade in einem Wirtshause

sein müßte. Dem faulen Frieden endlich ein Ende!
Rußland häuft immer mehr Truppen an seinen Grenzen
an, vielleicht geht's bald voiwä ts gegen den Feind.
Ach, das wär' eine Wohltat für unsereinen! Statt
dessen verkommt man zwischen Drill und — und
anderen Beklemmungen! Und darum rauft' ich auch
für mein Leben gern einmal ernstlich mit jenem, der
mir so unvernünftig im Wege steht bei Ihnen, Fräulein Elvira!"

„Lassen Sie doch meinen Vornamen in Ruhe,
Herr Leutnant!" verwies sie ihn kühl.

„Verzeihung, gnädiges Fräulein!" murmelte er
und drehte sich verlegen seinen kleinen, englisch ver-
schnittenen Schnurrbart. „Aber sagen Sie selbst:
finden Sie es übermäßig nett, wie Sie einen treuen
Verehrer und ernsthaften Bewerber behandeln?"

„Sie wissen ja, daß Ihnen jemand im Wege steht,
Herr Leutnant. Glauben Sie mir,· der bleibt auf
seinem Platze!"

„Auch gegen den Willen Ihres Herrn Vaters?"

„Gewiß!"

„Und ich sage Ihnen: das werden Sie nun und
nimmermehr durchsetzen. Ich meine es ehrlich, wenn
ich Ihnen das sage. Ob Sie mich heute erhören werden
oder nicht: ich bin Ihnen wirklich gut, und Sie würden
es nie zu bereuen haben, wenn Sie meine Frau würden.
Vielleicht, wenn eine resigniertere Stimmung als Ihre
heutige Sie nach Jahren in eine freudlose Interessenehe gedrängt hat, erkennen Sie die Bedeutung dieser
eben dahinrinnenden Viertelstunde. Dann — dann
wird es zu spät sein!" flüsterte er leidenschaftlich und
haschte nach ihren Händen.

Elvira hatte sich energisch von ihrem Bedränger
abgewandt. „Sie aber schließen keine Interessenehe,

Herr Leutnant?" erkundigte sie sich, während die
weiche Abendluft aus der Nachbarschaft eine neue
Strophe des lustigen Sängers herübertrug:

> „Schöne Mädel, die weiß i
> Just drei an der Zahl:
> Die eine lieb' i,
> Die andre fopp' i,
> Die dritte heirat' i amal!"

Die Verse machten ihm Pein. Ja, sie brachten
ihn gewissermaßen aus dem Konzept. Er war nicht
imstande, die langsam heraufbeschworene, halb und
halb sogar echte Augenblickssentimentalität festzuhalten.
Es war wie ein Ruck der brutal eingesargten Wahr-
haftigkeit, der ihn durchfuhr.

„Ich will Sie nicht belügen, Fräulein Menzel,"
erklärte er halblaut und mühsam nach Worten suchend.
„Sie sind viel zu gescheit. Aber wirklich: ich habe Sie
liebgewonnen! Und wenn ich auch niemals über
dieses Hauses Schwelle gekommen wäre, ohne Gewißheit auf eine anständige Mitgift zu haben, denn die
brauch' ich, wenn ich des Königs Rock auf den Knochen
behalten will: so weiß ich doch heute, wo ich Ihre
schlichte Natürlichkeit, Ihren anmutigen Sinn für
Hohes und Schönes, Ihren sicheren Blick für die Verhältnisse des Lebens neben Ihren Mädchentugenden
und den Vorzügen Ihrer Erscheinung kennen gelernt
habe, daß aus einer häßlichen Berechnung längst eine
große, herzdurchflutende Neigung geworden ist. Das
dürfen Sie mir aufs Wort glauben!"

Sie hatte richtig ein wenig Herzklopfen bekommen.
Es war ein Augenblick der Entscheidung, der für ihr
ganzes ferneres Leben von Einfluß blieb. Auch sein
ehrliches Bekenntnis, sich gut informiert zu haben,
berührte sie mit einer Art unwilligem Respekt vor

seinem Draufgängertum. Und die Umwandlung, die
in ihm vorgegangen war, nachdem er sie näher kennen
gelernt hatte, schmeichelte ihrer Mädcheneitelkeit und
der starken Selbstschätzung in ihr. Aber am Ende
fiel alles doch nur mit allzu geringem Eindruck in
die Wagschale ihrer Entschließungen. Die wurzel-
echten Verzweigungen, die sich durch fröhliche Jugend-
jahre hindurch von einem Haus zum anderen erstreckt
und über die Kinderneigung hinweg zu einem dichten
wohligen Laubendach gewölbt hatten, aus dem sie
ihre blau verdämmernde Zukunft in sonniger Per-
spektive liegen sah, diese bodenständigen Triebe ließen
sich nicht ausroden und töten wie Queckengeflecht aus
schlechtem Boden. Ihm, der sich tapfer ein Leben
formte, wie's ihm schön und der Mühe wert erschien,
mußte sie Treue halten. Denn sie wußte, daß sie neben
der göttlichen Kunst der Hauptinhalt dieses Lebens
war, und fühlte die Kraft in sich, seine köstlichen Erwartungen nicht zu enttäuschen.

„Ich glaube Ihnen gern, Herr Leutnant —“

„O Elvira!“ rief er voll verhaltenem Jubel.

„Aber ich kann Ihnen nicht helfen,“ fuhr sie ernst
fort und goß, wenn auch voll heimlichen Zagens, Öl
auf die Jubelwogen. „Mein Herz ist keine Wetter-
fahne!“

Er schluckte wortlos seine große Enttäuschung hinunter. Erst nach einer ganzen Weile antwortete er
heiser: „Ist das Ihr letztes Wort, gnädiges Fräulein?“

„Gewiß,“ entgegnete sie leise.

„Dann leben Sie wohl und entschuldigen Sie mich
bei Ihrem Herrn Vater. Sagen Sie ihm, bitte, mir
wäre schlecht geworden —“

„Soll ich ihm nicht lieber die Wahrheit sagen?“

„Ach, das ist ja die Wahrheit!“

Sie antwortete nicht. Da schlug er die Hacken zusammen, verbeugte sich und schritt von der Terrasse ins Haus zurück.

Nach einer ganzen Weile hörte sie die Gartenpforte gehen. Im Garten nebenan zupfte der Troubadour an den Saiten herum und begann dann Raimunds altes Lied:

"Brüderlein fein, Brüderlein fein,
Mußt mir ja nicht böse sein ..."

Wie Hohn und Wehmut drang es dem Davonschreitenden in die Ohren, während er der tiefer liegenden Straße zustrebte.

Droben sah man die Lichtergruppen Dresdens lebhafter funkeln. Mildes Sternenlicht gesellte sich dazu. Elvira starrte beklommen in die Herrlichkeit hinaus.

"Die Buben am Wasser drunten sind geradezu prachtvoll geworden!" rief Papa Menzel aus dem noch lichtlosen Hause. Er hatte seine Arbeit in der Dunkelkammer beendigt und wollte sich auf diese Weise anmelden, um seinen Takt zu zeigen. "Sowie wir Licht gemacht haben, sollen Sie die Platte sehen, Herr Leutnant!"

Da keine Antwort erfolgte, trat er langsam auf die Terrasse hinaus, wo er nur noch sein Kind erblickte.

"Nun," forschte er verdutzt, "wo ist denn Bergzow geblieben?"

"Ihm wäre schlecht geworden, läßt er dir sagen. Du möchtest ihn entschuldigen."

"Hat er sich ausgesprochen?"

Sie zögerte, ehe sie antworten konnte. Ihr Herz schlug ihr wieder bis in den Hals hinauf. "Ja!" sagte sie dann tief atmend.

„O du —!" schrie er wütend und zog sie an der
Hand heftig ins Zimmer hinein, da der Lautenspieler
drüben eben zu einer neuen Strophe einsetzte:

„Brüderlein fein, Brüderlein fein,
Sag mir nur, was fällt dir ein?
Geld kann vieles in der Welt,
Jugend kauft man nicht ums Geld."

Und dann gab es im Menzelheim einen Auftritt,
wie er noch nicht dagewesen war, so daß Ursula schließlich aus der Küche hereingestürzt kam, um dem maß-
losen, unvernünftigen alten Grobian ihre Entrüstung
zu bekunden.

Dazu kam sie allerdings nicht. Aber es war doch
nicht ohne Nutzen, daß sie sich endlich aufgerafft hatte.
Sie konnte gerade noch ihren armen Liebling, dem
die Sinne endlich schwanden über der furchtbaren
Erregung, in ihren Armen auffangen.

———

„Hochgradiger Nervenchok," stellte der Arzt fest,
nachdem Elvira aus ihrer Ohnmacht erwacht war,
aber allerlei aufgeregte, wirre Reden führte und hohe
Körpertemperaturen zeigte.

Papa Menzel kraute sich bedenklich hinter den
Ohren. Das hatte gerade noch gefehlt. War das die
behagliche Unabhängigkeit, die er sich von seiner An-
siedlung in den Lößnitzbergen versprochen hatte? Da
wäre es doch zehnmal besser gewesen, in Dresden Wein
abzuzapfen und mit den Stammgästen neue Sorten
durchzuprobieren, mochte die Kellerluft auch noch so
dumpf, das Gebundensein noch so widerwärtig sein.

Solange Elviras Zustand sich verschlimmerte, pei-
nigten ihn selbstverständlich allerlei Gedanken. Ursulas
vorwurfsvoller Blicke hätte es in diesen bänglichen
Tagen kaum bedurft.

Wäre der Maler ihm in dieser butterweichen
Verfassung über den Weg gelaufen, er wäre imstande
gewesen, ihn unter dem Arm zu packen und mit nach
Hause zu schleppen in der Hoffnung, durch den Klang
seiner Stimme ein Lächeln in dem Antlitz der oft
Bewußtlosen zu wecken.

Joseph Eigendorff indes war vom närrischen
Schicksalswind ins Galizische geweht worden, wo er
einem jungen polnischen Grafen die Zimmer eines
Anbaus mit Bildern aus der Sächsischen Schweiz
schmücken sollte. Das nette Honorar, das ihm dafür
in Aussicht stand, war ihm wie ein verheißungsvoller
Anfang für die ersehnten goldenen Tage. Und da er
die Geliebte nach jener unfreiwilligen Trennung nur
noch aus weiter Ferne zu Gesicht bekam, erschien ihm
die Trennung von der Heimat nicht gar zu schmerzlich.
Unruhig nur machte es ihn, daß er auf seinen letzten
Brief keine Antwort erhielt. Die alte Ursula mußte
Verrat geübt haben oder entlassen worden sein. Anders
konnte er sich das Ausbleiben jeglicher Post nicht erklären.

Er sandte eine weitere Epistel ab, auch auf diese
blieb die Antwort aus. Da durchschüttelten ihn die
ärgsten Zweifel. Graue Befürchtungen, klägliche Mut-
losigkeit zehrten an seiner Arbeitsfreude. Er wurde
lässig und unsicher. Aber er schrieb einen dritten Brief.

Wieder kam kein Wort, kein Lebenszeichen von
ihr. Tiefe Welt- und Menschenverachtung packte ihn,
aber auch zugleich jene zornige Scham, die sehr oft
die Mutter reifer männlicher Leistungen wird.

Hatte sie sich wirklich ködern lassen von den lockenden Aussichten, als Offiziersgattin eine Rolle zu spielen,
so sollte sie wenigstens in Zukunft Kunde davon erhalten, was für einen sie ausgeschlagen, daß es einer

gewesen, um den sich's gelohnt hätte, Treue zu halten.

Und mit verdoppeltem Eifer warf er sich seiner Kunst in die Arme.

Der junge Graf war entzückt, seine graziöse, feingebildete Gemahlin noch viel mehr. Sie war eine Italienerin, die Tochter eines hohen Regierungsbeamten, der in Verona seinen Wohnsitz hatte. Begeistert von den trefflichen Landschaften, mit denen er ihre Gemächer belebt und verschönt hatte, lud sie ihn ein, später nach Verona zu kommen, wo er eine neue, noch viel schönere und reichere Natur schauen und lieben lernen würde. Auch an Aufträgen würde es ihm nicht fehlen. Dafür wolle sie Sorge tragen.

Er konnte sich nicht entschließen, fest und bedingungslos einzuwilligen, so verführerisch der Süden auch vor seinem geistigen Auge stand, sondern begnügte sich mit einem zögernden „Vielleicht".

Denn es zog ihn zunächst nach Dresden zurück. In sein Atelier, zu seinen Lehrern und Meistern, wie er sich vorredete. In Wirklichkeit doch nur zu dem holden, ungetreuen Idol seiner Jugend. Blicke der Verachtung wollte er ihr in das lächelnde Antlitz schleudern, in einem Augenblick vielleicht, wo sie am wenigsten darauf vorbereitet war.

Daß sie schwerkrank daniederlag und noch immer keinen seiner drei Briefe vor Augen bekommen hatte, konnte er nicht wissen.

Um so größer war sein Schrecken, als er wieder an der Elbe auftauchte und sein Atelier in der Lößnitz bezog. Schon am ersten Tage wagte er sich nach herzklopfendem Zögern auf Umwegen bis dicht an Menzels Villa.

Im Garten blühten noch vereinzelte Rosen. Lang-

stenglige, goldgelbe Korbblütler nickten, durch Bast-
bänder zu Büscheln vereinigt, über das Gitter. Auch
Astern und Schwertlilien prangten in der Farbenver-
schwendung, die der Herbst ihnen zugunsten getrieben.
Aus dem Gezweig der Obstbäume lugten die späten
Apfelsorten, graue Pariser Rambours, Ananasreinetten,
Berner Rosenäpfel. Das Blattwerk war schon im Ver-
färben, und das Gezweig wurde durchsichtig und ließ
deutlich erkennen, daß man in beiden Stockwerken die
Fenster verhängt hatte. Menzels waren offenbar aus-
geflogen.

Aber da kam die alte Ursel den schmalen Gartenweg
herauf, einen mächtigen Korb voller Tomaten vor
sich her tragend. Die mußte ihm Rede stehen.

Sie erschrak nicht wenig, als er sie über das Gitter
anrief; und als sie den Maler endlich erkannte, flog
eine freudige Röte über ihr altes Gesicht. Der Tomaten-
korb krachte in seinem lockeren Geflecht, so hastig ließ
sie ihn zur Erde nieder. Und dann kam sie gelaufen,
so schnell ihre alten Beine sie tragen wollten, und
öffnete ihm die Pforte.

Anfänglich stand ihm das Herz schier still vor Entsetzen und Mitleid. An diese Bedrohung seines Glückes
hatte er nicht eine Sekunde lang gedacht. Als er
dann aber erfuhr, daß alle Gefahr gnädig vorübergegangen sei, hellten sich seine Mienen schnell auf.
Nur warum er denn nicht wenigstens vor Elviras Abreise noch eine Nachricht erhalten habe, wollte er
schließlich wissen. Denn da habe sie seine drei Briefe
doch sicherlich längst gehabt.

„O jerum," brummte Ursel mißvergnügt und
schüttelte den umbundenen Kopf dazu. „Die Briefe
hat sie ja nie gekriegt!"

„Warum denn nicht, Ursel?"

„Weil — weil die Pflegerin ein hinterlistiges
Frauenzimmer war. Ich hatte so Angst, weil es
immer hieß: Nur keine Aufregung! Da zog ich sie
ins Vertrauen, um die Verantwortung nicht allein
zu haben und —"

„O weh!" sagte ahnungsvoll der Maler.

„Hinterher weiß man's freilich immer besser," verteidigte sich die Alte. „Sie hätten sie hören sollen
zu Anfang. Da hat sie mir auch ganz scheinheilig versprochen, die Briefe, wenn's Zeit ist, abzugeben.
Gegeben hat sie sie aber unserem Alten, der sie mit
Hohnlachen ins Feuer geworfen hat, ohne sie nur auf-
gemacht zu haben. Und geschimpft und gewettert hat
er dazu wie ein Verrückter. Das arme Ding hat ihm
auch fest versprechen müssen, solange sie mit ihm zusammen auf der Reise ist, keine Zeile an Sie zu
schreiben."

„Und das hat sie getan?" fragte er, schmerzlich
bewegt.

„Gott sei Dank — ja!" entgegnete trocken die Alte.

„Aber, Ursula!"

„Sonst hätte er sicher die Pflegerin mitgenommen,
diese falsche Person, die ja wohl am liebsten die zweite
Frau Menzel geworden wäre!"

„Ja, dann allerdings," meinte nachdenklich Herr
Joseph und nickte sorgenvoll. „Und eine Bestellung
haben Sie gar nicht für mich, liebe Ursel?"

„Doch — doch! ‚Grüß den Joseph tausendmal
herzlich, und er soll auf bessere Zeiten warten. Wenn
ich wieder daheim bin, wird sich alles finden,‘ hat sie
mir heimlich aufgetragen," berichtete die Alte.

„Da könnt' ich lange warten!" murrte der Maler.
„Wohin ist denn die Reise gegangen?"

„Nach Bozen."

„Nun, da werde ich sie von Ihnen grüßen, Ursula!"

„Ja, wollen Sie denn hinterher?"

„Was sonst!"

„Natürlich müssen Sie da das Kind von mir grüßen! Ei, wird die Augen machen, wenn Sie ihr auf der Straße begegnen! Lassen Sie sich bloß vor dem Alten nicht sehen! Und noch eins: das Elvirchen hat bei der Abreise ihre Medizin vergessen samt dem Rezept. Ich hatte sie frisch aus der Apotheke geholt. Und der Doktor wollte, sie sollte sie noch einen Monat lang oder zwei weiternehmen."

„Die bringe ich ihr natürlich!" rief der Maler. „Damit muß selbst der Vater zufrieden sein."

Die Alte lief ins Haus, um nach der Weise der älteren Generationen die gute Reisegelegenheit zu benützen, während sich Joseph Eigendorff eine Rose von den spätblühenden Stöcken schnitt.

Das alte, weinfrohe Bozen war so recht eine Stadt für den anschlußbedürftigen Herrn Menzel. Am Walterplatz in Kräutners von alters her gerühmtem Gasthof hatte er für Elvira und sich ein paar Zimmer gefunden, die ihm der Aussicht wegen ganz besonders zusagten. Aber die „Aussicht" wurde von ihm selten genug in Anspruch genommen, da er von früh bis spät auf den Füßen war. Bald hatte er sich mit fröhlichen Bajuvaren ins „Batzenhäusel" verabredet, bald saß er mit Bozener Bürgern in „Pirchers Frühstücksstube" und probte die weißen Tirolerweine durch. Mit redseligen Landsleuten klomm er die Höhe hinan zum Virgl, das heißt, meist benützte er die Zahnradbahn, tat aber gern so, als hätte er sich ein Paar Sohlen dabei abgelaufen; und wortkarge Norddeutsche führte

er in die von Fremden nicht allzu häufig besuchte „Rose"
in der Museumsstraße, wo sie beim „Papstwein",
einem ganz besonders guten, feurigen Tropfen, langsam auftauten. Seine behagliche Stimmung wurde
freilich zeitweilig getrübt, als die Kunde eintraf, daß
der Erzherzog Franz Ferdinand und seine Gemahlin in
Serajewo durch den serbischen Schandbuben Princip
ermordet worden waren.

Elvira war viel sich allein überlassen. Aber gerade
das behagte ihr. Nur an den Nachmittagsausflügen
des Vaters beteiligte sie sich, wenn sie nicht allzu steil
aufwärts gingen. Ihre Wangen bekamen wieder
Farbe, und ihr hager gewordener Körper straffte sich
in jugendlicher Anmut. Papa Menzels Freude am
„Knipsen" war auch auf sie übergegangen. Überall,
wo sich dem Auge ein Bild bot, das nur halbwegs der
Erinnerung wert schien, war sie bei der Hand, und in
ihrem Handtäschchen führte sie meist ein Paket Filme
als Reserve für sich und den alten Herrn mit sich.

Das Geschäft des „Entwickelns" der Aufnahme
mußte abends meist einer der Bozener Berufsphoto-
graphen besorgen, und groß war bei beiden die Freude,
wenn die Bilder sich möglichst scharf und wirkungs-
voll zeigten.

Derselben Liebhaberei wegen schätzten Vater und
Tochter einen Hotelgenossen, der wenige Tage nach
ihnen eingetroffen war und sich bei einem ihrer Aus-
flüge wie durch Zufall unterwegs zu ihnen gesellt
hatte. Auf den ersten Blick sah man gar nicht, daß er
selbst auch photographierte. Denn sein Apparat war
so klein, daß er ihn bequem in seiner Tasche tragen
konnte, die er sich in seinem Rockfutter hatte anbringen
lassen. Und dort war er durch Haken und Ösen befestigt, so daß sein winziges Objektiv sich genau im

Schlitz des zweiten Knopflochs befand und er imstande war, durch einen Druck auf ein Gummibällchen zu jeder beliebigen Zeit eine Aufnahme zu bewerkstelligen, ohne daß das überhaupt bemerkt wurde.

Papa Menzel bewunderte das „Spielzeug" sehr. Aber sein solider Kasten war ihm denn doch bedeutend lieber, wenn er auch sehr viel unbequemer zu tragen war.

Leo v. Hopfeneck gab das ohne weiteres zu. Indes erwies sich sehr häufig, daß seine verhältnismäßig kleinen Bilder bedeutend günstiger ausfielen als die der beiden Menzel. Er hatte anscheinend eine sehr glückliche Hand und zweifellos jahrelange Übung. Durch gute Ratschläge, die sich fast immer bewährten, wußte er sich mehr und mehr in die Gunst des alten Herrn zu setzen. Auch abends beim Wein erwies er sich als der angenehmste Gesellschafter, hatte einen Anekdotenvorrat wie ein alter Kalendermacher, lobte die Weinzunge Menzels und pries sich glücklich, einen so famosen Anschluß gefunden zu haben.

Bald hatte er auch erforscht, welcher Kummer des Weinhändlers Herz bedrückte. Dann entrang sich ihm in einer vertrauensseligen Stunde das elegische Geständnis, daß er vor Jahren mit einem schönen und liebenswürdigen Mädchen verlobt gewesen sei, es aber durch einen jähen Tod verloren habe. Damals habe er den festen Vorsatz gefaßt, dieser Braut die Treue zu halten und einsam durchs Leben zu gehen. Aber es sei eigentümlich, wie lebhaft ihn Fräulein Elvira in allen Stücken an seine erste Liebe erinnere, und wenn er noch lange in ihrer Nähe weile, könnte sein einstmaliger Entschluß wohl ernstlich ins Wanken geraten. Es sei nur gut, daß er in wenigen Tagen weiter müsse, und zwar nach Riva, wohin er eine Verabredung habe.

Papa Menzel fing vorsichtig an, sich nach den
näheren Verhältnissen des Herrn zu erkundigen. Sehr
vorsichtig, wie er meinte.

Was er erfuhr, war nicht übel. Herr v. Hopfeneck
war Rittmeister a. D. und hatte ein kleines, aber einträgliches Gut im Elsässischen. Die Verbindung wäre
ihm überaus willkommen gewesen. Und Elvira hatte
sich dem netten Reisegefährten gegenüber bisher sehr
kameradschaftlich gezeigt. Eine Abneigung, wie sie
Bergzow in ihr erweckt hatte, war offenbar gegen ihn
nicht vorhanden. Aber der Stadtrat wollte nichts über-
stürzen. Das mußte sich bei dem Trotzkopf wie von
selbst machen. Deshalb vermied er eine direkte Antwort auf des Rittmeisters versteckte Andeutung. Aber
er ließ durchblicken, daß auch er mit seiner Tochter
in einiger Zeit an den Gardasee zu reisen gedenke,
und daß es eigentlich recht hübsch wäre, wenn sie sich
dort wieder träfen.

Hopfenecks Ton wurde von diesem Abend an um
einige Grade vertraulicher. Er brachte einen Strauß
Rosen mit an die Mittagstafel und forderte beim Verlassen des Tisches Papa Menzel auf, sich eine ins
Knopfloch zu stecken. Auch bot er Elvira ein paar der
schönsten davon an, die sie arglos an ihrem Gürtel
befestigte. Öfter als bisher ging er an ihrer Seite,
spielte den Kavalier, trug ihr das Jackettchen und half
ihr beim Bergsteigen durch geschickte Handreichungen,
ohne indessen aufdringlich zu werden.

Papa Menzel beobachtete es mit heimlicher Genugtuung. Dieser Rittmeister war offenbar auf dem
besten Wege, den seiner Meinung nach völlig zukunfts-
losen Nachbarssohn langsam auszustechen. . . .

Und gerade da mußte die verwünschte Eisenbahn
diesen vielleicht schon halb vergessenen Farbenver-

geuber über den Brenner herauf ins Bozener Tal
führen. Im „Mondschein" in der Bindergasse hatte
er sich einquartiert, wie's ihm von Freunden an-
empfohlen war. Nun schlenderte er eines Morgens
die „Lauben" hinab und geriet von dort auf den
Obstmarkt, entzückt von dem malerischen Gewoge
dieses echt südlichen Lebensbildes. Wie lachten die
tiefrot gefärbten Pfirsiche ihn an, wie märchenhaft
köstlich grüßten ihn die großen, mattschimmernden
Trauben! So mochten die Augen schöner Harems-
damen unter den zarten Schleiergeweben funkeln.
Seiner Liebsten Augen freilich schauten freier in die
Welt. Und unwillkürlich durchirrte sein Blick das
bunte Gedränge von Bauern und Bäuerinnen, Bozener Bürgersfrauen, Arbeitern, Soldaten und Tou-
risten, weil sein alter Glücksglaube ihn überreden
wollte, sie müsse ihm auf diesem seinem ersten Gang
durch die Bozener Straßen irgendwo in die Arme
laufen.

Hätte er's wie Herr Johann Wolfgang Goethe
Anno 1786 auf diesem selben Obstmarkt gemacht, wäre
es für diesmal gescheiter gewesen. Die erfahrene
Exzellenz von Weimar „eilte fort", wie aus dem
Reisetagebuch ersichtlich, „damit ihn nicht irgend einer
erkenne". Joseph Eichendorff jedoch, der in Liebes-,
Reise- und anderen Angelegenheiten noch nicht halb
so gewitzigt war wie der große Dichter, reckte sich über
die Menge hin, als sei er der Sohn des Kis und ausgesandt, die verlorenen Eselinnen seines Vaters zu
suchen. Dem Glückspilz Saul kam einstmals Samuel
entgegen und salbte ihn zum König, dem armen Joseph
auf dem Bozener Obstmarkt dagegen wurde plötzlich
ganz gehörig der Kopf gewaschen.

Denn gerade war von der Franziskanerstraße her-

auf Herr Stadtrat a. D. Guido Menzel gekommen,
der unter den bunten Gestalten des lebhaften Marktes
manch bannenswertes Objekt für seine Kamera fand.
Wie ein kalter Guß war es ihm über den Rücken gelaufen, als er des vertrackten Malers Antlitz erblickte.
Anfänglich hatte er nur an eine Ähnlichkeit geglaubt.
Aber wie er näher und näher kam, merkte er nur zu
bald, daß es wahrhaftig der Joseph sei. Mochte der
Kuckuck wissen, wie er das Geld aufgetrieben hatte zu
einer solchen Reise.

Am liebsten wäre er ihm ausgewichen und hätte
schleunigst einpacken lassen, um nach Riva und noch
weiter ins Italienische zu fahren. Aber schon trafen
sich ihre Blicke. Der Maler wurde rot wie ein er-
tappter Fähnrich beim verbotenen Tango, in unsicherer
Höflichkeit lupfte er den breitrandigen Filzhut.

Und nun standen sie sich einander gegenüber,
feindselig und ergrimmt der eine, demütig, aber mit
lauerndem Trotz dahinter der andere; wortlos zunächst
alle zwei.

„Ja, was tun Sie denn hier in Bozen?" eröffnete
der alte Herr endlich grollend das Gespräch.

„Ich — ich bin auf einer Reise nach Verona," entgegnete der Maler vorsichtig ausweichend, ohne die
Unwahrheit zu sagen.

„So — so, nach Verona? Haben wohl gar ein
Stipendium für Italien bekommen?"

„Nein, aber mich erwarten dort Aufträge."

„Schwindler!" knurrte Papa Menzel im Inneren,
zwang aber sein Gesicht in verdächtig wohlwollende
Falten und sagte laut: „Ei der Tausend! Da kann man
ja gratulieren, wenn der junge Ruhm schon bis ins
Welschland geht!"

Sie waren aus dem Gewühl herausgelangt und

in die -Museumsstraße eingebogen. Absichtlich führte
Menzel den zähen Liebhaber Elviras nicht auf den
Walterplatz, wo sein Kind ihnen jeden Augenblick begegnen konnte, sondern schritt mit ihm über die Talfer-
brücke nach Gries hinüber, um ihm keine Spur zu
verraten.

„Es ist noch kein Ruhm," wehrte Joseph bescheiden
ab. „Und ins Welschland geht er auf wunderlichen
Umwegen. Ich besuche in Verona den Schwiegervater eines polnischen Grafen, der mich von Dresden
mit nach Galizien genommen hatte."

„Lüg du und der Teufel!" dachte der Alte mit
einem spöttischen Seitenblick. Dann erkundigte er
sich: „So halten Sie sich nur in Bozen nicht weiter
auf, denn man darf solche guten Gelegenheiten nicht
kalt werden lassen!"

„Nun, Eile habe ich durchaus nicht," versicherte
Joseph lächelnd. „Und die Stadt liegt zu schön, als
daß man sich so schnell von ihr trennen könnte. Wenn
Sie gestatten, Herr Menzel, bringe ich Fräulein
Elvira die daheim vergessene Medizin —"

„Sie waren also bei der Ursel?"

„Gewiß. Und da habe ich erfahren —"

„Natürlich. Und haben einen Pump angelegt
und sind uns nachgefahren! Denn mit Ihrem Verona
machen Sie mich nicht dumm, Verehrtester! Aber ich
will nicht, daß Sie das Kind aufregen und ihre Ge-
nesung stören. Die Medizin brauchen wir nicht. Der
Arzt hier hat ihr andere verschrieben. Also versuchen
Sie nicht, uns in die Bude zu regnen. Ich lasse Sie
sonst durch den Hausknecht an die Luft setzen. In
aller Gemütlichkeit natürlich, aber es muß sein! Das
beste ist: Sie rutschen wieder heim nach Dresden,
setzen sich auf die Hosen und leisten was, damit Sie

späterhin wirklich Aufträge kriegen. Und wenn's auch
nur welche aus Löbau oder Mittweida sind! Die
Reisekosten will ich gern bezahlen."

„Ich reise nicht zurück, und Ihr Geld brauche ich
erst recht nicht! Warum wollen Sie mir nicht glauben,
daß ich Glück gehabt habe und mich durchringen werde?"
Menzel zuckte höhnisch die Achseln. „Ihnen glaub'
ich immer nur das fünfte Wort, junger Mann!" sagte
er geringschätzig und sprang auf die Straßenbahn, die
nach Gries hinüberfuhr. „Also, was ich gesagt habe,"
klang es noch vom Hinterperron herab, „machen Sie
keine Dummheiten! Es wird Ihnen nicht gut bekommen."

„Verwünschter alter Dickkopf!" murmelte der Maler
und schritt mißmutig hinter dem Straßenbahnwagen
drein. Sein alter Glücksglaube hatte ihn wieder einmal böse im Stich gelassen.

Aber entmutigt war er deshalb noch lange nicht.
Auf eine ähnliche Abfertigung war er ja gefaßt gewesen. Nur hatte er sich eingebildet, Elvira früher zu
treffen als den Vater.

Jedenfalls wußte er jetzt wenigstens, daß sie
drüben in Gries wohnten. Denn sonst hätte der
Stadtrat wohl kaum den Wagen nach dort benützt.
Daß er auf diese Weise irregeführt werden sollte,
fiel ihm nicht ein.

Und als er anderen Tages endlich dahinter-
gekommen war und nach langem Umlauern des
schönen Platzes mit dem Denkmal Walters von der
Vogelweide entschlossen Nachfrage hielt bei Kräutners,
erfuhr er, daß die Herrschaften heute in aller Frühe
weitergefahren seien.

„Wohin?" erkundigte er sich enttäuscht bei der statt-
lichen Schließerin droben im ersten Stock.

„Nach Meran hat's geheißen," gab sie freundlich
Auskunft. Da packte auch er schnell sein Köfferchen im „Mondschein" und löste sich eine Fahrkarte nach Meran.

Menzels aber waren nach Riva gefahren. Elvira,
die von des Jugendfreundes Ankunft in Bozen kein
Sterbenswörtchen erfahren hatte, fand zwar die über-
hastete Weiterreise ziemlich verwunderlich. Aber sie
schob die Schuld daran auf den Rittmeister, der schon
vor einer Woche davon gesprochen hatte, an den Gardasee zu wollen. Zweifellos hatten sich die beiden Herren
beim Dämmerschoppen zu der gemeinschaftlichen Fahrt
entschlossen.

Die sich in stetem Wechsel überbietenden neuen,
reizvollen Eindrücke dieser Fahrt hatten das Bedauern,
Bozen hinter sich lassen zu müssen, bald überwunden.
Als gar hinter Nago, von einem Bergrücken aus, der
herrliche See wie ein plötzlich entrolltes Panorama
zum ersten Male sichtbar wurde, tat ihr schönheits-
trunkenes Herz einen richtigen Hupfer vor Entzücken.
Und in dem alten Hotel, das einst ein Edelsitz der
Torresani gewesen war, fühlte sie sich trotz aller Ver-
wahrlosung des Baues und der sehr bescheidenen alt-
fränkischen Zimmereinrichtung wie in einem Paradiese.

Ein prächtiger Park, dem auch wundervolle Palmen-
gruppen nicht fehlten, zog sich hinter dem alten Palast
weit hinunter bis an das Seeufer. Als leise gekräuselter
blauer Spiegel lag der See vor ihren bezauberten
Blicken. Ein Brettersteg führte eine lange Strecke ins
Wasser hinein und erweiterte sich an seinem Endpunkt
zu einer einfachen, aber völlig sicheren Plattform.

Dort saß sie schon beim ersten Abenddämmern und

sah verträumt in die schimmernde Ferne des märchen-
schönen Wassers hinaus, weidete sich an den fremd-
artigen Berglinien des Monte Baldo und sah die
Abendlichter am Ufer von Riva aufflammen. Es war
ihr wie ein seliges, schier unglaubliches Traumbild,
zu dessen wonnigem Genießen ihr junges, andacht-
durchschauertes Herz nur noch den Geliebten neben
sich wünschte, um restlos glücklich sein zu können.

Schon am anderen Morgen ging's in die Cam-
pagna hinaus, um Land und Leute kennen zu lernen.
Papa Menzel war verschiedentlich gewarnt worden,
seinen Apparat nicht allzu sorglos zu benützen, denn
die österreichischen Befestigungen der Seeufer wurden
streng bewacht, und an vielen harmlos erscheinenden
Stellen war das Photographieren durch aufgestellte
Tafeln bedingungslos von der Behörde verboten.

Natürlich erregte das den Groll des alten Herrn,
der sich nicht genug tun konnte in seiner Kamerakunst.
Hier und da schlug er auch den Warnungstafeln ein
Schnippchen und verlachte Elviras Ängstlichkeit, indem
er sich ein bißchen großsprecherisch auf die Bundes-
genossenschaft zwischen Österreich und Deutschland be-
rief und auf die so oft betonte „Nibelungentreue"
pochte.

Hopfeneck lächelte skeptisch zu seinen Tiraden. Er
war entschieden vorsichtiger, und sein kleiner Apparat
blieb stets unsichtbar.

Bei einem Konzert auf der Piazza am malerischen
alten Hafen war man wenige Tage später, nachdem
Österreich-Ungarn zur Sühnung der Ermordung des
Thronfolgers und seiner Gemahlin den Serben den
Krieg erklärt hatte, mit österreichischen Offizieren in
Verkehr getreten. Als die Herren von der Photo-
graphierleidenschaft des Stadtrats beiläufig Kenntnis

erhielten, ließen sie es gleichfalls nicht an Mahnungen fehlen, die Verbottafeln unbedingt zu achten. Im Grenzland sei es eben nicht anders. Und drüben im Italienischen sei man unter den gegenwärtigen kriegerischen Verhältnissen, deren weitere Entwicklung nicht abzusehen sei, noch viel nervöser als sonst schon. Es sei bei Ausflügen nach Malcesine und weiter am klügsten, den Apparat überhaupt daheim zu lassen. Aber davon wollte Papa Menzel durchaus nichts hören.

Eines Morgens, noch ehe die Sonne über dem Monte Baldo emporgestiegen war, trug sie der Dampfer an Torbole vorüber nach dem alten Venetianerkastell Malcesine, wo sie den Fuß zum ersten Male auf den Boden Italiens setzten. Auch der Rittmeister war von der Partie, nachdem er sich manchmal halbe Tage lang von ihnen abgesondert hatte und einsame Wege gegangen war.

Es war ein berauschend schöner Tag. Die Sonne, die während der Fahrt heraufgekommen war, löste in dem fahlen Laub der knorrigen Olivenstämme an den Berghängen silberne Lichter aus. Wie von einem geheimen Feiertagshauch verklärt lagen die lieblichen Villen am Seeufer, und das alte Gemäuer der Dorfstraßen ließ den Eindruck sorglosen Verfalls kaum aufkommen. In Guarnatis gutgeleitetem Hotel nahm man ein Frühstück und trank dazu den dunkelglühenden Wein von Bardolino, der Papa Menzels rückhaltlose Anerkennung fand. Und dann machte man sich auf, um gleich hinter Malcesine am Seeufer weiterzuwandern. Wenn's die Füße aushielten, wollte man bis Castelletto marschieren. Dort hoffte man, ein Fuhrwerk aufzutreiben, um über Torri nach dem träumerisch lockenden San Vigilio zu gelangen und dort das Abendschiff zur Heimfahrt abzuwarten.

Als sie durch Cassone, das erste Nest hinter Malcesine, kamen, brach Papa Menzel bei einer Weg-
biegung in einen ehrlichen Ruf der Bewunderung aus.
Da lag linker Hand in eine Felsenenge gebettet ein
stattliches, dunkelrot gehaltenes Gebäude, wie von
wehrhaften Zinnen überkrönt, und vor ihm ein blanker
Wasserspiegel, auf dem eine kleine, aber sehr anmutige
Art von Seerosen in zahlloser Menge blühte.

„Wird mitgenommen!" erklärte er enthusiastisch
und machte sich mit seinem Apparat zu schaffen.

„Bester Herr Menzel, üben Sie Vorsicht!" raunte
ihm der Rittmeister beinahe unwillig zu. „Wir haben
doch verabredet, keinerlei Aufsehen zu erregen. Was
haben Sie von dem tristen Winkel mit dem Elektrizitäts-
werk der Cassoner?"

„Ich finde es wundervoll."

„Aber drüben vor der Osteria sitzt ein ganzer Tisch
voll Grenzsoldaten, spricht vom Krieg und beobachtet
uns."

„Was tut's?" bemerkte leichthin der alte Herr und
schob den Apparat auseinander.

„Nun, mir soll's recht sein," meinte der Rittmeister. „Ich trinke unterdessen ein Viertel Bardolino."

Damit schritt er hinüber zu den Grenzern und rief
sich die Wirtin. Aber er spitzte dabei die Ohren, so
sehr er konnte.

Auch Elvira, angesteckt von seinen Bedenken, bat
den Vater, die Aufnahme lieber zu unterlassen. Er
ließ sich jedoch auch von ihr nicht dreinreden.

Als er fertig war und seine Kamera wieder trans-
portfähig gemacht hatte, rief er im Vorbeigehen zum
Tisch hinüber, an dem Hopfeneck saß: „Wir wollen
jetzt weiter, Herr Rittmeister!"

„Ich will nur noch austrinken und zahlen. Gehen Sie nur ruhig voraus," gab jener Bescheid.

Menzel nickte befriedigt und schritt mit einer jovialen Handbewegung gegen Wirtin und Gäste die Dorfstraße weiter. Elvira hielt sich an seiner Seite. Es war ihr nicht unlieb, den Begleiter für eine Weile los zu sein. Er hatte die letzten Tage verschiedentlich versucht, vertraulicher zu werden. Und wenn auch bisher noch kein Wort einer offenen Werbung von seinen Lippen gekommen war, so fühlte sie doch instinktiv, daß er der harmlose Gesellschafter nicht sei, für den sie ihn anfänglich gehalten.

Menzel sah sich ein paarmal um, als sie Cassone endlich hinter sich hatten und der magische Seespiegel sich rechter Hand wieder in all seiner Schönheit bewundern ließ.

„Wo bleibt denn nur der Rittmeister?" fragte er unwillig erstaunt, da Hopfeneck noch immer nicht auftauchte.

„Laß ihn doch! Der Wein wird ihm schmecken. Er holt uns schon wieder ein," beruhigte ihn Elvira und freute sich der durchsonnten Seelandschaft.

„Schau mal, was liegt denn da im See für ein schnurriges Ding?" rief plötzlich der Stadtrat.

„Eine Insel wohl," meinte Elvira und schraubte den Zeißfeldstecher auseinander, um sich das Bild näher zu rücken. „Sonderbar," sagte sie dann, „das muß eine Fabrik sein. Beinahe wie eine Gasanstalt sieht es aus. Und wie merkwürdig angestrichen das alles ist! Die Bedachungen und Wände, wie wenn das Seewasser sie blau gefärbt hätte. Zwischendurch blitzt und blinkt's wie Metall."

„Wir werden das Ding knipsen und nachher fragen, was wir da erwischt haben," entschloß sich Menzel un-

bekümmert. „Nummer zwölf meiner Filmrolle. Du
kannst gleich eine neue Serie aus deiner Tasche nehmen
und zurechtlegen. Ich will die Uferbucht links auch
noch mitnehmen.“

In aller Gemütlichkeit photographierte er das
wunderliche Inselchen, das zu einer kleinen starken
Festung der Italiener mitten in dem paradiesisch
schönen See ausgebaut worden war und mit seinen
Panzertürmen gen Riva dräute, die Elvira für Gas-.
kessel oder Fabrikanlagen gehalten hatte. Dann schob
Menzel die neue Rolle in den Apparat und richtete
ihn auf die idyllische Uferbucht.

Eben als er die Aufnahme beendet hatte, hörten
sie einen barschen Zuruf vom Seewege her. Eilig und
erregt kamen ein paar Grenzsoldaten die Straße herauf, sprudelten allerlei drohende Worte in ihrer sonst
so liebenswürdigen Sprache hervor und gestikulierten
dabei so heftig, als seien sie feindliche Rothäute, die
auf dem Kriegspfade den Gegner erblickt hätten.

„Da ist gewiß was mit dem Rittmeister passiert,“
meinte der noch immer ahnungslose Menzel.

„Ich fürchte, wir haben eine Warnungstafel über-
sehen,“ bemerkte Elvira dagegen und ließ ebenso
schnell wie geschickt das Filmpäckchen mit den Aufnahmen in der Kleidertasche verschwinden.

„Ach, dummes Zeug!“ brummte der alte Herr.

Aber es stellte sich nur zu bald heraus, daß Elvira
recht hatte. Schon tauchten hinter den Grenzern
Neugierige auf, die in ihren Gärten beschäftigt gewesen
waren.

„Spione — spione!“ hallte es aufgeregt durch die
warme Herbstluft, und die ausgestreckten Zeigefinger
ließen keinen Zweifel darüber bestehen, wer gemeint
war.

Papa Menzel bekam einen roten Kopf. Wäre nur der Rittmeister da! Der sprach gut Italienisch, er selbst wußte nur einige Brocken. Da saßen sie beide schön in der Patsche.

Ein streng dreinblickender Mann in Uniform war dicht an den Stadtrat herangetreten und legte ihm die Hand auf die Schulter.

„Ach, Dummheit!" sagte unwillig der Beschuldigte und versuchte, die braune Hand abzuschütteln. „Ich und ein Spion? Was glauben Sie denn? Ich bin der Stadtrat Guido Menzel aus Dresden. Und das ist meine Tochter. Und nun machen Sie, daß Sie weiterkommen!"

Doch der Mann schob ihn ein paar Schritte vor sich her und deutete auf das nächste Dorf.

Elvira hatte ihren kleinen Sprachführer aus ihrer Tasche hervorgeholt, wobei ihre Reservefilmrolle zum Vorschein kam und sogleich von den Soldaten beschlagnahmt wurde.

„Perchè vietato?" radebrechte sie, um zu erfahren, weshalb man gerade hier so streng sei.

Der Sprecher der Patrouille sah ihr mit überlegenem Hohn ins Antlitz, als ob er sagen wollte: Verstellen Sie sich doch nicht, verehrtes Fräulein! Dann wies er auf das Inselchen im See, dessen Gebäude ihr wie eine Gasanstalt erschienen waren, und sagte ernst: „Trimelone è una forte!"

„Forte?" murmelte Elvira und blätterte krampfhaft im Wörterbuch. Im Reiche der Musik hieß das: laut, kräftig. — Ah, da fand sie die Lösung: Festung. Trimelone ist eine Festung! O weh, dann war alles klar!

„Die Insel ist eine Festung!" erklärte sie dem Vater, der nun wirklich erschrak.

„Eine Festung?" murrte er kleinlaut. „Das soll
jemand wissen! Das Gescheiteste ist schon, wir kehren
um. Ich habe Italien gründlich satt."

Aber wie er sich gegen Cassone zurück in Bewegung
setzen wollte, wurde er festgehalten.

„Ich — ich habe doch nichts Unrechtes getan!"
schrie Menzel. „Lassen Sie mich zufrieden!"

Da hatten ihn jedoch schon drei Soldaten bei den
Armen gepackt und zogen ihn nach der Richtung auf
Castello zu.

„Wehre dich um Gottes willen nicht, Papa!" bat
Elvira bestürzt. „Es wird sich ja alles aufklären!"

Und wie zur Bestätigung versicherte der Wort-
führer: „Tutto questo si regolerà!", was ungefähr die
gleiche Ansicht ausdrückte.

„Wer weiß, wohin mich die Banditen schleppen
wollen!"

„Ich gehe ja mit dir, Papa!"

„Es wäre besser, du sagtest dem Rittmeister Bescheid! Es ist eine Schande, wie er uns hier im Stiche
läßt!"

„La signorina può andarsene!" bemerkte mit
artigem Lächeln der Patrouillenführer und zeigte
durch eine Handbewegung gegen Cassone hin, daß es
Elvira frei stünde, den Rückweg anzutreten.

„Ich werde alles versuchen, dich so schnell wie
möglich wieder frei zu bekommen, Papa! Verliere
nur die Geduld nicht!"

Sie drückten sich die Hände. In des Töchterchens
Augen glänzten ein Paar Tränchen. Auch Papa
Menzel wischte sich mit dem Handrücken über die
Wimpern.

„Wenn sie bloß die letzte Aufnahme nicht erwischt
hätten!" stieß er dann beklommen zwischen den Zähnen

hervor. „Das dumme Bild macht mich ganz sicher verdächtig. Und dann sitze ich fest, bis alles aufgeklärt ist! Hätt' ich doch nie einen Fuß auf diesen verrückten Zitronenstiefel gesetzt!"

Elvira wollte ihm sagen, daß das Bild in ihrer Tasche geborgen sei. Aber sie fühlte zu viele Augen auf sich ruhen.

„Du brauchst dich wirklich nicht zu ängstigen, Papa!" sagte sie tröstlich. „Ich ruhe und raste nicht, bis sie dich freigelassen haben!"

„Wende dich nur an den Rittmeister! Der hat überall Verbindungen und wird uns gern beistehen!" verlangte Menzel noch einmal.

Dann mußten sie sich trennen.

Es war ein richtiges Spießrutenlaufen zurück nach Cassone, das Elvira erlebte. Die von Mißtrauen erfüllten Dorfbewohner geleiteten sie mit feindseligem Wortschwall bis zum Wirtshaus, wo sie ihren Reisebegleiter zu finden hoffte. Aber Leo v. Hopfeneck war schon vor einer ganzen Weile nach Malcesine zurückgegangen, wie sie nach umständlichem Radebrechen von der Wirtin erfuhr. Es blieb ihr also nichts übrig, als ihre Wanderung allein fortzusetzen.

Schweren Herzens langte sie nach einer kleinen Stunde in Malcesine an. Glücklicherweise war der junge Hotelbesitzer, bei dem sie vor ein paar Stunden gefrühstückt hatten, längere Zeit in Deutschland gewesen. Sie konnte ihm also ausführlich erzählen, was geschehen war.

Er versuchte es in liebenswürdiger Höflichkeit, sie zu beruhigen, verhehlte ihr aber nicht, daß nach Lage der Dinge wohl etliche Tage vergehen könnten, ehe die

Unschuld ihres Vaters klar bewiesen sei. Jedenfalls werde man ihn nach Peschiera, vielleicht auch gleich nach Verona bringen, da man in diesen Sachen keinen Spaß verstehe und mit peinlicher Gründlichkeit verfahre. Man fahnde zudem schon seit Wochen nach einem Spion, der am See sein Unwesen treibe, und habe wohl den alten Herrn für den Gesuchten gehalten. Jedenfalls sei es richtig, wenn sie sich an den deutschen Konsul in Verona wende. Die Adresse und weiteres könne sie in Riva bei der Kommandantur erfahren.

Auch über Hopfenecks Verbleiben war er zufälligerweise unterrichtet. Der Herr sei vorhin mit einem Motorboot, das Gäste für Malcesine gebracht hatte, nach Riva zurückgefahren.

Elvira benützte den nächsten Dampfer, um nach Riva zu gelangen. Noch ehe sie das Schiff verlassen hatte, winkte der Rittmeister ihr vom Ufer aus schon freundlich lächelnd zu.

„Wo haben Sie denn Ihren Herrn Vater gelassen?" fragte er verwundert.

Sie sah ihm zweifelnd ins Gesicht. „Man hat ihn festgenommen," erklärte sie dann. „Wußten Sie das nicht?"

„Ich hab's mir doch gedacht!" gab er ärgerlich zur Antwort. „Hätte er doch auf mich gehört!"

„Und warum sind Sie uns nicht nachgekommen?"

„Weil man mich dann wahrscheinlich auch verhaftet hätte, gnädiges Fräulein. Sie wissen doch: mitgegangen, mitgehangen. Ich kenne die Herren Italiener. Ein Wunder, daß Sie so davongekommen sind! Aber für Damen haben sie ja, Gott sei Dank, immer noch einen kleinen Vorrat an Galanterie."

„Ach, lassen Sie die Redensarten!" rief Elvira ärgerlich. „Sagen Sie mir lieber, wie wir es anfangen, meinen Vater so schnell wie möglich frei zu bekommen!"

„Wir werden an das Auswärtige Amt telegraphieren
müssen," meinte er nachdenklich.

„Der Wirt in Malcesine sprach vom deutschen Konsul
in Verona," erklärte sie und fuhr mit Energie fort:
„Würden Sie mich dorthin begleiten?"

Eine leise Verlegenheit glitt über sein Gesicht. „Ich
glaube nicht, daß das der richtige Weg wäre," sagte er
zweifelnd.

„Sondern?"

„Vielleicht erkundigen wir uns hier beim Kommando in Riva, wie wir am sichersten zum Ziel kommen."

„Also gut, versuchen wir es."

„Erst dann, wenn Sie sich erfrischt haben, meine
Teuerste," bemerkte er lächelnd.

„Ich bedarf keiner Erfrischung."

„Aber seien Sie doch nicht so aufgeregt. Es wird
sich ja alles ordnen," versuchte er, sie zu begütigen.
„Was hat Ihr Herr Vater denn noch hinterher aufgenommen?"

„Die kleine Insel hinter Cassone."

„Trimelone? Das ist allerdings böse! Man wird
die Filme entwickeln und ihm gerade daraus einen
Strick zu drehen suchen!" rief er betroffen.

„Die Filme habe ich hier," triumphierte Elvira und
zog das Paket aus der Kleidertasche.

„Vortrefflich!" rief er erfreut und wollte danach
greifen. „Das Bild interessiert mich nämlich über die
Maßen."

„Das Päckchen wird unentwickelt ins Feuer gesteckt,"
erklärte sie und behielt es in der Hand.

„Auch gut," sagte er. „Ich werde es gern besorgen.
Geben Sie nur her!"

„Überlassen Sie das ruhig mir und denken Sie an
meinen Vater," entgegnete sie und schob die Auf-

nahmen in die Tasche zurück. „Und nun kommen Sie
zum Kommando."

„Wir müssen erst auskundschaften, wo es ist."

„Jeder Soldat wird das wissen."

„Das ist möglich. — Aber noch eins, Fräulein Elvira," sagte er zögernd und geleitete sie dabei über den
sonnigen Hafenplatz. „Ist es nicht eine heikle Sache,
wenn ich als Wildfremder mich zum Anwalt Ihres
Herrn Vaters machen soll?"

„Wieso?"

„Man wird meine Angaben schwerlich allzu hoch be-
werten. Es würde von weit besserer Wirkung sein, an
den betreffenden Stellen sagen zu können, daß wir in
irgendwelchen näheren Beziehungen zueinander stän-
den —"

„Aber das wäre doch eine offenbare Täuschung!"

„Jetzt noch — ja," gab er zu und heftete plötzlich
einen brennenden Blick auf Elviras bekümmertes Antlitz. „Aber das ließe sich schnell ändern."

„Ich verstehe nicht —"

„Sie verstehen mich ganz gut, Elvira," sagte er halblaut und mit einer verhaltenen Leidenschaft in der
Stimme. „Oder hätten Sie nicht längst gemerkt, daß
ich mich in Liebe zu Ihnen verzehre? Werden Sie
meine Frau! Ich weiß, Ihr Vater willigt ein. Und
als Ihr Verlobter, als der künftige Schwiegersohn des
Herrn Menzel kann ich mit ganz anderem Nachdruck
für ihn eintreten und alle die Schritte unternehmen,
die sich als notwendig erweisen. Wollen Sie?"

„Ich — ich bin schon verlobt, Herr v. Hopfeneck,"
erwiderte sie gepreßt, da er eine Pause machte.

„Ach, lassen wir das doch!" sagte er überlegen.
„Über die Kinderei bin ich längst unterrichtet. Damit
machen Sie mir nicht bange. Und wenn Sie diese

närrische kleine Episode in diesem Augenblicke endgültig
erledigen, gereicht Ihnen das nur doppelt zur Ehre.
Auf bessere Weise könnten Sie Ihrem Vater nicht
nützen."

Das junge Mädchen zitterte vor Angst und Be-
drängnis. In welch abscheuliche Lage war sie da geraten! Sah es nicht aus, als fehle ihr das natürliche,
kindliche Empfinden dem auf Hilfe harrenden Vater
gegenüber? Und doch bäumte sich ihre ganze herbe
Mädchenhaftigkeit gegen den listig berechnenden Werber
auf, der ihre schreckliche Lage dazu benützen wollte, ihr
einen Entschluß abzupressen, vor dem ihr bänglich
klopfendes Herz sie stürmisch warnte.

„Ich finde es abscheulich von Ihnen, mich so über-
rumpeln zu wollen!" entrang es sich endlich voller Qual
ihren Lippen.

Er frohlockte heimlich, weil er ein halbes Kapitulieren darin zu vernehmen glaubte. „Es ist nur ver-
nünftig, liebes Kind," versetzte er überredend, „und geschieht zu Ihrem Besten. Also abgemacht? Willigst
du ein, Geliebte?"

Da raffte sie sich plötzlich auf. „Nein!" rief sie empört. „Gehen Sie Ihrer Wege! Ich werde allein für
meinen Vater einzutreten wissen!"

„Elvira, das kann Wochen, kann Monate dauern!"
warnte er sie wütend, da er sich doch schon fast am Ziel
gewähnt hatte.

„Zumal wenn man so mutig davonläuft wie Sie!"

„Das entzieht sich denn doch Ihrer Beurteilung,"
versuchte er sich zu rechtfertigen. „Ich konnte nicht
anders — dort drüben!"

„Und ich kann auch nicht anders!" trumpfte sie entschlossen auf und schlug einen Seitenweg ein. Eine
ziemlich schmale Gasse stieg sie hinan, die sich zuletzt zu

einem Platze erweiterte, auf dem ein paar Händlerinnen Orangen feilboten. Dann durchschritt sie ein schönes, altertümliches Stadttor und befand sich nun auf der Dantestraße, die in gerader Richtung zu ihrem etwas außerhalb Rivas gelegenen „Seehotel" führte. Es war schon das Beste, wenn sie sich erst einmal dorthin begab. Vielleicht konnte ihr der Wirt einen Rat geben. Und obgleich ihr die Füße langsam zu ermatten begannen, fing sie doch an, ihre Schritte noch zu beschleunigen, um ja nichts zu versäumen.

Sie sah auch kaum auf, trotzdem der Monte Baldo in silbernem Aufleuchten herübergrüßte und der Nachmittagswind in den Palmenkronen flüsterte, die ihr am Weg über das Haupt nickten. Wie eine Betäubung war es über sie gekommen, daß sie nun plötzlich allein und ganz auf die eigene Einsicht und Kraft angewiesen war und doch so Außergewöhnliches zu vollbringen hatte. Aber dann empfand sie es auch wie eine Erlösung, dem zweideutigen Vertrauensmann kurzerhand den Laufpaß gegeben zu haben.

Und so alle Bedenken, Zweifel und aufkeimenden Selbstvorwürfe des zerquälten Herzens tapfer niederkämpfend, hastete sie an — Joseph Eigendorff vorüber, der eben von Torbole zurückkam, wo er Menzels vergeblich gesucht hatte.

Einen Augenblick lang dachte der beglückte und ob Elviras befremdenden Vorübereilens dennoch schwer enttäuschte junge Maler, sie wolle ihn nicht sehen. Aber dann wäre ihr wohl mindestens die Glut der Scham ins Antlitz gestiegen. Nein, sie steckte ganz offenbar tief in Gedanken und hatte überhaupt keine Augen mehr für die Außenwelt.

„Elvira!" rief er, als sie schon an ihm vorüber war. Da flog sie herum, ein seliges Aufleuchten ging über

ihr bekümmertes Antlitz, und dann schlang sie beide Arme
um den Hals des Geliebten, der nach der Bozener Auskunft in Meran und noch manchem anderen Platze in
Südtirol gewesen war, ohne auch nur eine Spur der
Entschwundenen zu finden.

„Joseph, dich schickt mir der Himmel!" rief sie unter
Lachen und Schluchzen. Denn ihr war's wirklich wie
ein Wunder, den Geliebten in ihrer Not so plötzlich auf
der welschen Landstraße zwischen Riva und Torbole
auftauchen zu sehen.

„Dein alter Herr hat mich schön versetzt in Bozen!"
sagte er vergnügt. „Aber geholfen hat's ihm schließlich doch nichts! Wenn ich euch heute nicht gefunden
hätte, wäre ich allerdings morgen nach Verona gefahren."

„Nach Verona?" unterbrach sie ihn aufgeregt.

„Ich bin da eingeladen von einer polnischen Gräfin,
die von Geburt eine Italienerin ist und einige Wochen
bei ihren Eltern in Verona verbringt," berichtete er.

„Joseph, da fahre ich mit dir!"

„Dein Vater würde dir da wohl was anderes erzählen. Hat er dir nicht gesagt, wie er mich in Bozen
angeschnauzt hat?"

„Keine Silbe! Also darum sind wir Hals über Kopf
hierherunter gefahren! Ach, wenn er sich das hätte
denken können! Er wäre sicher lieber in Bozen geblieben."

„Nun, jedenfalls fürchte ich mich nicht vor ihm.
Und wenn er jetzt daherkäme und —"

„Er kommt nicht daher, Joseph!" unterbrach sie ihn.

„Mir noch lieber!" erklärte er zufrieden und lachte.

„Ach, sage das nicht!" klagte sie.

„Ja, was liegt denn eigentlich vor? Ist er krank,
Elvira?"

Sie schüttelte betrübt den Kopf. „Gefangen ist er. Drüben in Italien."

„Aber weshalb denn? Hat er einen Streit angefangen, hat er —"

„Er hat am See photographiert, und da hat man ihn als Spion verhaftet," berichtete sie und schüttete ihm ihr ganzes Herz aus.

Sie waren ins Hotel gegangen, in dessen Park sie ungestört beratschlagen konnten, was geschehen müsse. Der Hotelwirt, dem ähnliche Fälle ja bekannt waren, wurde ins Vertrauen gezogen. Dann gingen Telegramme nach Deutschland, Briefe nach Verona und eine Epistel auch an den gefangenen „Signor Guido Menzel aus Dresden, zurzeit in Peschiera", die einem Schreiben an den Festungskommandanten mit der Bitte beigefügt war, dem Gefangenen die Nachrichten von seiner Tochter nicht vorzuenthalten. Mit dem Abendzug noch fuhr Eigendorff über Mori nach Verona, wo er spät in der Nacht anlangte.

Als er am nächsten Tage zu schicklicher Zeit die Villa des Conte Cerresa aufsuchte, der seiner schönen galizischen Gönnerin Vater war, hatte man seine Briefe schon gelesen. Der Conte war auf Bitten seiner Tochter sogleich bereit gewesen, Erkundigungen bei der Militärbehörde anstellen zu lassen. Nach einem kleinen Imbiß in dem gastfreien Hause fuhren die beiden Herren zu dem ausschlaggebenden General. Und da die junge Gräfin mitfuhr und mit vieler Liebenswürdigkeit die Dolmetscherin spielte, entwirrte sich der Knoten der schrecklichen Spionengeschichte wesentlich rascher, als es selbst durch das Berliner Auswärtige Amt möglich gewesen wäre, das ja von Herrn Stadtrat a. D. Guido Menzel aus Dresden und seinen Liebhabereien sowohl als auch seinen Charaktereigenschaften keine Kenntnis haben konnte.

Der General versprach, den Fall mit Eile und Wohl-
wollen zu behandeln, und setzte sich mit Peschiera tele-
phonisch in Verbindung. Sobald sich alles bestätige,
was der deutsche Maler angegeben habe, würde er
Nachricht senden und die Freilassung verfügen.
Die Gräfin bat, Herrn Eigendorff als Freiheits-
künder mit nach Peschiera zu lassen. Auch das wurde
gewährt. _____

Herr Guido Menzel saß indessen dumpfbrütend in
einer der düsteren Kasematten der kleinen oberitalieni-
schen Festung, wenn er nicht mit aufgeregten Schritten
den Raum durchmaß und die Register seiner Empörung
dazu zog.
Man hatte ihn verhört. Aber es war ein Kreuz
und Leiden. Man war aus den Mißverständnissen
nicht herausgekommen, weil er nicht Italienisch, seine
Gegner nicht Deutsch verstanden. Nur so viel war ihm
klar geworden, daß man in ihm einen gefährlichen französischen Spion erwischt zu haben glaubte, der unter
den verschiedensten Namen an der Grenze herumstrich
und ein Elsäßer namens Känderle sein sollte. Unter
diesen Umständen hatte er alle Aussicht, nach Verona
gebracht und dort allerlei Leuten gegenübergestellt zu
werden, die diesem Känderle einmal begegnet waren.
Auf ein paar Wochen Untersuchung müsse er sich schon
gefaßt machen, hatte ihm ein Offizier gesagt, der ein
wenig mehr Deutsch verstand als die anderen und ihm
gegen Mittag den vom Kommandanten natürlich ge-
öffneten Brief Elviras überbracht hatte.
Der Brief war auch nicht gerade dazu angetan gewesen, seine Laune zu heben. Von seinem Freunde,
dem Rittmeister, schrieb das Mädel keinen Ton. Wohl
aber hatte sie den Leinwandtleckser, den Joseph, ge-

troffen, der ihnen doch richtig auf die Spur gekommen war. Und das hatte sie anscheinend völlig konfus gemacht.

Dieser Kleckser mit dem fünften Wort saß nun ungestört bei ihr in Riva und richtete Unheil an. Es war wirklich, um aus der Haut zu fahren.

Wie ihm aber die Geschichte mit dem fünften Wort wieder in das Gedächtnis kam, durchzuckte ihn plötzlich der Gedanke, er könne ja auch bei dem Briefe Elviras seine Hand im Spiele gehabt und die nasführende Kunst einmal zu seinem Besten angewandt haben.

Und wieder zog er die Epistel aus der Brusttasche und studierte.

„Mein lieber, guter Vater," hatte Elvira geschrieben, „die häßliche Geschichte heute wird bedenkliche Folgen nicht haben. Meine Aufnahme hier bei den Behörden ist großartig. Man nimmt sich in Riva überall mit Herzlichkeit meiner an, und fast jede Hand regt sich, mir beizustehen. Darum verliere die Geduld nicht. Ängstige, Du armer, eingesperrter Papa, Dich bitte auch meinetwegen etwa nicht. Ein Glücksfall führte mir Eigendorff in den Weg. Das ist Dir vielleicht unlieb, aber nach allem Vorgefallenen dennoch prachtvoll. Verona besucht er nun später. Dir läßt er sich empfehlen. Zu fürchten brauchst Du nichts. Helfen kann er zwar nicht. Er sagt, dergleichen dauert lange, hofft jedoch auf gutes Glück. Daß Du unschuldig bist, kannst Du ja beschwören. Dann wird wahrscheinlich auch das Oberkommando, das morgen der Sache näher tritt, wieder Deine Freilassung verfügen. Gib beizeiten Nachricht, daß wir uns aufmachen können, Dich einzuholen. Bist Du wenigstens gut untergebracht?

       Deine sehr um Dich besorgte

                        Elvira."

Gespannt verweilte er während der abermaligen
Lektüre bei jedem fünften Worte. Und wahrhaftig:
es schälte sich ein neuer Sinn aus diesen Worten, die
wirklich in einem wohldurchdachten Zusammenhange
miteinander standen. Es war unverkennbar.

„Die bedenkliche Aufnahme ist in meiner Hand,"
setzte er als ersten Satz zusammen und tat einen tiefen
Seufzer der Erleichterung. Denn vor der Entwicklung
seiner Filmplatten hatte er sich am meisten geängstigt
und war erstaunt gewesen, daß man ihm die Photographie mit der Inselfestung noch nicht als belastenden
Beweis unter die Nase gehalten hatte.

„Gott sei Dank!" murmelten seine Lippen. „Damit also können sie mir wenigstens nicht an den Kragen!"
Worauf er weiter entzifferte: „Darum ängstige Dich
nicht! Eigendorff ist nach Verona, Dir zu helfen.
Er hofft, daß Du wahrscheinlich morgen wieder bei
uns bist."

Da würde er sich ja allerdings täuschen. So schnell
geht das hier nicht bei den lieben Italianos. Aber
immerhin: ein Trost ist es doch. Und wenn der Bengel
es fertig bringt, mich hier loszueisen, Herr des Himmels,
dann müßt' ich doch ein Klotz sein, wenn ich ihm dafür
nicht ehrlich gut sein wollte. Merkwürdig nur, daß
Elvira Hopfeneck gar nicht erwähnt! Ob sie ihn nicht
gefunden hat? —

Im Abenddämmern klirrten noch einmal die
Schlüssel an der eisenbeschlagenen Zellentür.

„Frohe Botschaft, Signor!" rief freundlich der Offizier, der vom Kommandanten gesandt war, den Gefangenen in sein Amtszimmer zu holen. „Sie werden
noch heute abend entlassen."

Und da stand richtig neben dem Adjutanten des
Generals aus Verona der in Bozen so hart behandelte

und seit Jahr und Tag verkannte Joseph Eigendorff
und nickte ihm lächelnd zu.

„Sie haben sich ein wenig durch eigene Schuld in
diese fatale Lage gebracht, Herr Menzel," sagte in ver-
bindlichster Artigkeit der Adjutant, der ein fließendes
Deutsch sprach. „Aber der Halunke, der Känderle,
sieht denn doch etwas anders aus. Wir freuen uns,
durch die Aufklärungen Ihres jungen Freundes, des
Herrn Eigendorff, so schnell orientiert worden zu sein,
und bitten wegen des kleinen Irrtums nicht allzusehr
zu grollen."

Dazu schüttelte er dem alten Herrn herzlich die Hand.

„Ich grolle — gar nicht!" würgte gerührt Papa
Menzel hervor, obgleich er den ganzen Tag wie ein
Rohrspatz geschimpft hatte. Und dann legte er dem
Nachbarsohn von einst die Hand auf die Schulter und
sagte: „Bist doch ein braver Junge, Joseph!"

„Da ist übrigens ein Bild von dem Kerl, dem
Känderle," fuhr der Adjutant fort. „Es soll ein Abzug
an sämtliche Grenzwachen gegeben werden. Vielleicht
gerät er uns dann doch noch einmal in die Finger."

Er zeigte das Bild auch dem Stadtrat mit den
Worten: „Für den hat man Sie gehalten, Herr
Menzel."

Der warf nur einen flüchtigen Blick auf das Bild,
aber er genügte, um ihn fast um seine Fassung zu
bringen.

Glücklicherweise schallte vom Hafen her das Signal
des nahenden Dampfers.

„Es ist möglich, daß Elvira damit ankommt. Sie
verging gestern beinahe vor Ungeduld und Bangnis in
Riva," bemerkte Joseph.

Die Herren gaben ihnen das Geleit. Der Maler
aber hatte richtig vermutet. Jubelnd flog das Töchter-

chen über die Landungsbrücke und umhalste den wieder
freien Vater.

„Oh, Papa — Papa!" flüsterte sie und küßte ihn
auf die unrasierten Wangen.

„Ja, ja," brummte er humorvoll, um seine Ergriffen-
heit zu verbergen, „den Sack schlägt man und den Esel
meint man!"

„Aber, Papa!" wehrte sie sich gekränkt.

„Nun, laß nur gut sein, Mädelchen. Ich glaub's ja. —
Aber dem Joseph bist du doch nicht etwa böse?" scherzte er.

„Ach, wenn ich den Joseph nicht getroffen hätte!"
sagte sie voll zärtlichen Stolzes. „Dein Freund, der
Herr Rittmeister, war nicht gerade —"

„Still — still! Schweig mir von dem!" flüsterte er.
„Es ist besser, den Namen hier nicht zu nennen."

„Hast du unseren Brief erhalten?"

„Gewiß."

„Und auch richtig verstanden?"

„Jedes fünfte Wort!" versicherte er schmunzelnd.
„Ich habe es eingesehen heute, es ist doch ein ganz in-
telligentes Verfahren! Und keiner soll es verschwören,
daß ihm dergleichen nicht einmal Erleichterung und
Freude gewährt, ihr Racker!"

Und dann winkte er den Maler heran, der die gold-
leuchtenden Feuerreflexe der scheidenden Sonne im
Gardaseespiegel mit entzückten Augen angestaunt und
doch in bangender Erwartung jede Sekunde einmal
seitwärts gelugt hatte zu Vater und Tochter.

„Bist ein Prachtkerl, mein lieber Joseph! Sollst
es haben — das Elvirchen!" sagte Menzel und schob
ihm das Mädchen in die Arme.

Als sie am anderen Tage über den See zurückfuhren,
statteten sie dabei dem wundervoll an das Ufer hin-
gelagerten Gardone einen Besuch ab. Menzel konnte

es sich nicht versagen, im Spielsaal des Kasinos ein
wenig zu kibitzen, während die jungen Glücklichen an
der Berglehne hinaufstiegen, um einen weiten Blick
über den See und auf die Isola di Garda mit der her-
überschimmernden Villa Borghese zu genießen.

Da fand er am Spieltisch in eifrigster Betätigung
einen jungen Ehemann mit einer ziemlich ausgedehnten
Tonsur. Es war der Leutnant a. D. Bergzow, und die
mittelalterliche, stark mit Brillanten behängte Dame
an seiner Seite war seine Frau, die es sich offenbar
leisten konnte, ihrem neuen Lebensgefährten auf der
Hochzeitsreise ein paar tausend Franken zum Ver-
spielen zur Verfügung zu stellen.

„So hätte er wohl auch deine Füchse traben lassen!"
dachte bedrückt der Stadtrat und freute sich, unerkannt
wieder aus dem Saale der leichtsinnigen Toren zu gelangen.

Und doch tat's ihm leid um den Leutnant. Es war
ein umgängliches, lustiges Blut gewesen. —

Anders gestaltete sich das Wiedersehen mit Elviras
zweitem Freier, den er auf der Seeterrasse in Torbole
bei Frau Schwingshackl ein paar Tage später munter
und unbefangen auf sich zukommen sah.

„Na, das ist aber nett, daß Sie mit einem blauen
Auge davongekommen sind, mein lieber Herr Menzel!"
biederte der wackere Herr Leo v. Hopfeneck und streckte
dem alten Herrn die Hand hin. „Ich hätte Ihrem Fräulein Tochter gern geholfen, aber —"

„Sie hatten alle Ursache, an sich selbst zu denken!"
unterbrach ihn der alte Herr mit leisem Spott und über-
sah die ausgestreckte Hand mit einer sonst kaum von ihm
geübten Zurückhaltung.

„An mich selbst?"

„Jawohl, an sich selbst! Zumal drüben auf italienischem Boden!" ergänzte trocken Guido Menzel. „Im übrigen: nach einer Seite hin sind Sie mir am Ende doch eine Hilfe gewesen. Ich habe an Ihnen wieder das schätzen gelernt, was ich wirklich kenne und als echt erfunden habe. Eine hochtrabende Etikette macht aus Panschbrühe noch lange keinen Kabinettwein, Herr — Känderle!"

Damit drehte er sich um und überließ den plötzlich fahl wie Pergamentleder Gewordenen seinen ferneren Schicksalen.

Die Strafe der Kreuzigung
Von Wilhelm Fischer

Mit 11 Bildern nach Justus Lipsius' „De cruce"   (Nachdruck verboten)

Das lateinische Wort crux, dem unser Wort „Kreuz" entstammt, bedeutet ein Marterholz, das in verschiedenster Form zum Aufhängen eines Verurteilten an seinen Armen, zum Anbinden und zum „Kreuzigen" mit Nägeln dient. Die Gestalt dieses „Marterholzes" ist ebenso verschieden gewesen wie die mit ihm in Verbindung stehenden Hinrichtungsarten selbst, die alle den Zweck hatten, den Tod des Verurteilten nicht nur möglichst martervoll und schändend zu gestalten, sondern ihn auch zu verzögern und als Schaustück für die Menge zur Abschreckung zu benützen.

Die Kreuzigungstrafe ist so alt wie die erfindungsreiche Grausamkeit der Menschen, wie der nach dem Blut des Feindes dürstende Haß; so alt wie die Menschheit überhaupt, wie das

Empfangen und Geben
Den Tod und das Leben
Im wechselnden Tausch,
Wildtaumelnd im Rausch.

Die Rache war dem Starken schon in der Urzeit ein Gericht, das er mit grausamem Behagen genoß. Und neben dem Drang, alles Glück, alle Wonne dieser Erde und dieses Lebens zu ergründen und zu genießen, herrschte, vielleicht noch zügelloser, noch brutaler und noch erfindungsreicher, der allmächtige Trieb, als Bringer des Todes sich auf seine Feinde zu stürzen und ihnen im Tode alle Qualen der Hölle zu bereiten. Schon in den germanischen und in den amerikanischen Urwäldern, in den indischen Dschangeln und den afrikanischen Steppen herrschte vor jeder Kultur die Kunst, so grausam als nur denkbar zu martern und so gräßlich

• als nur möglich zu töten, die Todesqualen der Opfer
zu verlängern und willkürlich auszudehnen.

Die Lehre, die Caligula seinem Henker gab: „Töte
langsam, damit sie fühlen, daß sie sterben!" gipfelt in
der alle höllischen Marterkünste in sich vereinigenden·
Todesstrafe der Kreuzigung, die bei allen Urvölkern,
selbst den germanischen, im Gebrauch war. Ob aus

Das Tragen des Kreuzes zur Hinrichtungsstätte.

mystisch-religiösen Gründen, wie vielfach angenommen
wird, ist nicht erwiesen.

Geschichtlich steht fest, daß die Kreuzigung als Hin-
richtungsstrafe zuerst bei den assyrischen Völkerschaften,
denen das Leben nicht mehr galt als den heutigen
Waganda- und Wahehenegern in Deutsch-Ostafrika, hei-
misch war. Von diesen kam sie auf ihre historischen
Erben, die Babylonier, Meder und Perser, deren üppige
Könige nicht nur ihre Sklaven und Verbrecher, sondern
aus teuflischer Lust an grausamer Strafjustiz und tyran-
nischer Willkür auch ihre unbotmäßigen Großen am
„Kreuze bereuen" ließen. Nicht nur Männer allein,

sondern auch verbrecherische Frauen wurden von den persischen Satrapen unter den beim Vollzug dieser barbarischen Strafe üblichen entehrenden Umständen gekreuzigt. Xerxes schlug sogar den Leichnam des

Beginn der Kreuzigung.

tapferen Leonidas ans Kreuz, was darauf schließen läßt, daß die Perser sogar ihre Toten nicht mit dieser scheußlichen Strafe verschonten. Nach der Eroberung von Babylon ließ der persische König Darius seinen Hauptgöttern zu Ehren, einem Gelübde gemäß, zweitausend vornehme Babylonier ans Kreuz schlagen.

Die Juden lernten die Kreuzesstrafe, wie aus dem Buche Esther hervorgeht, in der babylonischen Gefangen-

schaft kennen. Auf Bitten seiner Gemahlin Esther, der
Tochter Arbihails, des Vetters Mardochais, ließ Ahas-
verus, „der da König war von Indien bis an die Mohren,
über hundertsiebenundzwanzig Länder", den Obersten
der Kämmerer, Haman, an denselben Baumstamm
kreuzigen, den jener zum Kreuzestode Mardochais „in
seinem Hause, fünfzig Ellen hoch, gemacht hatte". In
der jüdischen Strafpraxis gehörte früher die Kreuzigung

Das ungezimmerte Konzilium.

zu den seltensten Ausnahmen; die langsam quälenden
Hinrichtungsarten kamen erst mit dem Verfall des
jüdischen Reiches und der Unterwerfung unter Roms
Weltherrschaft auf. Das „Kreuzige ihn, kreuzige ihn!",

mit dem die Hohenpriester und ihr Anhang von Pilatus
die Hinrichtung Christi forderten, beweist nur, daß die
römischen Landpfleger in Juda schon damals die grau-
same heimatliche Strafjustiz dem Volke in Fleisch und
Blut eingeimpft hatten.

Die alten Ägypter gebrauchten die langsame, qual-

Vier verschiedene Arten der Kreuzigung.

volle Todesstrafe der Kreuzigung nur gegen ihre
schwersten Verbrecher und außerdem zeitweilig zur
Abschreckung gegen wucherische Volksausbeuter.   In
der Bibel lesen wir, wie Joseph dem wucherischen
„obersten Bäcker" prophezeit, daß ihn der Pharao nach
drei Tagen kreuzigen lassen würde. Bekannt ist auch,
daß nach dem Tode des verweichlichten Königs Ptole-

mäos Philopator dessen zahlreiche Frauen wegen
ihrer Üppigkeit in Alexandrien gekreuzigt wurden.
Noch größere Anhänger der Kreuzigung waren
die Phönizier und
Karthager, die
diese Hinrichtungs-
art sogar gegen
ihre unglücklichen
Feldherren ge-
brauchten. Justi-
nian erzählt, daß,
als Kartalo, der
Sohn des von
dem karthagischen
Senat verbannten
Feldherrn Mal-
leus, in seinem gan-
zen priesterlichen
Pomp im Lager
des Vaters er-
schien, dieser ihn
mit den Worten:
„Da du den Vater
und den Feldherrn
nicht mehr in mir
siehst, so will ich's
dir auch nicht mehr
sein, und ich werde
jetzt an dir zeigen,
daß niemand wie-
der das Elend eines

Crux immissa, das an einen Baumstamm gefügte Kreuz.

Vaters und seiner Getreuen verhöhne!" an ein sehr
hohes Kreuz nageln ließ.
    Am ausgebildetsten und juridisch ausgeprägtesten

war die Kreuzigung bei den Römern; mit der Einschränkung allerdings, wie Fulda in seiner klassischen
Monographie über „Das Kreuz und die Kreuzigung"
sagt, daß wir dies nur deshalb anzunehmen gezwungen
sind, „weil wir von dem peinlichen Verfahren der
Römer wie von ihrer Geschichte überhaupt am meisten
wissen".

Gegen diese Schlußfolgerung spricht jedoch
außerordentlich beweiskräftig die traurige Tatsache, daß
die Römer ihre crux als Marterholz aus den ursprünglichen Formen des „arbor infelix", des „Unglücks-
baumes", zum künstlichen Strafinstrument des Kreuzes,
wie wir es kennen, entwickelten.

Das alte Rom, obschon es dreihundert Jahre vor
Christus die Kreuzigung als gesetzliches Strafmittel ein-
führte — schon Tarquinius soll, nach Cicero, mit Vor-
liebe gekreuzigt haben —, hatte, wie Livius sagt, den
Ruhm, daß „kein Volk milder als dieses in seinen
Strafen gewesen ist". Das mag in den patriarchalischen
Zeiten der Fall gewesen sein, wo die Römer, wie
Plutarch uns verbürgt, selbst ihre Sklaven milde behan-
delten. Aber das änderte sich rasch. Bald war die
Kreuzigung als servile supplicium zum Herrenrecht
Sklaven gegenüber und schließlich ihres grausamen, entehrenden und abschreckenden Charakters wegen zur
staatlich ausgeübten Strafe gegen Seeräuber, Raub-
mörder, Fälscher und — Hochverräter geworden. Beim
Aufstand des Spartacus wurden sechstausend Sklaven
gekreuzigt. Metellus ließ zehntausend Seeräuber,
Quintus Varus als Prokonsul von Syrien zweitausend
jüdische Gefangene, Octavian sechstausend Soldaten
aus dem Heere seines geschlagenen Gegners Pompejus,
und Titus monatelang täglich vor den Toren Jerusa-
lems fünfhundert gefangene Juden in allen Stellungen
ans Kreuz schlagen.

Auch die Zahl der wegen Gotteslästerung und Hochverrats gekreuzigten christlichen Märtyrer und Märtyrinnen geht in die Tausende. Aus der entehrenden Sklavenstrafe war schon zu Ciceros Zeiten die Kreuzigung als längst auch den Freien und Vornehmen bedrohendes supplicium crudelissimum die „qualvollste der Strafen" geworden, wie aus dem „milde strafenden Volk der Quiriten" das grausamste in der Welt.

Bei den Griechen dagegen, denen die Kreuzigung von Asien her bekannt war, ist diese Strafe ihrer Unmenschlichkeit halber niemals wie bei den Römern in die Rechtspraxis übergegangen.

Kreuz mit Stehpflock.

Vereinzelt angewendet wurde sie schon zu Zeiten des Sophokles. So ließ zum Beispiel der Athener Xanthippus, der Vater des großen Perikles, in Kleinasien den wegen seiner Schandtaten berüchtigten persischen Satrapen Artäyktus kreuzigen. Alexander der Große kreuzigte nach Eroberung der Stadt Tyrus, um Schrecken zu verbreiten, zweitausend Gefangene, mit denen er „auf eine weite Strecke hin das Ufer säumte". Der griechische Tyrann Dionys I. von Syrakus ließ alle Griechen kreuzigen, die in den Reihen der Karthager gegen ihn gekämpft hatten.

A. du Bois schildert in seiner „Athénienne" die berühmte Hinrichtung des Siegers von Oropos, Glaukos, dessen Tod die Volkswut nach einer unglücklichen Schlacht erzwang, wie folgt: „Der Polemarch Glaukos soll gekreuzigt werden. Die Speusinier, die ihn zur Richtstätte führten, konnten ihn nur mit großer Mühe vor der entfesselten Wut der Massen schützen; jeder wollte ihn schlagen und schmähen. An der Schädelstätte

Das Nerokreuz, an dem wilde Tiere den Verurteilten zerfleischen.

erwartete die Athenerin Thea ihren Gatten und verlangte laut, mit ihm zu sterben. Da hörte man eine Stimme aus den letzten Reihen; ein Weib, ein junges Weib mit Antilopenaugen, rief: ‚Kreuzigt sie zusammen!' Tobend, rasend schrie die Menge: ‚Kreuzigt sie zusammen! Kreuzigt sie!' Die Henker zögerten. Posidios, der Epistat, stand unfern in der Säulenhalle des Apollotempels; man drängte auf ihn ein. Einen Augenblick herrschte feierliche Stille, dann ging ein Murmeln durch die Menge, immer lauter anschwellend: ‚Posidios will es; er läßt sie kreuzigen!' In der Tat wurden sie Gesicht auf Gesicht aufs Kreuz ge-

Feuertod am Kreuz.

spannt. Das Schweigen des Entsetzens umgab sie; nur ihr hastiges, keuchendes Atmen, das sich schwer und qualvoll ihrer Brust entrang, vernahm man weithin. Endlich war das Kreuz aufgerichtet. Es

war aus zwei gewaltigen, schwarz angestrichenen
Fichtenstämmen zusammengefügt. Es ragte noch über
den Gipfel des Tempels, und weithin sichtbar waren
die beiden Getreuzigten."

Auch die alten Deutschen kannten Marterholz und

Verschärfte Kreuzigung mit dem Kopf nach unten.

Kreuzigung, wie sie auch die willkürliche Ausdehnung
mancher Todesstrafen zum Zweck der Abschreckung
übten. Die Wälsungen zum Beispiel wurden nach der
Sage an Bäume gebunden und nachts von wilden
Tieren zerrissen. Auch der sächsische Fürst Erich wurde
auf ähnliche Weise gekreuzigt. Eine Art von Kreuzigung, nichts anderes, war auch folgende, dem Orient
entlehnte altdeutsche Todesstrafe, die darin bestand,
daß der Delinquent mit Armen und Beinen an einen

Marterpfahl in freier Waldwiese gebunden und seinem Schicksal überlassen wurde, nachdem man seinen nackten Körper, um Insekten anzulocken, ähnlich wie früher bei den Kreuzigungen der Perser, Ägypter, Phönizier und Römer, mit Honig bestrichen hatte. Die Unglücklichen litten nicht nur in der Sonnenglut alle Qualen des Durstes, sondern wurden auch von den Bienen, Wespen und Fliegen, die wütend über sie herfielen, zerstochen und so langsam zu Tode gemartert. Auch im Rechtsstatut des deutschen Ritterordens waren die diebi-

Die Kreuzigung an dem dem Kreuz eingehängten Patibulum.

schen Knechte mit dieser entsetzlichen Strafe bedroht.

Die Kreuzigungsstrafen waren also ebenso verschieden wie die Kreuze als Hinrichtungsinstrumente

selbst. In den meisten Fällen war das Kreuz kein wirk-
liches, gezimmertes Kreuz in unserem Sinne, sondern
ein Baumstamm, ein Pfahl, ein Marterholz, das
später die Form eines lateinischen T erhielt, aus der
sich dann unser Kreuz entwickelte. Schon Seneca
schilderte die Verschiedenheit des Kreuzes und der
Kreuzigung selbst, und der gelehrte Justus Lipsius
war der erste, der diese Verschiedenheit auf Grund
sorgfältiger Studien durch einen hervorragenden
Kupferstecher veranschaulichen ließ, wie es unsere
Bilder zeigen.

Die ursprüngliche Form des Kreuzes bildete ein
Baum oder ein für diesen Zweck hergerichteter Baumstamm, der sogenannte arbor infelix, den unsere betreffenden Bilder in der ursprünglichen Form, also
ohne Querbalken, zeigen, die bei den von uns geschil-
derten Massenkreuzigungen aus erklärlichen Gründen
immer wieder zur Geltung kam, und zwar einfach
deshalb, weil man keine Zeit und keine Werkleute
hatte, um Tausende von Kreuzen zu zimmern.

Die Kreuzigung war in der Tat ein supplicium
crudelissimum! Schon die dieser Strafe, wenigstens
bei den Römern, stets vorangehende Geißelung war
äußerst barbarisch. Die römische Geißel bestand wie
die englische „Katze" und die russische Knute aus
mehreren Riemen, aber in diese Riemen waren kleine,
edige Steinchen eingenäht, so daß schon nach wenigen
Hieben ganze Fleischlappen weggerissen wurden und
die Knochen des Rückens und der Schultern bloßlagen.
Der so gräßlich Verstümmelte mußte dann auf der
blutigen Schulter entweder das ganze Kreuz oder Teile
davon tragen und wurde, wenn er auf seinem Lei-
densweg vor Schmerzen innehielt, erbarmungslos mit
Peitschenhieben weitergetrieben. Dazu kamen noch

die seelischen Qualen wegen der vom Gesetze vorgeschriebenen Entblößung.

Und nun zu der Kreuzigung selbst! „Der von der Geißel zerpeitschte Rücken," sagt Fulda, „die durchbohrten oder bis zum Zerplatzen geknebelten Hände, die bei der leisesten Bewegung fürchterlich schmerzten; das Sitzen auf dem scharfkantigen, in der Mitte des gezimmerten Kreuzes angebrachten Sitzblock: das alles war noch nicht die schlimmste Folter, denn die Wunden wurden durch den Brand bald schmerzlos. Wir haben vielmehr die fürchterliche Verrenkung

Crux decussata (Andreaskreuz).

und Dehnung des Körpers in allen seinen Teilen als die Quelle der heftigsten Leiden eines Gekreuzigten anzusehen."

Am gräßlichsten waren aber die Schmerzen, die

Sonnenglut und die verschiedenen Stechfliegen den ihnen wehrlos und rettungslos preisgegebenen Unglücklichen, die in entsetzlichen Todesängsten verzweifelnd am Kreuze hingen, oft tagelang bereiteten, bis der Tod endlich als Erlöser kam. Für den gebildeten Menschen konnte es auf Erden keine größeren Höllenqualen geben.

So ist denn auch hier, wie der Orientale weise zu sagen pflegt, der Mensch des Menschen größter Teufel gewesen.

Das Doktorle
Erzählung aus der Kriegszeit von Matthias Blank
(Nachdruck verboten)

Annemarie Brandenstein stand an dem hohen Fenster, lehnte sich an die Seitenbrüstung und sah sinnend hinunter nach dem Kai de la Batte, auf dem das Leben seinen gewohnten Gang ging. Es schien ihr nur, als wären die vielen Menschen dort unten, die ja wohl täglich die Verkaufsstände umdrängten, unruhiger als sonst, als würde weniger gekauft, als gälte die heutige Erregung weniger den Früchten und den Trödlerwaren, die in Lüttich auf den Maaskaien ähnlich wie auf den Seinekaien in Paris feilgeboten werden.

Dabei dachte Annemarie Brandenstein an ein anderes Bild, an den Markt der kleinen Stadt, auf den sie so oft von der elterlichen Wohnung hinuntergesehen hatte, wo sich die Frau Provisor mit der Frau Sekretär begegnet war, wo der Kaufmann Schwerdtlein immer vor seinem Laden stand, um alle Vorübergehenden freundlich zu grüßen, während der Lehrling mit den großen Ohren die Kunden zu bedienen hatte.

Und doch waren schon Jahre vergangen, seit sie das geträumte Bild nicht mehr gesehen hatte.

Ahnungslos hatte sie in der kleinen Stadt gelebt, immer in dem Glauben, als müßte die Mutter reich sein, die in zärtlicher Besorgtheit dem einzigen Kinde, in dem sie eine Ähnlichkeit mit dem längst gestorbenen Gatten gesehen, ihr Vermögen geopfert hatte. Erst als die gute Mutter gestorben war, da hatte Annemarie erfahren müssen, daß sie mit ihr noch mehr verloren hatte. Mit einem Male war sie arm. Nur wenige hundert Mark waren ihr geblieben.

Aber Annemarie war zu stolz, um von der Gnade

und von den Geschenken der Verwandten zu leben. Lieber wollte sie sich ein eigenes Schicksal zurechtzimmern. Da war es ihr, als wäre ihr die kleine Stadt mit einem Male zu klein geworden, als könnte sie nicht länger von jenem Eckfenster aus auf den Markt hinunterschauen, wo sie alles daran erinnern mußte, daß ihr die Mutter fehlte.

Der Stolz, auch in der Armut den Weg zu finden, hatte sie dazu getrieben, in der Fremde sich eine eigene Existenz zu gründen. Dieser Stolz war es und dann auch die Furcht, immer noch dem jungen Arzt zu begegnen, der der Mutter doch nicht hatte helfen können.

Das Doktorle! Er war wirklich noch sehr jung, hatte einen hellblonden Schnurrbart und große blaue Augen, die bei den Kranken bald Vertrauen gewannen. Und das Doktorle hatte den Hut immer besonders tief gezogen, wenn er unten über den Marktplatz gegangen war und sie am Eckfenster gesehen hatte. Und dabei hatten sich ihre Wangen immer dunkel gefärbt, sie hatte dabei das heiße Blut gefühlt und hatte dies wie eine stille Freude empfunden. Und einmal hatte das Doktorle zu ihr gesagt: „Wenn ich nach dem Marktplatze komme, muß ich immer zuerst nach Ihrem Eckfenster sehen. Mir ist es, als hätte ich bei allen meinen Kranken eine viel glücklichere Hand, wenn Sie mir zugenickt haben."

Aber ihrer Mutter hatte das Doktorle doch nicht helfen können. Zuerst war es ihr immer gewesen, als müßte das Liebe sein, dieses Suchen und Finden, dieses Grüßen und diese Händedrücke, in denen ein heimliches Verstehen gewesen war. Als aber die Mutter tot war, da hatte sie dem Doktorle die Hand nicht mehr geben können, als trüge er irgendwelche Schuld, weil er nicht geholfen hatte.

Nun wußte sie es freilich schon lange, daß der Mutter
kein Arzt hätte Hilfe bringen können, daß es gegen die
Krankheit, an der sie gestorben, kein Mittel gab.
Sie strich mit dem Handrücken über die Stirn.
Warum alte Wunden aufreißen?
Annemarie Brandenstein wußte, daß sie erst ganz
allein war, als sie die kleine Stadt verlassen hatte. Als
Erzieherin war sie zuerst in Antwerpen, dann in Brüssel
gewesen — und nun in Lüttich; es war, als führte sie
eine unbezwingbare Sehnsucht immer näher der Heimat zu.
Trübe Jahre waren es gewesen. Sie hatte fühlen
gelernt, wie einsam sie war unter diesen fremden Menschen, die ein deutsches Empfinden nie verstehen, die
stets nur über deutsche „Sentimentalität" lachen. Sie
war immer die gewesen, der man nicht mehr als den
ausbedungenen Lohn zu geben hatte, wofür man diese
und jene Tätigkeit beanspruchen durfte. Viele schlimme
Tage hatte sie schon erlebt, viel Not erlitten. Viele
schlimme Worte hatte sie schon hören müssen, denn überall in Belgien war französisches Wesen bevorzugt
worden, während man gegen Deutsche Verachtung,
wenn nicht gar Haß zeigte.
Wie viel hatte sie schon stumm ertragen müssen!
Und trotzdem war sie im Auslande geblieben, wie
aus Trotz, aus Stolz.
Daß die Sehnsucht alle Gedanken schon wie leicht-
beschwingte Vögel nach der Heimat zurückgesandt hatte,
das wußte nur sie allein.
„Da stehen Sie wieder? Ich bezahle Sie doch nicht,
damit Sie zum Fenster hinausstarren!"
Eine schrille Stimme schreckte sie auf. Madame
Mourron war in das Zimmer getreten, ohne daß Annemarie das Knarren der Tür gehört hatte.

Erschrocken wandte sie sich um. „Verzeihung —"
„Das ist ein leichtgesagtes Wort. Man sollte wirk-
lich nicht immer so nachsichtig sein, am wenigsten gegen
Deutsche!"

Madame Mourron war eine hagere Gestalt mit
knochigem Gesicht und schwarzen, sehr beweglichen
Augen.

„Befehlen Sie irgend etwas?" fragte Annemarie.

„Sie wissen doch, was Ihre Pflicht ist! Aber die
Deutschen lügen ja immer Gehorsam vor und Unter-
würfigkeit. In Wirklichkeit sind sie feig und brutal zugleich."

„Aber Madame —"

„Ist das nicht feig und brutal, wenn deutsche Truppen unsere Grenze überschreiten? Aber unsere Truppen
werden sich mit den französischen vereinen, und dann
werden die Prussiens paarweise zurückgetrieben, die
nur vor Hunger unser reiches Belgien plündern möchten.
Zunächst werden sie sich an den Mauern Lüttichs die
Köpfe einrennen."

Annemarie wußte nur wenig von dem, was draußen
geschehen war, denn Madame Mourron liebte es nicht,
daß die Erzieherin mit Zeitunglesen die Zeit ver-
trödelte.

Und nun war Krieg! Gehörte sie in dieser Zeit nicht
in die Heimat? War es da nicht ihre Pflicht, auch mitzuwirken, daß Deutschland die schwere, die eherne Zeit
siegreich überstehen konnte? Rief in Kriegsnot das
Vaterland nicht alle Söhne und Töchter?

Deshalb also die Erregung unten auf dem Kai de la
Batte! Deshalb waren an diesem Tage ihre Erinnerungen
mit noch mehr Sehnsucht in die Heimat zurückgeirrt!

„Darf ich dann um meine Entlassung bitten?" sagte
sie. „Ich will nach Deutschland zurück."

„Was fällt Ihnen ein? Ich habe Sie bezahlt, und deshalb müssen Sie bleiben. Hier haben Sie zu arbeiten! Hier bekommen Sie wenigstens zu essen, während sich in Deutschland jetzt bereits die Hungersnot bemerkbar macht, wie alle Zeitungen mitteilen. Ich hab' es mir schon gedacht, daß Sie davonlaufen möchten. Aber ich habe wohlweislich den Schlüssel Ihres Koffers abgezogen, damit Sie hübsch dableiben und Ihren Dienst versehen, für den Sie bezahlt werden."

„Aber mein Koffer —"

„Ich stehle Ihnen nichts! Wenn Sie aus dem Koffer etwas brauchen, dann können Sie das in meiner Gegenwart herausnehmen. Jedenfalls haben Sie zu bleiben, denn wo soll ich jetzt einen Dienstboten bekommen, gerade jetzt, da bei uns ein französischer Offizier einquartiert wird, der unsere Stadt gegen die Sauerkrautfresser mit verteidigen wird. Sie bleiben hier! Seien Sie nur froh, wenn Sie nicht als Spionin eingesperrt werden, denn doch nur, um zu spionieren, gehen die Deutschen ins Ausland."

* * *

Es war am Abend. Im Westen leuchtete der Himmel blutigrot, als wollte er dadurch kommende blutige Tage andeuten.

Und da stieg die Angst in Annemarie auf.

Die Heimat — die ferne Heimat! Sie mußte zurück, durfte nicht in der Fremde bleiben!

Was lag an dem Wenigen, das sie in dem versperrten Koffer zurücklassen mußte! War dies nicht das geringste Opfer, das sie bringen mußte?

Ein wildes Schreien von der Straße herauf erschreckte sie. Es war ein Johlen und Pfeifen, dann ein gellendes Aufkreischen wie ein Hilferuf in Todesangst, dann wieder Pfeifen und Johlen.

Annemarie eilte zum Fenster des Salons, um zu sehen, was dort unten geschah.

Auf der Straße drängten sich die Menschen, junge bartlose Burschen, die Mütze tief in die Stirne gezogen, ältere Männer, die auch besser gekleidet waren, viele Arbeiterinnen, die aus der Vorstadt Outremeuse kamen. Und alle drängten einer kleinen Gruppe zu, einer Frau, die an den Händen zwei Kinder führte.

Dieser Frau galt das Schreien, galt das Schimpfen, dieser armen Frau, der der Hut vom Kopfe gerissen war, der das Kleid in Fetzen hing.

Eine Deutsche, die aus den Greueln dieser Stadt fort und ihre Kinder und sich selbst retten wollte.

Da schlug eine andere Frau mit dem Schirme nach einem der Kinder, das laut aufschrie.

Und die Menge johlte dazu.

Das also war das Schicksal einer Deutschen, die wehrlos in der Fremde war!

Annemarie sah mit aufeinandergepreßten Lippen hinunter. Sie konnte nicht helfen. Sie mußte eher daran denken, daß es ihr ebenso ergehen würde, wenn sie auf den Straßen als eine Deutsche erkannt würde.

Aus einer Seitenstraße drängte sich bereits ein neuer Volkshaufe heraus, der ebenfalls einige Deutsche umringt hatte, die mit Schimpfworten und den wildesten Drohungen überhäuft wurden. Einem Manne rann das Blut aus einer Stirnwunde über das Gesicht.

Da hielt Annemarie Brandenstein die Hände wie schützend vor die Augen und trat vom Fenster zurück.

„Ah, da ist ja die schöne Deutsche!"

Der französische Offizier, dessen Einquartierung Madame Mourron mitgeteilt hatte, stand in der Tür, die er, ohne anzuklopfen, geöffnet hatte. Da die Gesellschafterin ja „nur" eine Deutsche war, so glaubte er, alle Formen vergessen zu dürfen. Er ergriff ihren Arm und versuchte sie an sich zu ziehen.

Aber sie riß sich los. „Schämen Sie sich! Sie vergessen, daß ein Offizier immer Kavalier sein muß!" rief sie mit zornbebender Stimme.

„Oho! Sie sind eine Feindin, noch dazu eine Gefangene. Und als solche müssen Sie gegen die Sieger —"

„Wo haben Sie gesiegt?" Ihre Augen flammten im Zorn.

„Wir werden siegen, die Deutschen werden sich ergeben müssen wie Sie!" Lachend umfaßte er ihre zitternde Gestalt. „Wir werden uns zur Revanche zunächst die Küsse der schönen deutschen Mädchen holen."

Da nahm Annemarie alle Kraft zusammen, schlug den Frechen mitten ins Gesicht, daß er unwillkürlich zurückwich. Und es gelang ihr, die Tür zu erreichen.

Mit raschen Schritten eilte sie durch den Korridor nach ihrem Zimmer. Sie schlug die Türe zu und drehte den Schlüssel, der innen im Schlosse steckte, zweimal um.

Dann blieb sie mit heftig pochendem Herzen stehen, beide Hände gegen die heißen Schläfen pressend.

Würde er folgen? Würde er es wagen?

In diesem Augenblicke erschütterte ein donnerndes Krachen das Haus.

*   *   *

Bei dem abendlichen Licht bot sich ein eigenartiger Blick auf die breite Maas.

Im schönen Vesdretal steigen Hügel auf mit Wäldern und Wiesen. Dörfer sind zu sehen mit blühenden Gärten, die Luft ist rein und durchsichtig klar.

Immer deutlicher wird das Bild der Stadt, dieser großartigen, gleichzeitig uralten und doch so sehr modernen Stadt.

Am Fuße des Berges der alten Zitadelle drängen sich
die Häuser, die sogar den Hang selbst emporklettern,
dicht zusammen. Das ist die Altstadt mit den engen
Gassen, aus denen die alten Kirchen mächtig empor-
streben. Deutlich zeichnen sich der spätgotische Pracht-
bau von Sankt Jakob, die Kathedrale von Sankt Paul
und mit ihren einfachen, strengen Formen die Kirche
von Sankt Martin ab.

Die Nacht war noch nicht hereingebrochen, da zischte
über den Himmel in einem mächtigen Bogen eine flammende Linie, die mit einem donnernden Krachen zer-
barst und wie feuerspeiend niederfiel. Irgendwo aus
dem Dunkel war der Schuß gekommen.

Und sofort kamen von allen Seiten andere. Schrap-
nellsplitter pfiffen, und schwere Haubitzengeschosse schlugen ein.

Und zwischen den Hügeln hervor, als hätte die Erde
sie alle ausgespieen, huschend wie Schatten, drängten
graue, in der Nacht kaum sichtbare Gestalten nach vorwärts.

Da und dort erklangen gedämpft Kommandorufe.

Und alle diese kleinen Gruppen, die scheinbar von
den rechts und links ebenfalls Vordrängenden nichts
wußten, schienen doch das gleiche Ziel zu haben.

Vorwärts — nur vorwärts! — — —

Annemarie horchte erschreckt auf. Als aber das
Krachen sich immer wiederholte, als draußen in der
Nacht da und dort Feuerzungen gierig gegen den
Himmel strebten, da wußte sie, was in dieser Nacht vor
sich ging.

Krieg! Das war der Krieg!

Aber dann konnten es doch nur die Deutschen sein,
die die Stadt bestürmten. Dann konnte es ja gar nicht
wahr sein, was in den belgischen und französischen Zei-

tungen zu lesen gewesen war, daß die Deutschen überall
bedrängt und zurückgeworfen worden seien.

Die Deutschen kamen in dieser Nacht!

Annemarie faltete die Hände und betete.   Für die
Heimat betete sie, für den deutschen Sieg.

Schluchzend barg sie das Gesicht in den Kissen ihres
Lagers.

- - - - - - - - - - - -

Der Morgen graute.   Im Zwielicht kam der neue
Tag herauf.   Nur ganz selten war noch ein Schuß zu
hören.   Der Himmel war wolkenlos, und von den
drohenden Gespenstern der Nacht war nichts mehr zu
spüren.

Annemarie ging ruhelos in ihrem Zimmer auf und
nieder.

Aufhorchend blieb sie plötzlich stehen.

Vertraute Klänge!   Eine Musik, die sie in einer
fernen Zeit oft gehört hatte, die Erinnerungen aus
früher Jugend weckte, eine jubelnde, sieghafte Melodie.

Immer näher, immer brausender klang die Weise.
Und laute Stimmen sangen dazu:

> „Deutschland, Deutschland über alles,
> Über alles in der Welt —"

Annemarie lief an das Fenster, riß die Flügel auf
und mußte sich dann mit beiden Händen aufstützen, um
vor Freude nicht schwach zu werden.   Da unten zogen
sie vorüber — deutsche Truppen in ihren feldgrauen
Uniformen, mit festen Schritten, zielbewußt und sieges-
stolz.

Die Kapelle voran.   Dann die Offiziere mit ge-
zogenen Säbeln.   Die Soldaten mit ernsten Gesichtern,
verstaubt von den nächtlichen Kämpfen, so manche mit
einem Notverbande, durch den das rote Blut sickerte,

Verwundete, die bei diesem Siegeseinzuge nicht hatten zurückbleiben wollen.

Deutsche!

Und die rauhen Stimmen sangen weiter:

„Deutschland, Deutschland über alles,
Über alles in der Welt —"

Die Tränen schossen aus den Augen Annemaries. Dann kam eine Gruppe vom Roten Kreuz. Ein junger Militärarzt ritt an der Spitze.

Und als Annemarie Brandenstein dieses Gesicht sah, da tauchte plötzlich das Eckfenster in der kleinen Stadt, der Marktplatz in ihrer Erinnerung auf, und unten zog das Doktorle vorbei.

Sie hatte ihn erkannt!

Da drängte alles zu ihrem Herzen, die Sehnsucht, die Reue, der Jubel des Wiedersehens.

Und laut schrie sie hinab: „Doktorle — Doktorle!"

Der junge Arzt hob erstaunt den Kopf. Doch sofort hatte er die Rufende erkannt — auf den ersten Blick!

*   *   *

Wie ein Traum war alles gewesen.

Nun saß Annemarie Brandenstein in einem Zimmer des Spitals, das dem Roten Kreuz überwiesen worden war. Und ihr gegenüber saß das Doktorle.

Der junge Arzt hielt ihre Hand. „Nun ist alles vorbei, was Sie in der Fremde, im Feindesland erleiden mußten. Wenn Sie in Ihre Heimat zurück wollen, so kann ich Ihnen einen Paß verschaffen."

„Nein! Ich will nicht mehr fort. Hier will ich bleiben. Unter dem Roten Kreuze möchte ich dem Vaterlande meine schwachen Kräfte zur Verfügung stellen. Können Sie mich nicht brauchen?"

„Sehr gut sogar. Aber der Dienst im Zeichen des Roten Kreuzes ist nicht leicht und —"

„Ich weiß es. Aber ich werde tapfer sein. Sie sollen zufrieden sein mit mir."

„Wie danke ich Ihnen für diesen Entschluß, Annemarie! So weiß ich Sie wieder in meiner Nähe. Und wie ich daheim bei allen Kranken eine glückliche Hand hatte, wenn ich Sie vorher sah, so wird mir diese glückliche Hand in der nun kommenden schlimmen Zeit treu bleiben. Nur Ihrer Mutter hatte ich nicht helfen können, denn —"

„Ich weiß es, daß es bei der Mutter keine Hilfe mehr geben konnte. Jetzt weiß ich es und sehe es ein, wie töricht ich gewesen bin. Verzeihen Sie mir!"

„O Annemarie — verzeihen soll ich dir! Wie sollte ich nicht verzeihen, wo ich so unendlich liebe!"

Der Weltkrieg

Erstes Kapitel

Mit 9 Bildern (Nachdruck verboten

Das Völkerringen, in dem sich Deutschland und Österreich-Ungarn mit Frankreich, Rußland, England, Japan, Serbien und Montenegro, kurz mit einer ganzen Welt von Feinden zu messen gezwungen wurden, soll auch in diesen Blättern gebührenden Widerhall finden. Wir werden in kurzen, zusammenfassenden Artikeln über die bedeutungsvollsten Vorgänge berichten, und wenn dies in einem gebundenen Buche auch eine gewisse Zeit erfordert, so werden wir dafür um so zutreffender zu schildern in der Lage sein.

Die deutsche Flotte hat nach der Kriegserklärung Rußlands sofort die Gelegenheit ergriffen, die Schlagfertigkeit und Unerschrockenheit, die ihr anerzogen worden sind, durch die Tat zu bewahrheiten. Am Abend des 2. August erschienen die kleinen Kreuzer „Augsburg" und „Magdeburg" vor dem russischen Kriegs- und Handelshafen Libau, der den der deutschen Grenze am nächsten liegenden Stützpunkt an der Ostsee darstellt. Am Vormittag desselben Tages hatten die Russen beschlagnahmte deutsche Dampfer in den drei Hafeneinfahrten versenkt, die Kaie gesprengt und die Schuppen mit dem Kriegsbedarf in Flammen aufgehen lassen. Die „Augsburg" beschoß den Kriegshafen, legte die Kriegswerft, die Forts und die Leuchttürme nieder, verschonte aber die Stadt.

Einen heldenhaften Opfermut, der in der Geschichte der deutschen Flotte unvergeßlich sein wird, bekundete die Besatzung der „Königin Luise". Dieser kleine Bäderdampfer, der zum Minenleger umgewandelt worden war, erhielt den Befehl, die Themsemündung durch Minen zu sperren. Korvettenkapitän Biermann, der Kommandeur des Schiffes, hatte die Minen bereits auslegen lassen, als der englische geschützte Kreuzer „Amphion" mit der dritten Torpedobootszerstörer-

Die Themsemündung, vor der die ersten deutschen Minen gelegt wurden.

flottille, die in Harwich am nördlichen Themseufer stationiert ist, in Sicht kam. Von den zwanzig Torpedobootszerstörern eröffneten sogleich zwei das Feuer auf die „Königin Luise", so daß sie, mehrfach getroffen,

in die Tiefe fant. Während der Beschießung stieß der
„Amphion" auf ein zwischen zwei Minen ausgespanntes
Kabel. Die Explosion riß ihm das Vorderteil auf,
wodurch sein Untergang besiegelt war. Gegen die
Torpedobootszerstörer war die „Königin Luise" von
vornherein wehrlos. Von der furchtlosen deutschen
Besatzung, die mutvoll dem fast sicheren Tod entgegen-
ging, wurde noch ein Teil gerettet.

Ebenso haben ihre Tüchtigkeit der Panzerkreuzer
„Goeben" und der kleine Kreuzer „Breslau" im Mittel-
meer bewährt. Sie beschossen an der Küste von Algerien
die befestigten Plätze Philippeville und Bône, wodurch
die französischen Truppentransporte empfindlich gestört wurden. Es gelang ihnen, unentdeckt die Kette
der englischen Späherschiffe zu durchbrechen und die
offene See zu erreichen.

Endlich sei noch des kühnen Vorgehens der kleinen
Kreuzer „Straßburg" und „Stralsund" Erwähnung
getan. Die „Straßburg" sichtete unweit der englischen
Küste zwei feindliche Unterseeboote, von denen sie das
eine auf größere Entfernung mit wenigen Schüssen
zum Sinken brachte. Die „Stralsund" geriet mit
mehreren Torpedobootszerstörern in ein Feuergefecht,
wobei zweien der Zerstörer erhebliche Beschädigungen
zugefügt wurden.

Über Erwarten gut sind die ersten Operationen auf
dem östlichen Kriegschauplatz verlaufen. Der verhältnismäßig schwache Grenzschutz an der langgestreckten preußischen Ostgrenze hat genügt, die gefürchtete Über-
schwemmung durch Kosakenschwärme einzudämmen.
Wohl waren die Russen zeitweilig in deutsches Gebiet
eingefallen und hatten die Orte Bialla, Marggrobowa
und Eydtkuhnen, die sämtlich dicht an der russischen
Grenze liegen, verwüstet, aber eine dauernde Fest-

fetzung mißglückte ihnen damals. Die deutsche Kavallerie hat ihre Überlegenheit nicht nur gegen die Kosaken, sondern auch gegen die reguläre russische Reiterei einwandfrei bewiesen. Die Gefechte bei Schwiddern, östlich von Johannisburg, bei Grodken, zwischen Lautenburg und Soldau, führten zur Zurückwerfung der feindlichen

Kavalleriedivisionen und bei Grodken außerdem zur Vernichtung einer russischen Brigade. Desgleichen trieben drei bei Eydtkuhnen vorgeschobene Kompanien, unterstützt durch Feldartillerie, die ganze, über Romeiten auf Schleuben gewaltig vordrängende dritte russische Kavalleriedivision über die Grenze zurück. Haufen von Kosaken

Freiherr v. Hötzendorf,
österreichisch-ungarischer Generalstabschef.

sind, ausgehungert und ganz ermattet, allenthalben desertiert und ergaben sich. Die deutschen Truppen drangen von Schlesien aus in Russisch-Polen vor und besetzten, freudig begrüßt von der zum Abfall geneigten polnischen Bevölkerung, die Städte Kalisch und Czenstochau. In dem großen Treffen bei Stallupönen in Ostpreußen hat sich das I. Armeekorps, wie die Heeresleitung selbst anerkannt hat, mit unvergleichlicher Tapferkeit gegen bedeutend größere Streitkräfte geschlagen und dreitausend Russen zu Gefangenen

gemacht. Das gleiche war der Fall in dem Treffen bei
Gumbinnen, wo achttausend Russen in die Gefangen-
schaft gerieten.

Das uns verbündete Österreich-Ungarn hat den alten
Waffenruhm, auf den es zurückblicken kann, stolz auf-
rechterhalten und die Hoffnungen, die auf die Leistungs-
fähigkeit seines Heeres gesetzt wurden, vollauf erfüllt.

v. Krobatin,
österreichisch-ungarischer Kriegsminister.

Männer, wie der
Generalstabschef
Freiherr v. Hötzen-
dorf und der Kriegs-
minister v. Kroba-
tin, haben diese
Erfolge sich mit
Recht gutzuschrei-
ben.

Serbien wie
Montenegro wur-
den zum Rückzug
gezwungen. Einen
entscheidenden Sieg
über die Serben
haben die Kämpfe
an der Drina ge-
bracht. Mit un-
widerstehlicher Kraft durchquerten die Truppen ange-
sichts der befestigten feindlichen Stellung den breiten
Fluß und stürmten die Höhen bei Loznica und Ljesnica,
trotzdem die Serben an Stärke ebenbürtig waren.
Besonders zeichnete sich das Varasdiner Infanterie-
regiment Nr. 16 aus. Zahlreiche Gefangene und großes
Kriegsmaterial fielen in die Hände der Sieger.

In einer ganzen Reihe von weiteren Plänkeleien
und Gefechten sind die Russen über den Haufen ge-

worfen worden, polnische Freiwillige unterstützten tat-
kräftig die Feldtruppen, und das größere Treffen bei
Kielce erhärtete fernerhin die militärische Stoßkraft
unseres Verbündeten.

Sowohl für die Seelsorge als auch für die frei-

Österreichischer Feldvikar.

willige Krankenpflege der im Felde stehenden Truppen
sind wie in Deutschland auch in Österreich-Ungarn um-
fassende Maßregeln getroffen worden. Die Vereine vom
Roten Kreuz bilden in Österreich-Ungarn während des
Friedens zwei gesonderte Gruppen. In Österreich sind
die Landesvereine mit dem Patriotischen Hilfsverein

in Wien zur Österreichischen Gesellschaft vom Roten Kreuz zusammengeschlossen. In Ungarn ist der Landes-

Wiener Rote-Kreuz-Schwester mit Ausrüstung.

Frauenhilfsverein mit dem Verein vom Roten Kreuz zu einem gemeinsamen Ganzen verbunden.

Sogleich nach der Kriegserklärung wurde die Verteilung der Berufspfleger und Berufspflegerinnen auf

Ansicht von Lüttich.

die Feldspitäler eingeleitet. Zur Dienstleistung hat sich auch die als Schwester Irmengard bekannte Erzherzogin Isabella gemeldet. Ferner ist die Erzherzogin Maria Theresia als Rote-Kreuz-Schwester eingetreten.

Die erste große Siegeskunde, die vom westlichen Kriegschauplatz eintraf und das deutsche Volk aufjubeln ließ, lautete: Lüttich ist gefallen! Nur sechs noch nicht kriegsstarke Brigaden mit Kavallerie und Artillerie, wozu später noch die Ergänzungsmannschaften und zwei kriegsstarke Regimenter traten, waren es, die die wichtige belgische Festung im Sturm gewannen. Teils ergaben sich die Forts, deren zwölf, aus Beton erbaut und durch Panzerkuppeln geschützt, Lüttich umgürten, teils wurden sie in Trümmer geschossen und die Besatzung darunter begraben. Diese erstaunliche artilleristische Leistung wurde nur ermöglicht durch die Verwendung der 42-Zentimeter-Geschütze. Die Geschosse dieser Riesen sind ungefähr mannshoch und haben ein Gewicht von acht Zentnern. Ein jeder Schuß kostet 38000 Mark. Die Rohre sind beim Abfeuern fast senkrecht in die Höhe gerichtet, so daß Bergrücken und Wälder überschossen werden. Von einem Fesselballon aus wird die Feuerwirkung verfolgt und der Geschützbemannung davon Kenntnis gegeben.

In einem der zerstörten Forts fand man auch den Kommandanten von Lüttich, General Leman, auf, der gefangengenommen wurde. Zeppelin VI setzte durch zwölf Bomben die Stadt an verschiedenen Stellen in Brand. Die Infanteriekolonnen drängten die belgischen Truppen, soweit sie nicht gefangen wurden, auf das linke Maasufer. Am Morgen des 7. August war General der Infanterie v. Emmich, der Führer des X. Armeekorps, im vollständigen Besitz von Festung und Stadt.

Durch das Gefecht von Tirlemont, in dem unsere

Truppen mehrere Batterien, eine Fahne und fünfhundert Gefangene erbeuteten, wurde dann der Weg
nach Brüffel freigelegt und kurz darauf Brüffel felbft,
die Hauptftadt des Landes, befetzt. Nach Weften zu

Einbringung franzöfifcher Kriegsgefangener.

aber rückten die deutschen Truppen auf Namur vor und
bombardierten diese am Einfluß der Sambre in die
Maas gelegene und durch neun vorgeschobene Forts
geschützte Festung.

An der deutsch-französischen Grenze entspann sich
nach mehreren Einleitungsgefechten das erste größere
Treffen bei Mülhau-
sen. Die hier von
Belfort über Altkirch
in Stärke von drei
Divisionen eingedrun-
genen Franzosen wur-
den in einem schwe-
ren Straßenkampf
aus Mülhausen und
den benachbarten Dör-
fern hinausgetrieben
und darauf aus den
verschanzten Stellun-
gen geworfen, so daß
sie nach Süden ab-
zogen. Über fünfhun-
dert Franzosen wur-
den gefangen und
neben einer großen

General Joffre.

Anzahl von Gewehren vier Geschütze erobert.

Dem Treffen bei Mülhausen reihte sich würdig das
Gefecht bei Lagarde an. Über sieben Stunden lagen
die deutschen Truppen bei glühendem Sonnenbrand
gegen einen weit überlegenen Feind im Feuer, im
erbitterten Kampf um das Dorf mußte Haus um Haus
gestürmt werden, aber endlich schlug ein Kavallerie-
angriff in die Flanke die Franzosen in die Flucht. Mehr
als tausend Franzosen streckten die Waffen.

Kriegsorden Deutſchlands und Öſterreich-Ungarns.

1. Pour le Mérite. 2. Eiſernes Kreuz. 3. Bayriſcher Max-Joſephs-Orden. 4. Sächſiſcher St. Heinrichsorden. 5. Württembergiſcher Militär-Verdienſtorden. 6. Badiſcher Militär-Karl-Friedrich-Orden. 7. Heſſiſcher Philippsorden. 8. Öſterreichiſcher Militäriſcher Maria-Thereſia-Orden.

Und nun fielen die großen Schläge, auf die nicht nur die Leiter der siegreichen Heeresteile, Kronprinz Rupprecht von Bayern, der deutsche Kronprinz Wilhelm und der Herzog Albrecht von Württemberg, mit Stolz blicken können, sondern die auch dem deutschen Generalstabschef v. Moltke und dem preußischen Kriegsminister v. Falkenhayn als den geistigen Vorbereitern der ruhmreichen Erfolge zur Ehre gereichen.

Ihnen und den deutschen Heerführern ist der Generalissimus der französischen Armee, General Joffre, sicher nicht gewachsen.

Auf dem weiten Schlachtfeld zwischen Metz und den Vogesen schlug Kronprinz Rupprecht von Bayern acht französische Armeekorps, und in der Schlacht bei Longwy trieb Kronprinz Wilhelm besonders mit dem XIII. Armeekorps den Feind zu Paaren. Zehntausend Gefangene und fünfzig Geschütze wurden bei Metz der deutsche Siegespreis.

Kaiser Wilhelm hat das Eiserne Kreuz erneuert. Dieses sowie andere Kriegsorden Deutschlands und Österreich-Ungarns, die unsere Abbildung wiedergibt, winken den opfermutigen, bewunderungswürdigen Streitern als Belohnung und Auszeichnung für ihre Taten und Siege.

Mannigfaltiges

Der Großfürst. — Über die eintönige Grenzlandschaft hatte längst die schwüle, mondlose Augustnacht ihre Schleier gebreitet. Von Zeit zu Zeit flammte es grell aus der zackigen Wolkenwand im Süden auf und tauchte sekundenlang den Zug Dragoner in fahlgelben Schein, der regungslos hinter einer einsamen Feldscheune hielt.

„Also paßt mal auf, Militärsoldaten," sagte Oberleutnant Graf Stech mit halber Stimme und richtete seine überlebensgroße, hagere Gestalt in den Bügeln hoch, daß das Riemenzeug knackte. „Wir sind im Begriff, einen Spazierritt ins heilige Rußland zu unternehmen, um festzustellen, ob das Nest da vor uns besetzt ist oder nicht. Zwei Spähergruppen — Patrouillen ist französisch und daher Unsinn — also zwei Spähergruppen werden rechts und links vorgehen, die ich aber höflichst bitten möchte, nicht voreilig den Kuhfuß loszubrennen, weil das uns überflüssigen Lärm macht. Sergeant Stratz nimmt die Spitze, und um der heiligen Felddienstordnung gerecht zu werden, reitet der Einjährige Wasserhuhn — eh, Verzeihung, Hühnerwasser wollte ich sagen —, der ja vor seinem Eintritt angeblich Medizin studiert hat, mit zwei Dragonern der Spitze voraus, um die Diagnose auf Kosakenverseuchung zu stellen, und wenn der Einjährige zufällig dem Großfürsten Nitschewo*) begegnen sollte, dann kann er ihn vom Grafen Stech grüßen. — Verstanden?"

Der Einjährige Hühnerwasser faßte die Lanze an und fragte in scheinbarem Ernst: „Verzeihung, Herr Oberleutnant, woran erkenne ich denn den Großfürsten?"

„Wenn Sie das plötzliche Gefühl haben, Einjähriger," erwiderte der lange Offizier, „als ob Sie auf einem Eisblock reiten und nicht auf Ihrem Hammel. Ich kenne die Luft, die den hohen Herrn umgibt, aus meiner diplomatischen Laufbahn in Petersburg. Und nun machen Sie, daß Sie mit Ihren zwei Militärsoldaten fortkommen!"

*) Etwa mit „nichts zu machen" zu übersetzen. „Nitschewo" ist der Spitzname des Großfürsten Nikolai Nikolajewitsch, des Generalissimus der russischen Armee.

Der Einjährige zog die linke Flügelrotte vor, ließ die Karabiner laden und trabte in der vom Führer angegebenen Richtung der Grenze zu, während in etwa hundert Meter Entfernung Sergeant Stratz mit der Spitze folgte.

Die Begleiter des Einjährigen, die hinter ihm her ritten, waren beide Holsteiner und in der Schwadron als vorzügliche Reiter und sichere Schützen bekannt, doch beschwerten keinerlei Wissenschaften ihre dicken Köpfe, und oft schon waren sie die Zielscheibe schlechter Witze gewesen.

„Einjähriger," sagte der Dragoner Hein Knuppenbieter und trabte an des Führers linke Seite, „dat wär' doch 'ne Sache, wenn wir den Großfürsten greifen täten. Da kriegten wir woll 'nen Orden?"

Der Angeredete lachte. „Selbstverständlich!" bestätigte er. „Aber es ist auch eine hohe Geldbelohnung für den ausgesetzt, der den Großfürsten lebendig fängt. Etwa zehntausend Mark kämen auf jeden von euch beiden. Ich erhalte natürlich als Führer das Doppelte."

Jetzt war Klas Waterstrat, der andere Dragoner, auch hellhörig geworden. Er drückte seinen Braunen an des Einjährigen andere Seite und meinte: „Dat mit dem Eisklumpen, wo der Herr Graf sagte, war doch man Spaß, Einjähriger! Aberst wissen möcht' ich woll, wie der Großfürst aussieht."

„Na," sagte der Einjährige ernsthaft, „ich habe mal ein Bild von ihm gesehen. Er trägt einen langen, grauen Rock mit blanken Knöpfen und auf dem Kopf eine Mütze mit breitem Schirm und großer Kokarde. Merkwürdig ist sein rotes Gesicht mit dem langen, weißen Bart und ausrasiertem Kinn. Aber was der Graf mit dem Eisblock gemeint hat, war nur bildlich gesprochen, und daran braucht ihr euch nicht zu kehren. Der Großfürst ist übrigens ein höflicher Mann, und wenn ihr mit ihm zusammentreffen solltet, so stellt ihr euch als gebildete Mitteleuropäer, die ihr doch sein wollt, gebührend vor. Er ist das so gewöhnt und wird euch dann natürlich seinen Namen nennen. Nitschewo heißt er, wie ihr vorhin gehört habt. Selbstverständlich nehmt ihr ihn gefangen, und die Belohnung wird dann nicht ausbleiben."

„Dunnerkiel," meinte Hein nachdenklich, „zehntausend
Märker!"

Man hatte bereits die Grenze überschritten, und das Ge-
lände wurde jetzt unübersichtlich. Rechts voraus wurden auf
einer beträchtlichen Bodenerhebung in undeutlichen Umrissen
die ersten Häuser des kleinen russischen Grenzstädtchens sichtbar,
während links dunkle, zackige Massen sich scharf vom Nachthimmel abzeichneten. Das war der hochstämmige Kiefernwald,
der nordöstlich die deutsche Grenze säumte und sich meilenweit
an dieser hinzog.

Die Spitze hatte sich jetzt gefechtsmäßig entwickelt und trabte
in der Richtung auf das Städtchen zu, das düster und schweigend
am Hügelabhang klebte.

Schon hatten die ersten Dragoner sich auf Rufweite dem
Ort genähert, da blitzte es unter dem verfallenen Stadttor
auf, und unregelmäßiges Gewehrfeuer prasselte den Dragonern
entgegen, deren Pferde erschreckt zu tänzeln begannen.

Da jagte wie ein flüchtiger Schatten Graf Stech mit der
Schwadron heran, und wie klingender Stahl zerschnitt seine
helle Kommandostimme die Luft: „Der erste Halbzug faßt
das Nest in der rechten Flanke — der zweite Halbzug Lanzen
gefällt zur Attacke!"

Wie die Windsbraut rasselten die Dragoner gegen das
gähnende Tor, den Kosaken nach, die sich eilig auf ihre struppigen
Pferdchen geschwungen hatten und klappernd die holperige
Straße hinab galoppierten.

Der erste Halbzug unter dem Sergeanten Stratz war
inzwischen durch eine Seitengasse in die Stadt einge-
drungen, hatte den letzten Fliehenden den Rückweg ab-
geschnitten und einen Unteroffizier und fünf Kosaken gefangengenommen.

Auf dem kleinen Marktplatz sammelte sich der Zug, und weil
sich niemand der Stadtbewohner blicken ließ, befürchtete Graf
Stech einen Überfall und befahl, daß die Mannschaften des
zweiten Halbzugs die einzelnen Gassen absuchen, die Haus-
bewohner herausklopfen und diese anweisen sollten, Licht
hinter die Fenster zu stellen.

Hein Knuppenbieter und sein Landsmann Klas Waterstrat hatten den Auftrag erhalten, die über den Hügelkamm führende südliche Gasse zu durchsuchen, und bald brannten hinter den trüben Fensterscheiben rußige Öllampen und flackernde Talglichte. Nur in dem baufälligen Fachwerkhäuschen, das als letztes trübselig am Stabtausgang hockte, blieb es still und dunkel, und erst als der morsche Fensterladen unter den Fußtritten der holsteinischen Reiter krachend zersplitterte, öffnete sich die Haustür. Eine große Laterne in der Hand, trat eine Gestalt über die Schwelle, bei deren Anblick den beiden Dragonern beinahe die schußfertigen Karabiner losgegangen wären.

Ein langer, grauer Mantel mit weißglänzenden Knöpfen schlotterte um eine lange, hagere Gestalt, und die riesige, grünumrandete Mütze mit dicker Kokarde und weit abstehendem Lederschirm beschattete ein rot gedunsenes Gesicht mit langen, weißen Bartkoteletten und ausrasiertem Kinn.

Er leuchtete mit seiner Laterne den beiden Reitern ins Gesicht, schüttelte energisch den Kopf und sagte dann mit erhobener Stimme: „Nitschewo!"

Wie elektrisiert flog die linke Hand Heins an den Helm, wie er es seinen Offizieren abgesehen, und mit steifer Verneigung erwiderte er: „Dragoner Knuppenbieter, dritte Eskadron!"

Hier konnte kein Zweifel obwalten. Der Mann, der da vor ihnen stand, war der berühmte Großfürst Nitschewo, von dem der Graf und der Einjährige gesprochen.

Auf dem Marktplatz hatte indessen die Schwadron Aufstellung genommen, und Sergeant Stratz meldete, daß nur noch die Dragoner Knuppenbieter und Waterstrat fehlten.

„Wo nur die Kerle bleiben!" erwiderte der Graf. „Wenn die nur nicht wieder eine Dummheit machen!"

Da erscholl Pferdegetrappel, und in der nächsten Minute hielten die beiden Holsteiner mit ihrem Gefangenen vor dem Oberleutnant.

„Was habt ihr benn ba für eine Dogelscheuche?" fragte ber erstaunt. Seine Lanze vorschriftsmäßig anfassend meldete Hein Knuppenbieter: „Das ist ber Großfürst Nitschewo — wir haben ihn gefangen!"

Brausendes Gelächter folgte diesen stolzen Worten, und während die beiden Helden ebenso verdutzt wie ihr Gefangener dreinschauten, examinierte Graf Stech, ber fließenb Russisch sprach, ben Alten, und unter erneuten Lachstürmen stellte es sich heraus, baß ber Mann ber Polizeibiener bes Ortes, ber Gorodowoi, war. Er hatte geglaubt, die beiden deutschen Reiter wollten nach Kosakenart von ihm Lebensmittel unb Gelb haben, unb er hatte baher wiederholt versichert, baß bei ihm nichts zu holen sei — nitschewo.

Als die Dragoner zehn Minuten später bas Städtchen verließen, sagte Hein Knuppenbieter vorwurfsvoll zu bem neben ihm reitenben Einjährigen: „Det war aber nich hübsch von Sie, mir so anzuschwindeln!"

„Na, lassen Sie's gut sein!" sagte ber Schalt lachend. „Den richtigen Großfürsten fangen wir hoffentlich auch noch!"

R. Toblen.

Kriege und Raubtiere. — Die letzten Balkanfeldzüge haben abermals einen neuen Beweis für die schon früher oft beobachtete Tatsache erbracht, baß jeber Krieg bestimmte Arten von Raubtieren unb -vögeln aus weiter Ferne gerabezu magnetisch anzieht.

Eine Wiener Jagdzeitschrift berichtet hierzu folgendes: „In ben zumeist dicht bewaldeten Schluchten bes Balkans hausen außer verschiebenen Arten von Geiern unb Adlern auch eine Unmenge Rabenvögel. All biese schienen sich zu Hunberten bereits nach ben ersten Kämpfen auf bem engeren Kriegsschauplatz ein Stellbichein gegeben zu haben. Nach ber erbitterten Schlacht von Lüle-Burgas, die bei ihrer langen Gefechtsfront bas Bestatten ber weit zerstreut liegenden Toten sehr erschwerte, gab bas bulgarische Oberkommando Befehl, besonbers die Aasgeier nach Möglichkeit abzuschießen, ba unzählige Leichen von biesen Vögeln in grauenerregender Weise zersetzt waren. Doch soviele ber Geier auch burch gutgezielte

Kugeln ein Ende fanden, ihre Zahl nahm nicht ab, vermehrte sich im Gegenteil von Tag zu Tag. Man hatte es hier eben wieder, mit der längst bekannten Erscheinung zu tun, daß Schlachtenlärm und Geschützdonner diese unwillkommenen Gäste von weither zusammenlockt."

Der Budapester Militärarzt Rejsky, der freiwillig auf seiten der Bulgaren den Krieg mitgemacht hat, erzählt in seinem Tagebuch, daß vor der Tschataldschabefestigungslinie Geier und Adler zu Hunderten, Raben und Krähen aber zu Schwärmen von Tausenden in der Nähe der Truppenlager beobachtet wurden. Das geflügelte Raubzeug war in kurzer Zeit so frech geworden, daß es selbst während kleinerer Vorpostengefechte in Schwärmen über dem Kampfplatz kreiste und Leichen und auch Schwerverwundete bereits zu verspeisen begann, während noch in nächster Nähe Schüsse knallten und der Geschützdonner den Erdboden erzittern ließ. Die mit Karabinern ausgerüsteten Krankenträger ebenso wie die mit dem Zusammentragen der Toten beauftragten Soldaten gaben es bald auf, ihre Patronen gegen die Leichenfresser zu vergeuden. Dies zahlreiche Raubgesindel, in der Hauptsache Geier und Adler, fiel nun merkwürdigerweise weit lieber über die menschlichen Körper als über die Pferdekadaver her, die ihnen doch viel reichlichere und bequemere Nahrung boten. Nur im Anfange des Krieges begnügten sie sich mit den Pferdeleibern. Später schienen sie, so grausig es auch auszusprechen ist, sozusagen als Feinschmecker zu der Überzeugung gelangt zu sein, daß Menschenfleisch weit besser schmecke, und überließen daher die Pferde den Raben und Krähen, denen es bei ihren schwächeren Schnäbeln nicht recht gelingen wollte, die Uniformstücke zu zerreißen.

Von vierfüßigem Raubzeug waren es vornehmlich Wölfe und Schakale, die der Krieg aus ihren Verstecken herauslockte, und die den kämpfenden Heeren ebenso treue wie unliebsame Gefolgschaft leisteten. Während des Waffenstillstandes von Tschataldscha ließ das bulgarische Oberkommando einmal durch Kavallerie eine große Treibjagd auf Wölfe veranstalten, da diese von Tag zu Tag unverschämter und zudringlicher geworden waren. Hierbei wurden an einem Tage 121 Wölfe, 62 Schakale und 36 Füchse erlegt. Tatsache ist auch, daß von Rumänien her, wo der Wolf noch häufiger als in den übrigen Balkanstaaten zu finden ist, eine auffallend große Zahl dieser Tiere über die Grenze wechselte. Die Annahme, daß alle diese Leichenräuber, geflügelte und ungeflügelte, durch den Schlachtenlärm auf oft geradezu unglaubliche Entfernungen angelockt werden, ist nach all diesen vollverbürgten Beobachtungen aus jüngster Zeit nicht mehr von der Hand zu weisen.

In der Geschichte der größeren Kriege stößt man überall auf ähnliche Beobachtungen. Während des Dreißigjährigen Krieges waren gerade die Gebiete Europas, die die Hauptkampfplätze bildeten, von einer vorher nie gekannten Anzahl von Wölfen überschwemmt. Nachdem die unselige Kriegszeit endlich vorüber war, erließen viele Städte Mitteldeutschlands die sogenannten Wolfsverordnungen, die eine gründliche Beseitigung der Raubtierplage bezweckten. In den Winterfeldzügen Friedrichs des Großen in Sachsen und Schlesien hatten die kämpfenden Armeen ständig ein Gefolge von Wolfsrudeln und Krähen- und Rabenscharen. Wie zahlreich besonders die Wölfe sich, leichte Beute witternd, zusammengefunden hatten, geht daraus hervor, daß nach dem Tagebuche des österreichischen Obersten v. Langersti einmal ein ganzer nach Dresden bestimmter Transport von über hundert Pferden in den Ausläufern des Erzgebirges von den frechen Bestien, die plötzlich in starken Rudeln aus dem Walde hervorbrachen, zersprengt und mit Ausnahme von einigen zwanzig Pferden vernichtet wurde, wobei auch von den begleitenden Kavalleristen sechs den Tod fanden.

Daß das Heer Napoleons auf dem denkwürdigen Zug nach Rußland von Wolfs- und Krähenscharen hartnäckig begleitet wurde, ist genugsam bekannt. Schließlich sei nur erwähnt, daß auch im Kriege 1870/71 bei den Wintergefechten um Belfort eine erhebliche Zunahme der Wölfe festgestellt wurde. Ein Mitkämpfer der Werderschen Armee, Hauptmann v. Rauch, berichtet folgendes: „Mit der zunehmenden Kälte wurde auch die Wolfsplage in der Umgebung von Belfort immer lästiger. Die Einwohner der Dörfer und Weiler versicherten uns, daß sie dieses vierbeinige Raubgesindel noch nie in solcher Menge beobachtet hätten. Ich selbst sah häufig Rudel von zwölf bis vierzehn Stück. Zwei Fälle sind zu meiner Kenntnis gelangt, in denen schwächere Patrouillen von den Bestien angefallen wurden. Einmal waren es zwei Dragoner, die sich schließlich nur dadurch retten konnten, daß sie ihre Pferde preisgaben, da der tiefe Schnee eine weitere Flucht unmöglich machte. Sie kletterten auf eine starke Eiche und feuerten von dort mit ihren Karabinern auf die Wölfe, die beide Pferde niedergerissen hatten. Die Schüsse lockten eine Infanterieabteilung herbei. Anderenfalls wären die beiden Leute wohl jämmerlich auf ihrem Baume erfroren. Das andere Mal handelte es sich um einen Unteroffizier und zwei Mann vom dritten leichten Reiterregiment, die sich ebenfalls nachts verirrt hatten und dann von Wölfen so lange gehetzt wurden, bis sie ihre sämtlichen Patronen verschossen hatten und nun so gut wie wehrlos waren. Nur einer der Leute entkam. Bei der am nächsten Morgen unternommenen Streife fand man von dem Unteroffizier und dem anderen Mann sowie den beiden Pferden nur noch traurige Überreste, zerstreut umherliegende Knochen, blutige Uniformfetzen und das Sattelzeug. Nach den Fährten zu schließen waren bei diesem Angriff mindestens dreißig bis vierzig dieser Bestien beteiligt gewesen." W. K.

Audienz auf der Straße. — König Nikita von Montenegro, der ja bekanntlich dem Deutschen Reiche auch den Krieg erklärt hat, ist ein gar gestrenger Herrscher. Er will alles wissen, was in seinem großen Reiche vor sich geht. Dafür macht es ihm aber auch nichts aus, wenn ihn seine Untertanen auf der Straße ansprechen. So wurde er jüngst in Cetinje auf einer Wagenfahrt von einer Frau aus dem Volk angehalten, die eine Unterstützungsangelegenheit für ihren im Kriege gebliebenen Ernährer vortrug. Der König hielt sein Pferd an und ließ die Frau ihre Sache vorbringen, wie es der photographische Apparat festgehalten hat. Ob die Frau aber etwas bekommen hat — darüber war nichts zu erfahren. —o.

Audienz auf der Straße.

Verräterisches Parfüm spielt in der Kriminalgeschichte aller Länder fortgesetzt eine große Rolle. Besonders Hochstapler und Diebe beiderlei Geschlechts, die in eleganter Kleidung „arbeiten", pflegen sich vielfach in übertriebener Weise zu parfümieren, um ihre „Vornehmheit" zu vervollständigen. Häufig schon ist ihnen gerade diese Angewohnheit zum Verhängnis geworden.

Eine Bande von Juwelendieben verfuhr derart, daß sie echte Stücke gegen Nachahmungen vertauschte. Waren, die im Schaufenster auslagen, wurden genau nachgezeichnet, täuschend ähnlich aus unedlem Metall nachgeahmt und dann im Laden beim Auswählen aus den vorgelegten Stücken mit den echten vertauscht. In dieser Weise gingen auch der zu derselben Bande gehörige gefährliche Dieb Alexius Lugoscu und seine Begleiterin, die Chansonette Nanette Michalescu zu Werke, indem sie im Laden eines Berliner Hofjuweliers in einem unbewachten Augenblicke ein aus dem Schaufenster kopiertes echtes Perlenkollier im Werte von 24000 Mark mit dem mitgebrachten, in der Form und Fassung durchaus gleichen Falsifikat vertauschten. Unerkannt verschwanden sie mit der Beute aus Berlin. Sie verrieten sich aber durch eine kleine Unvorsichtigkeit. Die Michalescu gebrauchte stets ein bestimmtes Parfüm, und zwar Opoponax, das ihr zum Verhängnis wurde, denn nach diesem dufteten die unechten Perlen, die sie gegen das echte Kollier eingetauscht hatte. Und dieses Parfüm führte die Verhaftung der hochstaplerischen Rumänin herbei. Die Berliner Kriminalpolizei richtete nämlich sofort nach dem Diebstahl eine Anfrage an die Polizeiämter der europäischen Großstädte, ob dort vielleicht eine Gaunerin bekannt sei, die sich stark mit Opoponax zu parfümieren pflege. Aus Wien kam umgehend die Antwort, daß die mitgemeldete ungefähre Personalbeschreibung und das Parfüm auf eine gewisse Nannette Michalescu passe. Drei Tage später konnte das Paar in Czernowitz verhaftet werden. Von den einundsechzig gestohlenen Perlen, die übrigens die Michalescu verschluckt hatte, konnten achtundfünfzig beigebracht werden. Die unhöfliche Polizei förderte die Perlen nämlich durch starke Abführmittel, die man der Schwindlerin gewaltsam einflößte, wieder zutage. —

Eine junge Dame in Genf, die sich verheiraten wollte, hatte ihre Freundinnen eingeladen, sich die Hochzeitsgeschenke anzusehen. Als die Gäste fort waren, merkte sie, daß ein wertvolles goldenes Armband, das Geschenk ihres zukünftigen Gatten, fehlte. Während die junge Braut das leere Kästchen emporhob, empfand sie, wie diesem ein starkes Veilchenparfüm entströmte, und sie wußte, daß es das Lieblingsparfüm einer ihrer Freundinnen war. So erfuhr sie, wer der Dieb gewesen. Die stark parfümierte Hand hatte zu deutliche Spuren hinterlassen, als sie den diebischen Griff ausführte. Törichterweise leugnete das junge Mädchen die Verfehlung entrüstet ab, so daß die Sache der Polizei gemeldet werden mußte. Das Armband fand sich in der Erde eines Blumentopfes im Zimmer der Diebin, die, zu Gefängnis verurteilt, sich durch ihr hartnäckiges Abstreiten ihr ganzes Leben zerstört hatte. —

Ein angeblich belgischer Graf kaufte in London mehrere

Geschmeide und ließ sie sich sofort durch einen Angestellten in seine Wohnung bringen. Dort verschloß der „Graf" die Kästchen mit den Pretiosen vor den Augen des von dem Geschäftsinhaber zu besonderer Vorsicht ermahnten Angestellten in einen Schreibsekretär, reichte dem jungen Manne den Schlüssel und ging ins Nebenzimmer, um das Geld zur sofortigen Begleichung der Rechnung zu holen. Als der Spitzbube nach einer Viertelstunde nicht zurückkehrte, begab sich der Angestellte in das Nebenzimmer, das er völlig unmöbliert fand. Dafür entdeckte er aber in der Wand ein Loch, durch das der Schwindler die Juwelenkästchen aus dem seiner Rückwand beraubten Schreibtisch geholt hatte. Die Wohnung war nur zum Schein gemietet und nur das eine Zimmer möbliert worden. Die Londoner Polizei fand aber in dem möblierten Raum als einziges Andenken, das der Spitzbube zurückgelassen hatte, ein Paar Glacéhandschuhe, die auffallend nach Patschuli rochen. Nach diesem Merkmal wurde in den Aufzeichnungen des Verbrecheralbums gesucht, wo man wirklich neben dem Bilde eines vielfach vorbestraften Pariser Hochstaplers eine Bemerkung fand, die auf dessen Leidenschaft für jenes Parfüm hinwies. Wenige Tage später saß der Gauner hinter Schloß und Riegel. —

Auch Mörder sind schon durch Parfüm von der strafenden Gerechtigkeit ereilt worden. Ein klassisches Beispiel hiefür ist der Fall Kremser. In Wien wurden im Herbst 1902 eine ältere adelige Dame und ihre Dienerin ermordet aufgefunden. Von dem Täter, der Bargeld und Juwelen im Werte von mehreren tausend Kronen geraubt hatte, fehlte jede Spur. Bei Feststellung der gestohlenen Sachen machte nun der Sohn der ermordeten Dame, ein Legationssekretär, die Polizei darauf aufmerksam, daß auch ein mit Rubinen besetztes Fläschchen fehle, das ein Parfüm enthalten habe, das er seiner Mutter aus Japan mitgebracht hätte. Nach einiger Zeit wurde einem Kommissär eine Fabrikarbeiterin namens Anna Kremser wegen eines kleinen Vergehens vorgeführt, die so auffällig nach einem dem Beamten ganz unbekannten Parfüm duftete, daß dieser sie fragte, woher sie das eigenartige Parfüm bezogen habe. Ahnungslos erwiderte das Mädchen, daß ihr Bruder es ihr geschenkt habe.

Der Kommiffär ließ schleunigst den Legationssekretär holen, und dieser erkannte sofort das in Europa kaum erhältliche japanische Parfüm wieder. Der Bruder der Fabrikarbeiterin, ein arbeitsscheuer Mensch, wurde daraufhin verhaftet und sehr bald auch des Doppelmordes überführt. —

Im Schlafzimmer des 1905 in Paris ermordeten Rentiers Bartelle fand die Polizei ein leeres Parfümfläschchen, das nach Aussage des Dieners des Toten noch am Abend vorher halb gefüllt gewesen war. Das Fläschchen hatte Peau d'Espagne enthalten. Die Polizei nahm nun an, daß der Mörder sich mit dem Inhalt des Fläschchens die Kleider besprengt habe, und forschte in aller Heimlichkeit überall nach, ob ein Mitglied der Pariser Verbrecherkreise vielleicht am Tage nach dem Morde durch starken Parfümgeruch jemandem aufgefallen sei. Der Kellner eines Restaurants, das von fragwürdigen Elementen gern aufgesucht wurde, erzählte einem Beamten, daß ein als Taschendieb bekannter gewisser Ferrol von seinen Genossen beim Billardspiel letztens gehänselt worden sei, weil seine Weste gar so „fein" duftete. Ferrol, verhaftet und in ein strenges Verhör genommen, verwickelte sich bei dem Versuch, sein Alibi in der fraglichen Nacht nachzuweisen, in Widersprüche und legte schließlich ein Geständnis ab. W. R.

Die beiden Gemahlinnen des Kaisers Joseph II. — Die beiden Orte Casalmaggiore und Lambach bezeichnen im Herzensleben des Kaisers den Beginn eines ungetrübten, aber nur zu schnell zerstörten Glücks und den mannhaften, aber schmerzlichen Abschied von der Pflege einer toten Liebe.

Um Josephs Ehe mit der Prinzessin Isabella von Parma hat sich schon bald ein Kranz von Legenden gewoben. Die schöne, auch geistig hervorragend begabte Frau hatte kurz vor ihrer Vermählung ihre Mutter verloren. Der Gedanke einer Wiedervereinigung mit der geliebten Toten im Jenseits ließ sie nicht los, und obgleich in der Zeit, die zwischen der Verlobung und der Vermählung mit Joseph lag, ihre Schwermut einer heiteren Stimmung wich, so gaben sie doch die tief melancholischen und wiederum schwärmerischen Todesahnungen niemals wieder ganz frei, während Joseph II. Isabella leiden-

schaftlich geliebt und an ihrer Seite seine besten Zeiten durch-
lebt hat.

Aber schon drei Jahre, nachdem er die Braut in Casalmaggiore feierlich begrüßt und eingeholt hatte, nahm sein Glück ein
Ende: am 27. November 1763 starb Isabella in den Armen ihres
Gatten, und diesen Verlust hat er nie mehr verschmerzt. Das
beweisen die leidenschaftlich bewegten Briefe, die Joseph an
seinen Schwiegervater Don Philipp von Parma geschrieben,
ebenso wie zahlreiche Stellen in der Korrespondenz Maria
Theresias, Josephs und seines Bruders, des nachmaligen Kaisers
Leopold II. „Ich habe mit ihr alles verloren," schreibt Joseph
an seinen Bruder. „Ich wünsche Dir von ganzem Herzen eine
so gute Frau wie meine dahingeschiedene, doch möge Gott
Dich vor einem solchen Unglück bewahren!"

Aber die Staatsraison zwang den Fürsten, sein Weh zu begraben. Der Plan einer neuen Vermählung wurde von den
Eltern schon bald zu erörtern begonnen, und endlich gab Joseph
seine Einwilligung zur Vermählung mit der Prinzessin Josepha
von Bayern. Aber während er seiner ersten Braut nach Casalmaggiore selbst entgegengeritten war, beauftragte er jetzt mit
dem Empfang der neuen Gemahlin seinen alten Freund, den
Grafen Salm, und schrieb ihm nach Lambach, wo dieser die
Ankunft Josephas erwartete, die bewegenden Worte: „Ich
wünsche Sie zufrieden mit mir, obwohl Sie einen großen Unterschied zwischen Casalmaggiore und Lambach finden werden.
Doch der Wein ist kredenzt, man muß ihn trinken und mit der
besten Miene, was es auch mich kostet." O. v. B.

Die „himmlische Milch". — Auf recht eigenartige Weise
hat sich mitunter der menschliche Geist die auffallende Himmels-
erscheinung der Milchstraße zu deuten gesucht. Die Bororo-
indianer Südamerikas sehen in ihr zum Beispiel eine Unzahl
von — Sandflöhen, die von ihnen als große Quälgeister ge-
fürchtet sind. Bei anderen Stämmen gilt sie dagegen als die
Sehne vom Bogen des großen, unsichtbaren Geistes. Häufiger
noch wird sie bei den Indianern als „Seelenpfad" aufgefaßt,
eine Vorstellung, die der menschlichen Phantasie besonders nahe
liegt und auch bei anderen Völkern wiederkehrt.

Nordamerikanischer Indianerglaube sieht in den glänzendsten
Sternen der Milchstraße Lagerfeuer, die von den Geistern an-
gezündet worden sind. Auch erklärt man sich in Kanaba das
Entstehen der weißlichen, milchigen Himmelsbahn dadurch, daß
im Himmelssee ein ungeheurer Stör hausen soll, der von Zeit
zu Zeit den Grund aufrührt. Die getrübte Spur bezeichnet
seine Bahn. Eine andere Auffassung fand man bei einem Ein-
geborenenstamm Australiens. Bei ihm führt die Milchstraße
den Namen „Rauch", denn man erklärt ihren weißlichen Schim-
mer für Rauch, der dadurch entsteht, daß Frauen durch An-
zünden des himmlischen Grases ihren gestorbenen Männern
Feuerzeichen geben, um sie auf den Seelenpfad zu leiten.

Eine orientalische Sage dagegen spricht von einem Spreu-
dieb, der über den Himmel dahineilt und dabei seinen Raub
verstreut. Eine Unzahl verspritzter Milchtröpfchen aber sah die
Phantasie der alten Griechen in der weißlichen Himmelserschei-
nung, sie nannten sie darum in ältester Zeit schon die „himmlische Milch" und knüpften an diesen Namen mehrere Mythen.

Interessant ist die gleichfalls dem klassischen Altertum an-
gehörende Auffassung der Milchstraße als Sonnenbahn. Man
sagte, die Milchstraße sei die des Nachts noch fortleuchtende
Spur, die tagsüber die Sonne auf ihrer Wanderung in den
Himmel eingebrannt habe. Weil sich nun aber hierauf ent-
gegnen ließ, daß ja der Weg der Sonne über den Himmel ein
ganz anderer sei, so nahm man die Sage zu Hilfe und erzählte,
der Sonnengott habe absichtlich seine Bahn geändert, nachdem
Atreus den Menschen zum ersten Male die wahre Bewegung
der Gestirne gezeigt habe. Es sei die Milchstraße also die einst-
malige, tiefeingefurchte Spur der Sonne.

Aber nicht nur als Sonnenpfad, sondern auch als der Weg
der Götter glänzte die Milchstraße in der Phantasie der Alten.
Und dies war eine Vorstellung, die namentlich die Dichter zur
Ausschmückung lockte. So läßt Ovid die Himmlischen auf diesem
Pfad zur Königsburg des Zeus wandern, die in der Himmels-
kuppel prangen soll. Ein anderer Dichter läßt Jupiters silbern
schimmernden Palast mit den milchweiß leuchtenden Götter-
sitzen in der Milchstraße selbst erbaut sein. Schließlich dachte

man sie sich auch als den stillen Aufenthaltsort seliger Geister abgeschiedener Menschen. Pythagoras lehrte, daß sich das schimmernde Band am nächtlichen Himmel aus vielen hellglänzenden, ätherischen Seelen zusammensetze, die sich dort oben in der Gesellschaft der Himmlischen an der Herrlichkeit des Weltalls freuen dürfen. Diesen schönen Gedanken griffen die Römer auf, waren aber zunächst so engherzig, daß sie anfänglich nur großen Staatsmännern, Philosophen und sonstigen Berühmtheiten die Ehre zusprachen, in die Milchstraße entrückt zu werden.

Was einst die alten Germanen von der weißlichen Bahn am Nachthimmel dachten, geht aus dem alten, im Volke hie und da noch heute bekannten Namen „Heerstraße" hervor. Man stellte sich vor, daß der Zug des wilden Heeres über die Milchstraße hinbrause. Noch manche andere alte Benennung der Milchstraße, die auch kurzweg „der weiße Weg" genannt wurde, lebt im Volke fort. Doch ist der Sinn dieser Bezeichnungen nicht leicht mehr zu erforschen, und ihre Erklärung bildet darum einen Zankapfel für die Gelehrten. Der hie und da gebräuchliche Ausdruck „Sunpät" wird zum Beispiel von den einen als „Sonnenpfad", von anderen aber als „Sandpfad" gedeutet. Weitere Namen für die Milchstraße sind „Kuhpfad", „Wagenpfad", „Mühlenweg". Eine sehr alte Bezeichnung ist auch der Ausdruck „Iringstraße", der auf einen Beinamen des altgermanischen Himmelsgottes zurückgeht. v. Z.

Ein witziger Herzog. — Als eines der größten Originale seiner Zeit schildert die von Goethe so warm geförderte Malerin Luise Seidler in ihren Erinnerungen den wunderlichen, von 1804 bis 1822 regierenden Herzog Emil August von Sachsen-Gotha-Altenburg.

Als die Künstlerin den trotz aller Eigenheiten bei seinen Untertanen sehr beliebten Herrn kennen lernte, stand er im Alter von neununddreißig Jahren und fiel durch das „Damenhafte" seiner schönen, sorgsam gepflegten Erscheinung auf. Großen Wert legte er auf seine gelockte Perücke, die das denkbar zarteste Blond aufwies. Wohlgerüchen war er ganz besonders hold, und eintretenden Besuchern den Inhalt voller Parfümgläser auf einmal entgegenzuschütten, war ihm ein Hauptvergnügen.

Gern drapierte er sich mit türkischen Geweben, und seine sämtlichen Finger — also auch die Daumen — funkelten von kostbaren Ringen. Er liebte es sogar, auch seine Arme über und über mit Spangen und Armbändern zu bedecken. Wenn er krank war oder es zu sein glaubte, setzte er eine Art Spitzenhaube auf und empfing so alle Besucher, auch Damen.

Luise Seidler berichtet aus eigener Anschauung, daß er dann gern mit seinen schön geschmückten Armen kokettiert habe, indem er den Ärmel seines weißen Nachtgewandes bis an die Schulter zurückstreifte.

Der seltsame Herzog, dem übrigens nachgerühmt wurde, daß er für seine kostspieligen Liebhabereien nie die Einkünfte des Landes in Anspruch nahm, besaß außer seinen Schrullen aber auch Witz. Dem etwas steifen Kammerherrn v. Seebach legte er zum Beispiel das folgende, ebenso leichte als gelungene Rätsel vor: „Was mag das sein: Das Erste ist ein großes Wasser, das Zweite ist ein kleines Wasser, und das Ganze ist dennoch unbeschreiblich trocken." An eine alte Dame, die weder mit Geld, noch mit Liebenswürdigkeit, noch mit einer schönen Gesichtsfarbe begabt war, soll der Herzog sich gar mit dem folgenden Rätsel gewandt haben: „Das Erste haben Sie nicht, das Zweite sind Sie nicht, das Ganze ist die Farbe Ihres Gesichts." Die Auflösung war das Wort „Orange". Verständlich war das Rätsel natürlich erst, wenn man die Bestandteile jenes Wortes französisch auffaßte. Danach hatte die Dame mit dem orangefarbenen Teint also kein or, das heißt kein Gold, und war kein ange, das heißt kein Engel! Galant war dieser Witz freilich nicht. Dafür nahm Herzog Emil August es seiner Umgebung aber auch niemals übel, wenn sie Gleiches mit Gleichem zahlte und schlagfertig seine Neckereien parierte. v. Z.

Schießlustige Engländerinnen. — Die Kriegserklärung Englands an Deutschland hat in den Köpfen einer Anzahl von jungen Engländerinnen ein wunderbares Kriegsfieber entzündet. Die Damen haben zu den Gewehren gegriffen und üben sich nun auf dem großen Schießplatz von Bisley im

Scheibenschießen. Sowohl das Einzelschießen als auch das Gruppenschießen wird betrieben. Die Anleitung geben Offiziere, und zuweilen hält ein General eine Besichtigung ab. Die Schützinnen tragen unter einem leichten Faltenrock Pumphosen. Aber trotz dieser militärischen Beihilfe wird das Ganze nichts anderes bleiben als eine komisch anmutende Spielerei.

Gruppenschießen von englischen Damen
in Bisley.

Ebenso haben sich auf die Nachricht, daß deutsche Truppen aus Südwestafrika in die Kaplolonie eindringen, dort Vereinigungen junger englischer Mädchen gebildet, die sich im Gebrauch der Feuerwaffen üben. Diese Vereinigungen werden hier von den Schulen organisiert. An einigen dieser Schulen, wie an dem St. Anne-Diocesan-College in Natal, das in der Nähe von Pietermaritzburg liegt, tragen die Mädchen während der Schießübungen die schottische Gebirgstracht. Sollten die Schützinnen nicht schon vor einem Gefecht kreischend das Hasenpanier ergreifen, so werden die deutschen Truppen sicher von

Ein Schießklub von Schülerinnen in Natal.

ihnen wenigstens keine zerschmetternde Niederlage zu erwarten haben. Th. S.

Deutsche als Franktireure im Jahre 1870 — eine tief bebauerliche, aber nicht wegzuleugnende Tatsache. Der französische General Necrot, der 1879 ein eingehendes Werk über die Tätigkeit der Franktireurbanden im Deutsch-Französischen Kriege veröffentlichte, schreibt gleich zu Anfang seines Buches folgendes: „Es dürfte besonders im Auslande wenig bekannt sein, daß die Franktireurabteilungen, die sofort nach dem Unglücke von Sedan überall von patriotischen Männern ins Leben gerufen und notdürftig im Gefechtsdienst ausgebildet wurden, sich nicht lediglich aus Landeskindern zusammensetzten, sondern daß sich fast bei jedem dieser Korps auch eine ganze Anzahl Ausländer befanden. Soweit ich festzustellen vermochte, sind in den Kämpfen der Republik gegen Deutschland bei uns etwa hundertzwanzig Deutsche gefallen. Die Gesamtzahl der für uns fechtenden Deutschen werde ich mit achthundert kaum zu hoch angeben."

So weit General Necrot. Selbst angenommen, er habe
mit seinen Zahlen reichlich hoch gegriffen, so bleibt die Tatsache, daß auch 1870 wie zur Zeit des ersten Napoleon Deutsche
gegen Deutsche gefochten haben, doch immer noch bestehen,
da die Behauptungen des französischen Generals ja auch in
deutschen Werken über den Feldzug gegen unseren westlichen
Nachbar eine für uns recht demütigende Bestätigung finden.
So berichtet Theodor Fontane in seinem Buche „Kriegs-
gefangen" bei der nach der Erzählung eines Mitkämpfers
niedergeschriebenen Schilderung des nächtlichen Überfalles auf
das von den Deutschen besetzte Dorf Ablis durch Franktireure
folgendes: „Wir drängten das, was uns gegenüberstand, mehr-
mals bis an die Einfassungsmauer des Dorfes mit dem Bajonett
zurück. Aber jedesmal, wenn wir anschlugen, um eine volle
Salve in den dichten Haufen hinein abzugeben, hieß es aus
dieser Masse heraus, die wir in der Dunkelheit nicht erkennen
konnten: ‚Schleßt nicht, Kinder, wir sind ja Preußen!' Im
selben Augenblick trafen uns Kugeln von hinten her. Nun
machten wir kehrt, glaubten wirklich den Feind nur im Rücken
zu haben. Aber schon umzischten uns wieder von vorne die
Kugeln." Daß die, die auf diese Weise die schwerbedrängten
Verteidiger von Ablis narrten, nicht etwa deutschsprechende
Franzosen, sondern tatsächlich Deutsche waren, zeigte sich nach
Beendigung des furchtbaren nächtlichen Kampfes, bei dem nur
zweiundsechzig Mann auf deutscher Seite mit dem Leben davon-
kamen, die von den Franktireuren gefangengenommen und
am Morgen in einem großen Zimmer eines Gehöftes förmlich
ausgeplündert wurden. „Auf dem Tische lag alles aufgeschichtet,
was man den Toten draußen an Geld und Geldeswert geraubt
hatte; jetzt mußten auch wir hergeben, was wir in unseren
Taschen hatten. Mitunter half eine Franktireurhand nach und
beschleunigte die Untersuchung. Nun ging es an ein Sortieren
und Teilen. Ein Zehntalerschein, dessen Wert der großen Mehrzahl
ein Geheimnis war, wurde verächtlich beiseite geschoben. In
demselben Augenblick aber fuhr durch die dem Tisch zunächst-
stehenden eine Hand hindurch, griff nach dem Schein und sagte mit
unverkennbarem Berliner Akzent: ‚Dir kann ich jrade jebrauchen!'"

Von einer Szene aus einem Waldgefecht in der Nähe von Chartres berichtet der bayrische Rittmeister v. Bolten in seinen Kriegserinnerungen, wie folgt: „Die von mir geführte Streifwache hatte gerade eine dicht mit Nadelholz bestandene Schlucht passiert, als wir plötzlich von rückwärts Feuer erhielten. Zwei meiner Leute sanken sofort schwer getroffen von ihren Pferden. Eine Stunde später hatten wir uns, in Deckung hinter Bäumen liegend, vollständig verschossen. Die fünf Mann, die noch kampffähig waren, hatten jeder nur noch eine Patrone im Lauf. Die Franktireure, die uns wie mordgierige Wölfe im Kreise umzingelt hatten, merkten bald an dem Verstummen unserer Karabiner, wie es um uns stand. Schon wollte ich den Befehl: ‚Auf — marsch — marsch!' geben, um einen Durchbruch zu versuchen, als plötzlich hinter einer starken, kaum hundert Schritte entfernten Eiche eine Stimme in gutem Deutsch herüberrief: ‚Ergebt euch! Es wird euch nichts geschehen!' Und gleich darauf ertönte von der anderen Seite des feindlichen Ringes in ebenso tadellosem Deutsch eine ähnliche Aufforderung. Um Zeit zu gewinnen, ließ ich mich mit dem ersten Sprecher auf eine Unterhandlung ein. Ich verlangte freien Abzug mit allen Waffen. Darauf erwiderte der Mann hinter der Eiche: ‚Das ist unmöglich. Auf die Forderung geht der Offizier unserer Abteilung nicht ein. Herr Leutnant können mir aber glauben, Ihnen wird kein Leid zugefügt werden.'

‚Sie sind Deutscher?' fragte ich.

Die Antwort blieb aus, und gleich darauf machten die Franktireure einen neuen Angriff, bei dem ich durch einen Streifschuß an der Stirn niedergestreckt wurde. Als ich erwachte, lag ich auf einem Heulager in einer Scheune.

In der Nacht brachte mich dann derselbe Deutsche, der mit mir gesprochen hatte, heimlich auf den Weg nach Chartres. Beim Abschied drückte er mir ein mit Kognak gefülltes Fläschchen in die Hand. Seinen Namen zu nennen weigerte er sich. Auf meine Frage, ob denn viele Deutsche bei der Franktireurabteilung gewesen seien, sagte er kurz: ‚Sechs im ganzen' und verschwand in der Dunkelheit. Ich fürchte sehr, daß meine Rettung dem Manne das Leben gekostet hat, da der Verdacht, mir fortgeholfen zu haben, notwendig auf ihn fallen mußte."

Der mecklenburgische Major Müller erzählt eine ähnliche Episode. „Am 19. Oktober brach unsere Abteilung, die in den Dörfern Nozent und Sormant Lebensmittel einkaufen sollte, von Curbal auf. Sergeant Hinzel führte das Kommando über uns zehn Mann. Ich als Sohn eines Gutsbesitzers mußte den Kutscher auf dem nur mit Mühe aufgetriebenen und mit zwei Pferden bespannten Leiterwagen spielen. In Nozent war nicht einmal ein Huhn zu entdecken. Die Bauern, denen wir als Lockmittel blanke Goldstücke zeigten, zuckten die Achseln. ,Les Franctireurs!' war die vielsagende Antwort. Die hatten vor uns mit allem reinen Tisch gemacht. So ging's denn weiter auf einem schlechten Waldwege auf Sormant zu. Sergeant Hinzel hatte vorsichtigerweise sowohl nach vorwärts als auch nach beiden Seiten je zwei Mann als Streifwache ausgeschickt. Nachmittags um drei Uhr war Sormant, das wir in zwei Stunden hätten erreichen müssen, noch immer nicht in Sicht. Da merkten wir, daß wir uns verirrt hatten. Dem Stande der Sonne nach zu urteilen waren wir viel zu weit nach Westen gekommen. So bogen wir denn in den nächsten Seitenweg ein, der nach Norden führte. Er führte uns leider auch ins Verderben. Nach einer halben Stunde wurde der Wald lichter. Vor uns lag zur Linken ein großer Steinbruch mit steil abfallenden Wänden, der nur eine schmale Auffahrt auf ein paar in Gärten eingebettete Häuser hatte. Nach der Karte war dies der Weiler Messières. Wir hatten uns also gründlich verirrt. Aber zu langem Grübeln blieb uns keine Zeit. Mit einem Male ging die Geschichte los. Schüsse knallten von allen Seiten, und von unseren drei Streifwachen kamen nur noch vier Mann in wilder Flucht auf uns zugerannt. Sergeant Hinzel führte uns in den Steinbruch. Bis zur Nacht hatten wir uns die Franktireure glücklich vom Leibe gehalten. Sobald sich nur ein Rotkittel am Rande des Steinbruchs zeigte, knallte es bei uns auch schon. Und nachdem wir einigen einen gehörigen Denkzettel gegeben hatten, ließ man uns in Ruhe. Jetzt mit der zunehmenden Dämmerung wurde das anders.

Besonders gegen den dunklen Wald als Hintergrund war's ein unsicheres Schießen. Immer häufiger schlugen die Geschosse neben uns ein. Gefreiter Rohde erhielt einen Kopfschuß und war sofort tot. Um neun Uhr abends vermochten bei uns nur noch drei Mann das Gewehr zu handhaben. Die anderen waren meist schwerverwundet oder tot. Schweigend lagen wir drei Unverletzten auf dem harten Boden. Gegen zehn Uhr bemerkte ich einen dunklen Schatten, der auf uns zukroch. In demselben Augenblick rief mir der keine zehn Schritte mehr entfernte Mann in deutscher Sprache mit unterdrückter Stimme zu: ‚Nicht schießen! Ich will euch retten! Ich bin ein Branden-burger.‘ Dann hockte der Mann, der, soweit ich in der Dunkel-heit erkennen konnte, schon etliche vierzig Jahre alt sein mußte und ein bärtiges, listiges Gesicht hatte, neben mir. ‚Wenn ich hundert Taler bekomme, rette ich euch,‘ sagte der Mensch. ‚Ich weiß hier Bescheid. Drüben führt ein Stufenpfad aus dem Steinbruch heraus. Die Franktireure halten jetzt nur den Eingang besetzt, da ihr hier ja wie in der Mausefalle festsitzt.‘

Ich war so empört, daß ich den habgierigen Burschen, der die Notlage seiner Landsleute derart auszunützen suchte, am liebsten mit dem Kolben niedergeschlagen hätte. Doch die Klugheit verbot einen solchen Gewaltstreich. ‚Und was wird aus unseren Toten und den drei Verwundeten?‘ fragte ich nach einer Weile. — ‚Unsere Abteilung kommandiert ein Pole, der hält strenge Mannszucht,‘ antwortete er schnell. ‚Es ist ein Abliger, der keine Rohheiten duldet. Entschließt euch. Zu lange kann ich nicht fortbleiben.‘

Wir gaben dem Elenden alles Geld, was wir hatten, gegen neunzig Taler. Auch meine goldene Uhr und die des Ein-jährigen Schmelter, der einen Schulterschuß hatte, erhielt er noch. Schmelter war es, der meine letzten Bedenken beseitigte. Der Mann schwor ja auch hoch und heilig, die Verwundeten würden aufs beste verpflegt werden.

Wir gelangten auch wirklich unbemerkt aus der Schlucht heraus. Am Rande des Waldes trennte der Brandenburger sich von uns. Schmelter erzählte mir später, daß der jämmer-liche Kerl, der unser Retter wurde, nachher nochmals in den

Steinbruch zurückgekehrt war und die Toten ausgeplündert hatte. Wir drei Flüchtlinge stießen am nächsten Mittag nach einer endlosen Wanderung durch die Wälder wieder zu unserem Truppenteil."

Hoffentlich werden nunmehr nicht nur die Franktireure, sondern auch die Fremdenlegionen gänzlich und für immer von der Bildfläche verschwinden. W. R.

Die Verschwiegenheit der Frauen. — Im Pariser Karneval des Jahres 1844 hatte sich auch der Herzog von Guines, ein außerordentlich witziger und lustiger Herr, unerkannt beteiligt. Mit einer außerordentlichen Unterhaltungsgabe wußte er sich ganz in das Herz zweier reizenden Schwestern einzuplaudern, die nun gern, als es gegen Mitternacht ging, erfahren hätten, wer ihr liebenswürdiger Gesellschafter gewesen sei. Sie kannten wohl von den Hofbällen her den Herzog, vermuteten ihn aber nicht im geringsten hinter dieser Maske.

Zuerst wollte Guines seinen Namen durchaus nicht nennen, um ihre Neugierde recht zu stacheln. Sie ließen aber, wie Frauen nun einmal sind, mit Bitten nicht nach, bis er ihnen endlich versprach, sich ihnen, aber nur ihnen allein, zu demaskieren. Vorher aber ließ er sie allen Ernstes schwören, daß sie unverbrüchlichstes Stillschweigen über seine Person bewahren würden.

So betrat er mit ihnen eine Loge des ersten Ranges in der Oper. Nun war kurz vor dem Karneval in einem Wäldchen bei Paris ein Meuchelmord an einem Mädchen begangen worden, dessen Täter, der Graf Montmorency, sich den Nachforschungen der Behörde bisher auf unbegreifliche Weise zu entziehen gewußt hatte. Die Tat aber mit ihren schrecklichen Einzelumständen war noch immer in aller Munde.

Mit geheimnisvoller Vorsicht trat also der Herzog in die halbdunkle, nach den Seiten völlig abgeschlossene Loge, ließ die Damen niedersitzen und flüsterte nun: „Meine Damen, ich habe Ihren Schwur, mich nicht zu verraten. Erfahren Sie denn, ich bin der Graf Eugen de Montmorency!"

Entsetzt fuhren die beiden jungen Mädchen in die Höhe, wollten zur Tür und schrieen: „Zu Hilfe, der Meuchelmörder — man verhafte ihn!"

Lächelnd vertrat ihnen der Herzog den Weg und sagte, indem er die Maske abnahm: „Verzeihen Sie die kleine Komödie. Ich bin, wie Sie sehen, der Herzog von Guines. Aber ich wollte nur wissen, wie weit ich auf Ihre Verschwiegenheit rechnen könnte."   O. Th. St.

Verdienst der Sklavenhändler. — Im Wiener Frieden von 1814 verzichteten Spanien und Portugal auf den Sklavenhandel nördlich vom Äquator. Gerade diese beiden Staaten hatten an dem Geschäft mit der schwarzen Ware jährlich Unsummen verdient. Ihre Schiffe schafften unaufhörlich von der Westküste von Afrika nach den Häfen der amerikanischen Sklavenstaaten die lebendige Fracht hinüber. Die fortschreitende Zivilisation, das erwachende Mitgefühl der kultivierten Völker mit dem Lose der armen Schwarzen bereiteten diesen schmachvollen Unternehmungen ein Ende, denn bald folgten weitere Verträge zwischen den interessierten Staaten, die bereits 1818 dazu führten, daß die Großmächte an den Küsten Afrikas mit Hilfe von schnellsegelnden Kriegsschiffen einen strengen Überwachungsdienst einrichteten und auf die Sklavenfahrzeuge eifrig Jagd machten.

Trotzdem wurde dieser unwürdige Handel heimlich noch bis zum Jahre 1865 fortgesetzt. Schuld daran waren einzig und allein die amerikanischen Südstaaten, die hartnäckig an der Sklaverei festhielten, angeblich, weil es sonst für die dortigen ausgedehnten Tabak-, Baumwoll- und Zuckerpflanzungen an den nötigen Arbeitskräften gefehlt hätte. Erst der nordamerikanische Bürgerkrieg beendete auch hier gewaltsam die Sklaverei und gab über drei Millionen Negern die Freiheit wieder. Heutzutage finden wir den Sklavenhandel nur noch im Innern Afrikas vor, wohin die Macht der europäischen Staaten, die 1890 die sogenannte Antisklavereiakte abschlossen, nicht reicht.

Der Ursprung des Negersklavenhandels nach außerafrikanischen Ländern hin geht bis auf das Jahr 1434 zurück, in dem der Portugiese Gonzales zum ersten Male Schwarze in Lissabon feilbot. Fünfzig Jahre später war sowohl Spanien wie Portugal bereits von Sklaven förmlich überschwemmt. Da die einheimischen Arbeiter infolge der Einführung dieser anspruchs-

und willenlosen Farbigen bald in großer Anzahl beschäftigungs-
los wurden, verbot der König von Spanien 1514 den Neger-
handel. Nunmehr wurden die Schwarzen in Menge nach dem
neuentdeckten Amerika geschafft. Kaiser Karl V. erteilte bereits 1517 holländischen Kapitänen das Privilegium, jährlich
viertausend afrikanische Sklaven nach Amerika einzuführen.
Schon im 17. Jahrhundert beteiligten sich alle seefahrenden
Nationen an diesem gewinnbringenden Geschäft, bis die Großmächte dann 1788 den Kampf gegen die Sklaverei aufnahmen.

Wenn sich nach Verbot der Sklaventransporte nach Amerika
dennoch immer wieder Leute fanden, die der Gefahr des Ge-
hängtwerdens — die übliche Strafe für die Menschenhändler —
trotzten und mit ebensoviel List wie Unerschrockenheit ihre Fahr-
zeuge den Gestaden Kubas, wo die Sklaven nach dem Jahre 1818
hauptsächlich gelandet wurden, zuführten, so lag dies daran,
daß kein anderes Geschäft so sehr die Möglichkeit schnellen und
großen Verdienstes bot als das des Sklavenhändlers. Im
folgenden sei hier die Kostenberechnung über einen solchen
Sklaventransport wiedergegeben, den der in Habana be-
heimatete Segler „Fortuna" im Jahre 1827 von Afrika nach
Kuba brachte.

1. **Kosten der Ausfahrt** (März 1827)

Ankauf der Fortuna, Schoner von 90 Tonnen	3 700 Doll.	—	Cts.
Ausrüstung, Segel, Zimmermannsrechnung	2 500	—	„
Proviant für die Mannschaft und die Sklaven	1 115	—	,
Lohnvorschuß an 18 Matrosen	900	—	„
Desgleichen an den Kapitän, die Maaten, den Hochbootsmann und Koch	440	—	„
200 000 Zigarren und 500 Dublonen zum Ankauf der Neger	10 900	—	„
Schweigegeld	200	—	„
	19 755 Doll.	—	Cts.
Kommissionsgebühr mit 5 Prozent	987	—	„
Ganze Kosten der Ausfahrt	20 742 Doll.	—	Cts.

2. Kosten der Heimfahrt.

Kopfgeld des Kapitäns à 8 Doll. pro Kopf	1 736 Doll. — Cts.
Desgleichen des Maaten à 4 Doll. .	873 „ — „
Desgleichen des zweiten Maaten und des Hochbootsmannes à 2 Doll. . .	873 „ — „
Heuergeld des Kapitäns	219 „ 78 „
Desgleichen des ersten Maaten . . .	175 „ 56 „
Desgleichen des zweiten Maaten und des Hochbootsmannes	307 „ 12 „
Desgleichen des Kochs und des Botteliers	274 „ — „
Desgleichen für 18 Matrosen . . .	1 972 „ — „
	27 172 Doll. 46 Cts.

3. Kosten in Kuba, 12. Juni 1827.

Bestechungsgelder	1 736 Doll. — Cts.
Kommissionsgebühr für 217 Sklaven an den Zwischenhändler	5 565 „ — „
Unterhaltungskosten für die Sklaven bis zum Weiterverkauf	3 873 „ — „
217 Sklavenanzüge à 2 Doll. . . .	634 „ — „
Kleine Ausgaben	1 000 „ — „
	39 980 Doll. 46 Cts.

4. Ertrag der Reise.

Erlös für 217 Sklaven	77 469 Doll. — Cts.
„ „ das Schiff bei der Auktion .	3 950 „ — „
	81 419 Doll. — Cts.

Abschluß.

Ertrag	81 419 Doll. — Cts.
Kosten	39 980 „ 46 „
Reiner Gewinn	41 438 Doll. 54 Cts.

Hieraus ist ersichtlich, daß die 217 Sklaven für 10 900 Dollar in Afrika eingekauft waren und für 77 469 Dollar weiterverkauft wurden, ferner daß eine Reise, die noch nicht volle drei Monate währte, dem Unternehmer über 40 000 Dollar reinen Gewinn abwarf.　W. R.

Ibrahim Paschas Schicksalsapfel. — Im Jahre 1819 war die mohammedanische Welt in große Unruhe und Bestürzung verfetzt worden durch die Wahabiten, die unter dem Vorgeben, den Islam reformieren zu wollen, Metta und Medina, die heiligen Stätten, erobert hatten. Mehemed Ali hatte als Vizekönig von Ägypten den Befehl vom Sultan Mahmud II. erhalten, mit bewaffneter Macht gegen die Wahabiten vorzugehen. Schon war eine Armee zusammengebracht worden, nur über den dafür zu beftimmenden Oberanführer hatte man noch zu keinem Entschluß kommen können. Von deffen Perfon und Charatter hing gar zuviel ab, weil es ein „heiliger Krieg" werden mußte, der entfachten religiöfen Leidenfchaften wegen.

Mehemed Ali beschloß endlich, daß eine Art Gottesurteil den Ausschlag geben follte. Auf diefe Weife konnte keiner der ftreitbaren Pafchas, die für den verantwortungsreichen Poften in Betracht kamen, fich für zurückgefetzt anfehen.

Der Vizekönig verfammelte alfo alle um fich und erfuchte fie, fich auf die Polfter niederzulaffen, die rings die Wände des Sitzungsfaales umgaben. Ein großer Teppich bedeckte den Fußboden dazwifchen. Genau in den Mittelpunkt diefes Teppichs legte der Vizekönig einen Apfel und redete dann die Verfammelten alfo an: „Sie fehen diefen Apfel inmitten des Teppichs. Wer von Ihnen imftande ift, den Apfel aufzunehmen, ohne daß er den Teppich betritt, von dem nehme ich an, daß Allah ihm auch die nötige Weisheit verliehen hat, um den fchwierigen Feldzug, der uns auferlegt wird, glücklich zu Ende zu führen."

Damit fetzte er fich, und nun begann ein eigenartiger Wettkampf unter den Pafchas. Außerhalb des Teppichs ftehend, bemühte fich jeder, durch Zerrung und Verrenkung des Körpers eine Hand bis in die Nähe des Apfels zu bringen und ihn zu ergreifen.

Keinem gelang es.

Nur einer hatte fich an dem Wettbewerb bis dahin nicht beteiligt, der Adoptivfohn des Vizekönigs, Jbrahim Pafcha, als Dreißigjähriger der Jüngfte von allen. Er verfuchte die Sache von einer anderen Seite anzupacken, indem er einfach den Teppich aufrollte, bis er darüber wegreichen und den Schickfalsapfel faffen konnte.

Er wurde das in der Tat für ihn. Nicht nur, daß er den Ober-

befehl gegen die Wahabiten erhielt und sie noch im selben Jahre
vernichtete, er, der sich bis dahin durch nichts ausgezeichnet,
hatte damit den ersten Schritt auf einer Siegeslaufbahn getan, die ihn von Stufe zu Stufe
vorwärts schreiten ließ, bis er
1848 als Vizekönig von Ägypten
starb.　　　　　　　　　C. D.

Eine neue Rosenkohlsorte. —
Eines der delikatesten Spätherbst-
und Wintergemüse ist der Rosen-
oder Brüsselerkohl. Sein Anbau
wird jetzt immer lebhafter betrieben, und zwar nicht bloß vom Be-
rufsgärtner, sondern auch vom Pri-
vatmann. Man kann fast immer
auf eine gute Ernte rechnen, wenn
man beachtet, daß der Boden in
einer einigermaßen guten Pflege
und richtig gedüngt ist. Die Pflanz-
weite beträgt 70 bis 80 Zentimeter.
Je mehr Platz man dem Rosenkohl
geben kann, desto besser wird er.
Man pflanzt ihn daher zweckmäßig
in einzelnen Reihen, entweder zwischen späte Kohlrabi oder an die
Ränder der Kohlbeete, oder wie
es sonst der freie Raum im Garten gestattet.

Rosenkohl „Fest und viel“.

Im September machen sich,
wenn man bei Trockenheit gehörig
gießt, die ersten kleinen Röschen
bemerkbar. In diesem Stadium die
Köpfe der Stauden auszubrechen, wie es vielfach geschieht,
wäre verfehlt. Dadurch wird bei trockenem Wetter dem
Wuchse der Rosen eine solche übermäßige Triebkraft zu-
geführt, daß ihre Blättchen nicht zusammenbleiben, sondern
auseinandergehen. Auch das Ausbrechen der Blätter, um den

sich bildenden Röschen mehr Luft und Licht zuzuführen, ist nicht ratsam.

Im allgemeinen wollen die Rosenkohlstauden möglichst viel Ruhe haben und wenig berührt werden. In gelinden Wintern können die Stauden an Ort und Stelle stehen bleiben. Man pflückt vor Eintritt härteren Frostes die größeren Rosen ab und läßt die kleineren stehen, die sich weiterentwickeln. Wer es haben kann, bedecke die Stauden vor Eintritt des Frostes mit Fichtenreisig; er kommt damit dem Erfrieren und dem Hasenfraß zuvor. Am meisten empfiehlt sich das Einschlagen in Gruben und Bedecken mit Stroh und Laub. Äußerst wichtig ist die richtige Auswahl der Sorte. Sehr empfehlenswert ist die neuere Sorte „Fest und viel", wie sie unsere Abbildung vorführt.   —dt.

Das Fuder Holz. — Bekanntlich hat man dem König Maximilian Joseph I. von Bayern in Bad Kreuth über einer sprudelnden Quelle ein Denkmal gesetzt, auf dem folgende Widmung steht: „Rein und segensreich wie diese Quelle war sein Leben." Und segensreich war in der Tat sein Leben für sein ganzes Land wie für einzelne. Maximilian liebte es, ohne alle Begleitung sich unter das Volk zu mischen, weil er überzeugt war, so dessen Bedürfnisse wie dessen Gesinnungen am besten kennen zu lernen. So ging er auch einst über den Münchener Markt, als ein Bauer ihn anrief, ihm doch ein Füderchen Holz abzukaufen.

„Wieviel soll es denn kosten?" fragte der König.

„Nicht mehr als drei Gulden," lautete die Antwort, „denn ich brauche nötig Geld."

Ohne sich lange zu besinnen, griff der König in die Tasche und bezahlte. Aber nun war er in Verlegenheit, die Frage des Bauern, wohin er das Holz bringen solle, zu beantworten. Er sah sich um und erblickte eine Frau mit einem Kinde auf dem Arme, deren Äußeres die drückendste Armut verriet.

„Könnt Ihr Holz brauchen?" fragte sie der König, indem er an sie herantrat.

„Brauchte es wohl, Herr, kann's aber nicht bezahlen," sagte die arme Frau.

„Das sollt Ihr auch nicht," erwiderte der König und befahl
nun dem Bauern, das Holz vor der Wohnung dieser Frau ab-
zuladen. „Und damit Ihr den Macherlohn für das Zerkleinern
des Holzes bezahlen könnt," fügte er gegen die Frau hinzu, „da
nehmt!"

Er drückte ihr einen Gulden in die Hand und entzog sich
den Danksagungen der Überraschten durch eilige Entfer-
nung.   A. Schn.

Ein kühner Handstreich. — Der preußische Generalquartier-
meister v. Barsewisch erzählt in seinen Erinnerungen aus dem
Siebenjährigen Kriege folgendes: „Dem andern Morgen mar-
schirten Se. Majestät der König Friedrich selbst mit dem größten
Theil der Armee vor Breslow (Breslau), blockirten und be-
lagerten solches und detachirten unter Commando des Generals
v. Fouquest und Zieten zwölftausend Mann dem Feind nach-
zusetzen und völlig aus Schlesien zu vertreiben. Unter diesen
Truppen befand sich das Meyrinische Regiment. Bey dieser
Gelegenheit wurde der größte Theil der 4000 Wagen, nebst
anderen 12 Canonen erbeutet. Bey diesem detachirten Corps
begab sich eine außerordentliche heroische That eines Preußischen
Husaren-Cornet vom Zieten'schen Regiment, Nahmens v. Quernheim. Dieser Cornet war mit 30 Pferden zur Avante-Garde
und zur Patrouille ausgesandt, dem Commandirenden General
von der feindlichen Retraite Nachricht zu bringen. So wie er
ohngefähr 1 und ½ Meile vom Schlachtfeld in einem Dorff ankommt, so erfährt er, daß das dort befindende Schloß mit vielen
feindlichen Truppen besetzt sey. Er macht dahero sogleich seine
Disposition und vertheilt seine Mannschaft in der Art, daß er
mit 10 Pferden den Ort durchrennen und allarmiren lässet und
ferner gegen der Brücke, so zum Schloß führt, läßt er eine
Attaque von einem Unteroffizier und einigen Mann machen,
als dann schickt er einen Trompeter zu dem dortten Commandirenden Officier mit dem Bedrohen, man sollte sich sogleich zu
Krieges Gefangenen ergeben, oder gewärtig seyn, daß sogleich
von dem General Zieten, von welchem er abgesandt sey, daß
Schloß erstürmt und die ganze Besatzung in die Pfanne gehauen
würde. Der Officier in dem Schloß hat zwar seine Zugbrücke

forgfältig aufgezogen und dem Eingang mit 4 Canonen beſetzet, da er aber von der Niederlage der ganzen Kayſerlichen Armee mit Gewißheit überzeuget, ſo läſſet er ſich mit dem Quernheim in einer Capitulation ein und übergiebt ſich und alle ſeine Untergebenen nebſt die 4 Stück Geſchütz zu Kriegs Gefangenen. So wie die Capitulation fertig, laſſet der v. Quernheim die Gewehre an der Brücke ablegen, und da die Beſatzung ausmarſchirt, beſtehet ſelbige in 1800 Mann.

Sr. Majeſtät zum höchſten über die vortreffliche Diſpoſition und Bravour dieſes Cornets erfreuet, ertheilen Ihm ſogleich den Orden Pour le mérite und 100 Ducaten und avanciren Ihm zum Rittmeiſter. Da Er ſich aber mit denen übrigen Herren Officiers wegen dieſes außerordentlichen Avancements beym Regiment nicht hätte comportiren können, ſo hat der General v. Zieten Sr. Majeſtät den König gebeten, Sie möchten ihm nur ſeine Tour im Avancement abwartten laſſen, er müßte ſich mit dem Orden und dem Geſchenk von 100 Ducaten begnügen." A. O. Kl.

Erziehen oder werden laſſen? — Rouſſeau beginnt ſeinen Erziehungsroman „Emil" mit den bekannten Worten: „Alles iſt gut, wie es aus den Händen des Schöpfers hervorgeht, alles entartet unter den Händen der Menſchen." Wenn dieſer Satz wahr wäre, dann wäre unſere Frage allerdings ſchon entſchieden, dann ſtünde feſt, daß jedes Kind, wenn man es möglichſt viel ſich ſelbſt überläßt, auch gut bleiben oder werden müßte. Alle unſere Erziehungsſorgen hätten dann nur geringen Wert und Zweck.

Es gibt ja nun auch viele Leute, die grundſätzlich wenig erziehen. Nicht daß ſie aus Gleichgültigkeit gegen des Kindes Entwicklung nichts tun, ſondern ſie wollen möglichſt wenig ſtören, was im Kinde von ſelbſt zur Entfaltung drängt, was von ſelbſt werden will, weil ſie glauben, auf dieſem natürlichen Wege wird ſchon der gute Menſch zuſtande kommen. Auf der anderen Seite fehlt es nicht an Menſchen, die gerade der planmäßigen, bewußten Erziehung die größte Bedeutung beilegen.

Ein Leibniz bekannte: „Gebt mir die Erziehung in die

Hände, und ich will die Menschheit in einem Jahrhundert um-
gestalten." Es sind viele überzeugt davon, daß nur durch sorg-
fältige, gute Erziehung das Schlechte im Menschen unterdrückt,
das Gute entwickelt werden kann. So stehen sich hier zwei
gegensätzliche Weltanschauungen gegenüber.

Welche von ihnen ist die rechte?

Ohne Einschränkung wird sich diese Frage weder bejahen
noch verneinen lassen. Zunächst muß zugegeben werden, daß
sich unserer Erziehung oft fast unüberwindliche Schranken ent-
gegenstellen. Da haben wir zunächst mit den angeborenen
Anlagen im Kinde zu rechnen. Sie sind von der Natur gegeben
und lassen sich wohl unterdrücken, beeinflussen, aber nicht hin-
wegschaffen. Sie können immer wieder hervortreten und unsere
ganze Erziehungsweisheit über den Haufen rennen. „Und
keine Macht und keine Zeit zerstückelt geprägte Form, die lebend
sich entwickelt."

Tatsächlich sind es auch die angeborenen Eigenheiten, die
uns, in der Erziehung am meisten zu schaffen machen, und vor
denen wir manchmal endlich doch kapitulieren müssen. Ebensowenig erreicht unsere Erziehung in der Regel, wenn zu irgend
einem Ziele hin erzogen werden soll, zu dem die Anlagen im
Kinde fast vollständig fehlen. Der Erfolg lohnt auch in solchen
Fällen selten die aufgewendete Mühe.

Eine besondere Rolle spielt hierbei die unleugbare Tatsache
der Vererbung. Schwachsinn, Leidenschaften, Charakterfehler,
körperliche Mängel und so manches andere, was „zum Pfahl
im Fleisch" wird, sind nicht erst in seinem Träger entstanden, sondern haben ihre ersten Ursachen in den Handlungen einer längeren
oder kürzeren Kette von Ahnen. Auch richtet die Erziehung
gegen die vererbten Eigenschaften, wenn sie schlecht sind, oft
so wenig aus, daß sie sich fast bankrott erklären muß.

Das Kind ist eben bei weitem nicht allein in die Hand seines
Erziehers gegeben. Von innen heraus wirken diesem mächtige
Widerstände entgegen, und von außen her führen tausend offen-
bare und geheime Miterzieher einen mächtigen Kampf mit ihm
um das Kind. Man hat den Satz geprägt, daß der Mensch ein
Produkt seiner Umwelt sei. Auf den jungen Menschen paßt

diese Behauptung noch weit mehr als auf den Erwachsenen.
Die ganze Umwelt erzieht. In frühester Jugend wirken außer
den Eltern alle Personen des Vaterhauses, Geschwister, Groß-
eltern, Tanten, Dienstboten, auf das Kind ein. Aber selbst die
Kinderstube, das elterliche Haus, Hof und Garten mit ihren
stetigen, immer gleichen Eindrücken bilden die weiche Persön-
lichkeit des Kindes.

Später kommt die öffentliche Straße mit ihrer unendlichen
Flut von Einflüssen hinzu. Die Schule sucht bestimmte Ziele zu
erreichen. Die Spielgenossen machen sich an das Kind heran und
streuen bald dieses, bald jenes Samenkorn in sein empfängliches
Herz. Die Lektüre erzieht auf ihre Weise, das ganze öffentliche
Leben fängt in der mannigfachsten Weise an zu beeinflussen —
kurz es gibt wirklich eine ganze Flut von Miterziehern, die von
außen her auf den werdenden Menschen einwirken. Auf die
Umgebung, auf die Verhältnisse wird es daher zum großen Teile
ankommen, wie sich der zukünftige Mensch einmal entwickelt,
und es wäre anmaßend gesprochen, wenn ein Erzieher im An-
gesichte dieser Tatsachen allzu selbst- und siegesbewußt von seiner
Erziehungstätigkeit sprechen wollte.

Es gibt in der heutigen Pädagogik eine Richtung, die daher dem Werdenlassen im Kinde eifrig das Wort redet. Allein
sie tut das weniger, weil sie die Widerstände gegen die bewußte
Erziehung fürchtet, als vielmehr, weil sie auch wie Rousseau
von der ursprünglichen Güte, dem Guten im Kinde ausgeht.
Diese Pädagogik meint, man müsse das Kind mehr gewähren
lassen, ihm mehr Freiheit geben; aller Zwang, alle Strenge
seien möglichst aus der Erziehung zu verbannen; gestraft, überhaupt geschlagen soll das Kind durchaus nicht werden. Dann,
so wird geschlossen, wird der gute Mensch bei diesem ungehin-
derten Werdenlassen ganz von selbst die natürliche Folge sein.
Diese Erziehung wird gewiß oft bessere Ergebnisse zeitigen als
die Zwangsmethode, es wird außerdem der Vorteil dabei sein,
daß das Kind eine fröhliche Jugend erlebt, die Kämpfe zwischen
Eltern und Kindern werden seltener sein, und die Eltern werden
sich nicht so manche bittere Sorge über Erziehungskonflikte zu
machen brauchen.

Wenn man endlich noch erwägt, daß manches Kind auch der
sorgsamsten Erziehung spottet, daß oft ein Riesenkampf gegen
feindliche Mächte geführt werden muß, dann können wir es verstehen, daß manche Eltern mutlos werden, gegen die Übermacht
der Feinde verzagen und dann lieber werden lassen, was eben
von selber wird.

Richtig gedacht ist das auf keinen Fall. Wäre der Landmann
nicht höchst töricht, der den Samen nur auf das Land würfe,
es im übrigen aber völlig dem Zufall überließe, was dieser aus
dem Korn machte? Eltern sind genau in derselben Lage wie
der Sämann. Sie haben von vornherein die Erziehungspflicht
an ihrem Kinde. Die Pflicht aber fragt zunächst nichts nach dem
Erfolge, sie treibt vielmehr immer wieder zur äußersten An-
strengung an. Es ist ganz gewiß, daß der Erzieher bei seinem
Werk die angedeuteten Widerstände finden wird, es ist ungewiß,
ob er sie bewältigen kann, aber es ist wahrscheinlich, nein sogar
sicher, daß er manches, wenn auch nicht alles erreichen wird.
Er ist ein Faktor unter vielen, und gewiß ist er nicht der geringste.
Wäre es nicht im höchsten Grade unklug, wenn er sich von vornherein seines Einflusses begeben wollte, wie ein Soldat, der
nicht erst kämpfen mag?

In einem Punkte ist ja das Werdenlassen berechtigt, nämlich
dann, wenn es sich um die Entwicklung von guten Anlagen
handelt. Sie soll man möglichst wenig stören, sie wachsen von
selbst, wenn man ihnen die passende Nahrung gibt. Aber ohne
eine gewisse stille Leitung, ohne Erziehung geht es auch dann
noch nicht ab. Auf der einen Seite wird zu viel gesündigt, weil
man die hervortretenden Eigentümlichkeiten zu sehr übersieht,
zu viel uniformiert und jedes Kind unter die Schablone eines
Mustermenschen bringt, der eigentlich nirgends existiert, auf
der anderen, weil man in der übertriebenen Sorge, daß sich das
Gute und Starke auch ungehindert entwickle, übersieht, daß das
Kind auch sonst in Zucht gehalten werde, daß es gehorchen lerne,
daß es sich in eigene Zucht nehme. Diesen letzteren Fehler begeht
die heutige Freiheitspädagogik, die gewiß manches Gute für
sich hat, die aber auf manche Irrwege geraten ist und die mit
dafür verantwortlich ist, daß aus dem Jahrhundert des Kindes

ein Jahrhundert der gehorsamen Eltern geworden zu sein
scheint.

Gewiß macht es viel weniger Sorgen, wenn jemand das
Werdenlassen zum Prinzip seines Erziehens erhebt. Viele trübe
Stunden, viele harte Kämpfe und bittere Enttäuschungen bleiben
dann erspart. Denn Erziehungssorgen erschüttern das Herz des
Vaters, der Mutter mit am tiefsten. Deshalb ist es auch fast
unverständlich, daß sich Eltern, die eine ernste Liebe zu ihren
Kindern haben, mit dem sorglosen Werdenlassen zufriedengeben
könnten. Meist wird es sich hierbei auch nicht um wirkliche Überzeugung, sondern mehr um Bequemlichkeit und blinde Liebe
zu den Kindern handeln. Und birgt das Erziehen manchmal
Schmerzen in sich, so entschädigt es doch auch wieder durch
Freuden, die der sorglose, gedankenlose Erzieher nicht kennen
lernt.

Der gutgeratene Mensch ist immer ein Triumph unserer Er-
ziehungskunst, auf den wir stolz sein dürfen, der schlechte Mensch
wird zum Ankläger, wenn wir unsere Schuldigkeit nicht taten.
Wir müssen bei der Erziehung immer daran denken, daß das
Schicksal anderer von uns in hohem Grade abhängig ist.

Daher die sorgsamste Erziehung! An diesem Satze ist gar
nicht zu rütteln. Was wir damit erreichen, bleibt ja freilich
immer in Frage gestellt. Bei Mißerfolgen wird es uns aber
ein großer Trost sein, das Bewußtsein zu haben, nach bestem
Wissen die Pflicht getan zu haben. „Nun sucht man aber nicht
mehr an den Haushaltern, denn daß sie treu erfunden werden."
Im übrigen gelten auch hier Rückerts Worte:

Etwas liegt an der Art, die Gott dem Keim verliehn,
Und etwas auch an der, wie du ihn wirst erziehn.
Das Höchste ist die Gunst, womit der Himmel waltet,
Das Nächste ist die Kunst, womit der Gärtner schaltet.

P. Hoche.

Die Gefangennahme des ersten Franzosen im Kriege 1870/71
schildert die Saarbrückener Kriegschronik folgendermaßen: „Der
Grenzaufseher Tempelstein aus Gersweiler hatte am 19. Juli
1870 wenige Stunden nach Bekanntwerden der Kriegserklärung
einen französischen Soldaten beobachtet, der, mit Blechgefäßen

und Feldflaschen beladen, nach dem Grenzdorfe Kreuzhütte
wanderte, offenbar um dort Schnaps einzukaufen. Tempelstein teilte dies seinem Kollegen Stabe mit, und beide beschlossen,
den durstigen Franzosen abzufangen.

Sie legten sich also auf die Lauer, und es dauerte nicht
lange, so sahen sie ihren Mann daherkommen. Er hatte sein
Gewehr als lästige Bürde daheimgelassen und war nur mit dem
Seitengewehr bewaffnet. Erst als der Franzose ganz nahe war,
erblickte er die ‚Grenzgard‘ und ergriff das Hasenpanier.

Doch Stabe, ein behender Mann, eilte ihm nach, und es
gelang ihm, den Franzmann zu fassen, noch ehe dieser die nächste
Anhöhe erreicht hatte, auf der er von den in Schönecken lagern-
den Franzosen bemerkt worden wäre. Nach einigem Widerstande
wurde der Gefangene von den Grenzwächtern gefesselt und im
Triumph nach Gersweiler gebracht, wo alles Volk zusammen-
strömte, um sich den französischen Krieger in der Nähe zu
betrachten.

In einem Wirtshaus ließ man ihm zu essen geben, und
hier erzählte er einem der französisch sprechenden Einwohner,
daß er schon lange diene und auch in Algerien gewesen sei.
Nachdem er sich gestärkt hatte, wurde er einer Patrouille
übergeben, die gerade nach Gersweiler gekommen war und
nun mit der ersten lebenden Trophäe nach Saarbrücken zog.
Der Franzose gehörte zum 23. Linienregiment. Er sah recht
unbedeutend aus, so daß ein Bürger zu. den Soldaten sagte:
‚Wenn sie alle so sind wie der, dann habt ihr leichtes Spiel.‘
Die genossenen Getränke und die allgemeine Aufmerksamkeit,
deren Gegenstand er war, schienen dem Franzmann inzwischen
zu Kopf gestiegen zu sein. Er riß den Adler von seinem
Tschako und rief, indem er in der Luft damit herumfuchtelte,
ein Mal übers andere Mal: ‚Vive l'aigle!‘ Dem begleitenden Unteroffizier wurde schließlich die Sache zu toll, und er versetzte ihm mit den Worten: ‚Wart, ich will dich belägeln!‘
einen derben Puff, worauf der Franzose wieder ganz bescheiden
wurde.“   W. K.

Verschwendung. — Wenn Leute zu viel Geld haben und
nicht wissen, was sie damit anfangen sollen, entwickeln sie bei

der Art, es zu verschwenden, einen förmlichen Scharfsinn. So
tat das jene französische Marquise, die ihr Bett mit seltenen
Orchideen bestreuen ließ, wofür sie allwöchentlich 6000 Franken
zu zahlen hatte.

Aber noch merkwürdiger ist die Geschichte, die von einem
reichen Amerikaner erzählt wird, der zweimal in der Woche in
einem berühmten Wiener Restaurant speist. Sein Appetit ist
nur sehr gering, dennoch aber besteht er darauf, daß ihm stets
eine bis zum Rande gefüllte Terrine vorgesetzt wird, die eine
eigens für ihn zubereitete Suppe enthält. Sodann folgt eine
kolossale Kalbskeule, von der er sich nur ein ganz dünnes Scheib-
chen abschneidet; von den vier Wachteln und dem großen Huhn,
die dann aufgetragen werden, ißt er auch nur ein paar Bissen.
Zum Nachtisch nimmt er vier Weintrauben und ein Täßchen
Kaffee. Während des Essens befeuchtet er seine Lippen mit
ein paar Tropfen des teuersten Rotweins und des besten Cham-
pagners. Für dieses Mahl hat er 120 Franken zu zahlen,
40 Franken Trinkgeld pflegt er dem Zahlkellner zu geben,
20 Franken dem Kellner, der ihn bedient hat, 10 Franken der
Dame, die am Büfett sitzt, und 10 Franken dem Portier.

Vor mehreren Jahren gab der Sohn eines amerikanischen
Millionärs zweiundzwanzig seiner Freunde ein Diner in
London. In einer prächtigen Equipage wurde jeder Gast aus
seiner Wohnung abgeholt und vom Hotel wieder dorthin zurück-
gebracht; vor jeden wurden eine ganze Hammelkeule, ein ganzer
Lachs, ein Huhn, ein Korb mit Pfirsichen und mehrere Flaschen
Sekt gestellt. Während des Nachtisches wurde ein Beutel her-
umgereicht, aus dem jeder ein Andenken zog. Diese Geschenke
bestanden aus Perlen, Smaragden und goldenen Zigaretten-
taschen, die mit Juwelen verziert waren. Um dieselbe Zeit
beauftragte ein anderer jugendlicher Krösus acht der berühm-
testen Künstler Amerikas, ihm einen Fächer zu bemalen, den
er einer Dame schenken wollte. Die Kosten dieses Fächers
stellten sich auf 400 000 Mark.

Eine unheimliche Gestalt nahm die Verschwendungssucht
bei einer Frau Hillier an. Sie ließ ihren Gatten in einem Sarge
begraben, der die Kleinigkeit von 800 000 Mark gekostet hatte.

Er war aus Mahagoniholz, hatte viele Schnitzereien und Beschläge aus massivem Golde.

Es gibt Leute, die in der Lage sind, auf ihrem Kopfe ein kleines Vermögen zu tragen. Mr. Manderson aus Nebraska ist der stolze Eigentümer eines Hutes, der mit Banknoten im Betrage von 80000 Mark gefüttert ist. Ein früherer chinesischer Gesandter in Washington pflegte einen Hut zu tragen, dessen Wert man auf 20000 Mark schätzte; auf seiner Vorderseite war ein großer, von Diamanten umgebener Opal angebracht.

Der Nizam von Hyderabad trägt ein Gebiß, für das er einem Zahnarzt in Madras 64000 Mark zahlte; Dixie W. Thompson, ein reicher Farmer auf Santa Barbara, gab 150000 Mark für einen Sattel aus schönstem getriebenen Leder, der mit schwerem Silber beschlagen ist, aus. Henry G. Marshall verschwendete 200000 Mark auf ein Piano, das von Alma Tadema bemalt wurde und mit Edelsteinen verziert ist.

In seinem Palaste in der Fünften Avenue in New York hat Commodore Gerry eine Treppe aus reinstem Marmor, deren Kosten man auf 400000 Mark schätzt; jede Stufe kam auf 10000 Mark zu stehen.　　　　　　　　　　　Z. C.

Unbegrenzter Heiratskonsens. — Sechs Frauen nacheinander hatte ein Oberstleutnant v. d. Hagen, dessen 1804 errichtetes Grabdenkmal auf dem Friedhof Nackel bei Friesack in der Mark Brandenburg zu sehen ist. Natürlich mußte er vor jeder neuen Eheschließung die Erlaubnis des Königs einholen.

Als er sich nun zum sechsten Male in dieser Sache an Friedrich den Großen wandte, schrieb dieser an den Rand des Gesuches: „Der Konsens wird hierdurch erteilt; falls der Oberstleutnant sich aber etwa noch öfter verheiraten will, so soll er meinetwegen heiraten, so oft er will und wann er will. Ich erlaub's ihm hiermit gern. Er wird doch in diesem Leben nicht gescheit."　　　　　　　　　　　O. v. B.

Gottesfrieden im Tierreich. — Jeder wird gewiß schon beobachtet haben, mit welch vornehmer Gelassenheit eine große Dogge oder ein Bernhardiner sich von kleinen Hunden umkläffen und belästigen läßt, ohne von der Macht des Stärkeren über den Schwächeren Gebrauch zu machen. Dieser gute Ton beschränkt sich, wie der bekannte Afrikareisende Rainey mitteilt, durchaus nicht auf die Haustiere, sondern es gibt auch in der afrikanischen Wildnis gewisse Arten, an denen selbst die Raubtiere ihre Stärke nicht ausnützen.

So an den Tränken. Hier konnte der Forschungsreisende beobachten, daß an einer Tränke regelmäßig zuerst das Nashorn zur Wasserstelle ging, dann folgten Löwen, Leoparden und die übrigen Raubtiere. Die schüchternen Giraffen, die Gazellen und andere wehrlose Tierarten weilten dabei ganz in der Nähe. Aber wie oft Rainey dieses Schauspiel auch mit der Kamera aus der Ferne heimlich fixierte, es gab keinen einzigen Fall, in dem hier an der Tränke der Friede gebrochen worden wäre. Die Raubtiere ließen die anderen in Frieden, und selbst die Löwen verzichteten darauf, während dieses Waffenstillstandes die zarten Gazellen, die ihnen sonst die liebste Beute sind, anzufallen.   O. v. B.

Sei dein eigenes Hausmädchen! — „Schicken Sie Ihr Hausmädchen vierzehn Tage auf Urlaub, und tun Sie so lange deren Arbeit." Diesen Rat pflegt, wie eine englische Zeitschrift erzählt, ein renommierter Arzt den wohlhabenden Damen zu geben, wenn sie ihn wegen Nerven-, Leber- oder anderen Leiden konsultieren, die meist die Folgen zu guten Lebens sind.

Die Patientin macht gewöhnlich dabei ein recht verwundertes Gesicht und will nicht recht glauben, daß dieser Rat ernst gemeint sei. Der Besuch endet in der Regel damit, daß die Patientin sich bereit erklärt, in einer gewissen Haushaltungsschule, deren Adresse ihr der Arzt verrät, einen Kursus durchzumachen.

In dieser Schule müssen die Schülerinnen, die sich aus allen Lebensaltern, von jungen Mädchen bis zu gesetzten Damen, zusammensetzen, alle Hausarbeit verrichten. Sie müssen täglich erscheinen, und systematisch und wissenschaftlich wird ihnen Unterricht erteilt, wie man scheuert, auskehrt, putzt und abstäubt. Und aus diesem Unterricht ziehen sie sehr großen Nutzen.

In manchem Haushalt ist das Hausmädchen eine Notwendigkeit, in manchem aber ein Luxus, und die Hausfrau würde geistig und körperlich viel besser fahren, wenn sie selber

Besen und Abstäuber handhaben möchte, statt ihre Zeit müßig zu vertröbeln.

Die Hausmädchen, als Stand betrachtet, sind auffallend gesund und gut entwickelt. Nur wohlhabendere Leute können sich ja ein Hausmädchen halten, und in einem reichen Haushalt werden, oder sollten wenigstens, die Dienstboten gut und reichlich zu essen bekommen. Weswegen aber das gewöhnliche Hausmädchen einen so reinen Teint, eine so vorzügliche Haltung und eine so graziöse Gestalt hat, das ist hauptsächlich seiner der Gesundheit so sehr dienlichen Arbeit zuzuschreiben. Bei seiner Arbeit läßt das Hausmädchen jeden Muskel seines Körpers in Wirksamkeit treten, ohne ihn jedoch ungebührlich zu ermüden.

Die Knie- und Beugebewegungen beim Scheuern, Kehren und Abstäuben sind für die edlen Organe des Körpers überaus heilsam und ebenso dienlich wie schwedische Gymnastik oder andere Leibesübungen.

Wer sein eigenes Hausmädchen ist, nimmt an seinem Haushalt größeres Interesse, fühlt einen gewissen Stolz darauf und findet interessante Probleme darin, die er sich zu lösen Mühe gibt.

So kann man auf richtige und verkehrte Art Feuer anmachen und ausmachen; Fegen, Abstäuben und Scheuern, Putzen und so manches andere läßt sich auf verschiedene Art, richtig und falsch, machen, und wenn man sich Mühe gibt, alle diese Dinge auf das wirksamste und rascheste zu vollbringen, tut man sie mit Lust und Eifer und regt dadurch auch seinen Geist an.

Man tadelt oft Ärzte, die an der Spitze von Krankenhäusern stehen, deswegen, daß sie junge Damen, die sich als Krankenschwestern melden, in der ersten Zeit tüchtig mit Scheuerbürste und Besen hantieren lassen.

Aber davon ganz abgesehen, daß es unbedingt notwendig ist, daß eine Krankenschwester das Zimmer ihres Patienten sauber zu erhalten vermag, wissen diese Herren recht gut, daß zur Kräftigung der Nerven und Ausbildung der Muskeln es für ein junges Mädchen nichts Besseres gibt als das regelmäßige Verrichten der Arbeiten eines Hausmädchens. J. C.

Das älteste Panzerschiff. — Im Jahre 1530 lief auf der Reede zu Nizza die Kriegsgaleere „Santa Anna" vom Stapel,

die man zum erſten Male gepanzert hatte, und die ſpäter zur
Flotte Karls V. vor Tunis und Algier gehörte. Die Bemannung
war dreihundert Mann ſtark und die Artillerie zahlreich und
gut. Der Panzer dieſes erſten Panzerſchiffes der Welt beſtand
aus Bleiplatten, die mit meſſingenen Bolzen befeſtigt waren.
Wie Boſio, der Geſchichtſchreiber des Zugs gegen Tunis und
Algier, verſichert, hat ſich dieſer Panzer ſehr gut bewährt, denn
die „Santa Anna" wurde nie beſchädigt, obſchon ſie in den
verſchiedenen Kämpfen am meiſten beſchoſſen wurde. An Bord
dieſes ziemlich großen Schiffes befanden ſich außer den üblichen
Räumlichkeiten eine Kapelle, ein großer Empfangſaal und eine
Bäckerei. Während der Expeditionen nach Tunis 1535 und
Algier im Jahre 1541 diente die „Santa Anna" als Flaggſchiff
des Kaiſers.   W. F. ·

Aus großer Zeit. — Ein blutiges Ringen, ein opfermutiges
Einſetzen aller Kräfte, eine flammende Begeiſterung für Wohl
und Ehre des Vaterlandes — heute iſt das zu ſchauen. Deutſch-
land und Öſterreich-Ungarn ſtehen vereint auf dem Kampfplatz
gegen eine Schar haßerfüllter Feinde. Wir leben in einer
ernſten, aber auch großen Zeit. Herrliche Siege werden von
den unvergleichlich tapferen Söhnen Deutſchlands und der
Donaumonarchie erfochten, und das Frührot einer gewaltigen,
neuen Staatenordnung ſteigt auf.

Dieſen bedeutungsvollen Tagen ein Denkmal der Erinnerung zu ſetzen, iſt die Aufgabe, die ſich ein echt volkstümliches
Unternehmen geſtellt hat: die ſoeben erſcheinende „Illuſtrierte Geſchichte des Weltkrieges 1914".
Das Werk, eine allgemeine Kriegszeitung und eine fortlaufende
illuſtrierte Kriegschronik, bietet eine umfaſſende und reich mit
Bildern geſchmückte Geſchichte der Kriegsereigniſſe, bringt
Einzelberichte über die Maßnahmen der Regierungen, Schilde-
rungen von Schlachten und Heldentaten und iſt durchzogen von
den Erlebniſſen von Mitkämpfern.

Wie ſein bewährtes Vorbild, die allgemein bekannte „Illuſtrierte Geſchichte des Krieges 1870/71", wird auch die „Illuſtrierte Geſchichte des Weltkrieges 1914", die bei der Union
Deutſche Verlagsgeſellſchaft in Stuttgart erſcheint und in

wöchentlichen Heften zum Preis von 25 Pfennigen bezogen werden kann, ein äußerst inhaltreiches, wertvolles Merkbuch darstellen, das nicht nur für die Gegenwart, sondern auch für alle Zukunft eine Fülle anregenden Lesestoffs und fesselnden Bilderschmucks birgt. Th. S.

Wie werden die Kriege angefangen? — Diese Frage stellt der kleine Hans in kindlicher Wißbegierde an seinen Vater.

„Ja, mein Junge," meinte dieser, „das geht verschieden vor sich. Da wäre einst beinahe ein Krieg zwischen Spanien und Deutschland ausgebrochen, weil man in Spanien irgendwo die deutsche Flagge heruntergerissen hatte."

„Das ist nun ganz und gar nicht der Grund, lieber Mann," mischt sich die Mama ein, die im Zimmer anwesend ist und das Gespräch zwischen Vater und Söhnchen mitangehört hat. „Der Grund war vielmehr —"

Doch der Gatte fällt ihr in die Rede: „Liebes Kind, wenn ich dem Jungen etwas erkläre, dann werde ich es wohl wissen!"

„Aber in diesem Falle irrst du dich doch."

„Nein, ich irre mich ganz und gar nicht."

„Nein und hundertmal nein, der Grund war —"

„Liebe Frau, ich bitte dich, jetzt zu schweigen und —"

„Na, da hört doch alles auf — natürlich, du hast ja immer recht!"

„Selbstverständlich. Im übrigen hat dich niemand um deine Meinung gefragt."

„Ich will es aber nicht hören, daß du den Jungen falsch unterrichtest."

Einen zürnenden Blick noch wirft der Gestrenge seiner besseren Hälfte zu, dann nimmt er den Jungen beiseite und fährt in seiner Belehrung fort: „Also höre, Hänschen, der Krieg —"

Doch Hänschen wehrt jetzt selbst ab: „Laß nur, Vater, du brauchst mir's nicht mehr zu erklären. Ich weiß jetzt, wie die Kriege angefangen werden!" A. Sch.

Herausgegeben unter verantwortlicher Redaktion von
Theodor Freund in Stuttgart,
in Österreich-Ungarn verantwortlich Dr. Ernst Perles in Wien.